평양에 두고 온 수술 가방

평양에 두고 온
수술가방

의사 오인동의 북한 방문기

창비

"닥터 오, 평양에 갑시다!" 전화기에서 들려오는 목소리에 놀랐던 것이 18년 전이다. 그로부터 지금까지 평양에 네번 다녀왔다. 이 책은 그 네번의 기억을 오롯이 묶은, 이산가족이 아닌 남한 출신 재미동포 의사의 북한 방문기다.

나는 황해도 옹진에서 태어나 초등학교 때 6·25전쟁을 겪었다. 서울에서 의과대학을 마치고 중부전선 DMZ에서 군의관으로 복무할 때는 분단의 상징인 쇠고리철조망을 세우는 공사에 참여하기도 했다. 1970년 선진의술을 연마하고 귀국할 생각으로 미국으로 유학을 떠났고, 정형외과 과정을 마친 후 하버드의 대병원 교수진에 임명되어 인공관절기 고안연구와 수술법 개발에 몰두했다. 내가 고안한 고관절기는 발명특허를 받으며 널리 쓰였고, 고관절학회의 학술연구상도 여러차례 수상했다. 그러면서 전세계를 다니며 강연과 시범수술을 하게 되었는데 당시 한국 여권으로는 제약이 많았다. 첨단과학기술을 요하는 실험연구를 계속하기 위해서도 미국에 머무를 수밖에 없어 뒤늦게 미국시민으로 귀화하게 되었다.

그러다가 1992년 10월, 재미한인의사회 방북대표단에 참여해 난생처음 북녘 땅을 밟게 되었다. 갈 수 없는 곳이라 여겼던 북녘에 대한 호기심과 어려움에 처한 북녘 의료계를 도와야 한다는 막연한 생각으로 첫발을 내디뎠다. 그해 방문은 나의 닫힌 시야를 활짝 열어주었다. 내가 확인한 것은 그곳에도 우리와 똑같은, 아니 더 순박하고 수수한 고향사람 같은 인간들이 살고 있다는 가슴 뻐근한 사실이었다. 분단조국의 현장을 내 눈으로 직접 보고 돌아온 뒤, 분단의 기원과 대결의 현실을 올바르게 이해해야겠다는 생각으로 수술과 강연 틈틈이 모국의 근현대사를 꼼꼼히 다시 공부했다. 민족사의 재발견이자 분단 대결사의 재인식이었다.

무엇보다 나는 같은 겨레이면서도 제3국, 그것도 모국의 남과 북에 큰 영향을 미치고 있는 미국에 사는 재미동포야말로 분단현실을 공정하게 볼 수 있으며, 통일로 가는 길에 기여해야 하고 또 할 수 있다고 생각했다. 그런 믿음을 바탕으로 UCLA, USC, PCIP(국제정책협의회), Asia Society, 한반도통일 연구회, 세계한민족포럼 등의 통일 관련 쎄미나에서 활발히 발언하고자 했고, 여러 매체에 글을 발표했다.

1997년에는 보다 체계적인 통일활동을 위해 뜻을 같이하는 동포들과 'Korea-2000'이라는 연구모임을 만들었다. 북에서는 김정일이 로동당 총비서로 추대되고 남에서는 김대중이 대통령으로 당선된 1997년 말, Korea-2000은 다가올 통일시대를 맞이해 남과 북에 전달할 통일정책건의서를 작성했다. 이 건의서를 북측에 전달하기 위해 1998년 1월, 나는 두번째 방북을 했다. 당시 북한은 힘겨운 '고난의 행군' 시기를 보내고 있었다.

그후에도 Korea-2000 연구위원들과 함께 클린턴정부에 미국이 취해야 할 한반도정책 건의서를 전달했고, 『뉴욕타임즈』『LA타임즈』『노틸러스』 등의 매체에 본격적으로 칼럼과 논문을 기고했다. 2006년부터는 6·15공동선언실천 민족공동위원회 미국위원회에 참여해서 조직적인 대중참여형 통일활동을 시작했다. 또한 개인적으로 해외동포들과 남북의 통일역군들에게 「6·15 Corea통신」(www.615us.com)이라는 공개칼럼을 써 보내고 있다.

그렇다고 통일운동이 나의 전업은 아니다. 지금도 늘 수술을 하며 병원 일을 열심히 하고 있다. 첫 방북을 한 지 17년 뒤인 2009년 5월, 평양의학대학병원에서 북한의사들과 함께 인공고관절수술을 하며 수술법을 전수해주었다. 커다란 가방에 가득 채워 간 관절기와 수술기구 일체는 모두 북녘에 기증했다. 병원에서 수술을 하던 당시, 남에서는 노무현 전 대통령이 죽음을 택했고, 북에서는 제2차 핵실험을 실시했다.

그리고 2010년 6월, 천안함사건으로 남북관계가 악화일로로 치닫고 있을 때 나는 다시 한번 인공무릎관절수술법을 전수하러 갔다. 그곳에서 6·25 기념일을 맞았고, 남과 북이 따로 출전한 월드컵 축구경기도 함께 보았다. 이번에도 인공관절기와 수술도구로 꽉 찬 가방들을 들고 갔다가 빈손으로 돌아왔지만, 나의 마음은 신뢰와 형제애로 충만했다.

생각해보면 총 네차례의 방문 가운데서 세번은 남북, 북미관계가 극도로 긴장되어 있을 때 방북하게 된 것이 참 얄궂기는 하다. 그러나 단 한번도 평양에 가는 것을 망설여본 적이 없다. 나는 언제나 기쁜 마음으로 평양으로 떠나는 비행기표를 끊었다. 그리고 언제든 다시 갈 준비가 되어 있다. 그래서 내 수술가방을 평양에 두고 오지 않았는가? 이 방문기를 분단현실을 직시하지 못한 한 재미동포 의사의 감성적이고 이상적인 감회일 뿐이라고 생각해도 좋다. 하지만 나는 세상사 모든 일은 사람과 사람 사이의 소통과 신뢰로 이루어진다고 굳게 믿는다. 그 믿음을 바탕으로 역지사지의 입장에서 북녘동포들을 만나고 소통해왔다.

6·15시대의 정신에서 멀리 떨어져 있는 많은 분들에게 가장 먼저 이 책을 바치고 싶다. 그리고 전세계에 흩어져 있지만 같은 목표를 바라보며 활동하고 있는 6·15공동위 위원들과 남북통일역군들에게 이 책을 바친다. 남·북·해외동포들과 그간의 경험을 공유하고 싶다는 생각을 격려해준 백낙청(白樂晴) 교수와 내 뜻을 너그럽게 받아준 창비에 고마움을 전한다. 특히 원고를 가다듬어준 고경화 편집자와 염종선 부장에게 감사한다.

2010년 9월
로스앤젤레스 근교 파싸데나에서
오인동

1장

닥터 오, 평양에 갑시다

1992.10

평양에 갑시다!

"닥터 오, 평양에 갑시다!"

전화기에서 들려오는 친근한 목소리는 의과대학 선배이자 재미한인의사회(KAMA, Korean American Medical Association) 회장인 뉴욕의 권영세 박사님이었다. 의사회 방북대표단에 합류해달라는 말씀이었다. 난데없는 제의에 놀랐더니, 1992년 가을에 의사회 회장단이 북녘 의학계와의 학술교류와 의료계 지원 가능성을 타진하기 위해 평양을 방문한다고 했다. 한국에서 정형외과학을 전공했던 권박사님은, 20세기 의학계가 이룬 가장 성공적인 3대 첨단의학 가운데 하나인 인공고관절 치환수술에 전념하고 있는 내가 북녘 의학계에 기여할 여지가 크다고 생각한 모양이었다. 미국에 유학 와서 보스턴에서 근무할 때도, 멀리 로스앤젤레스에 사는 지금도 늘 나를 아껴주시는 선배님이었다.

6·25전쟁이 정전된 지 19년 만인 1972년 7월 4일, '자주·평화·민족대단결'의 남북공동성명이 나왔다. 그로부터 다시 19년이 지난 1991년 12월에는 '남북기본합의서'를 이끌어냄으로써 분단 46년 만에 겨우 해빙기가 시작되었다. 그렇다 해도 남한사람들이 북한을 방문하는 것은 상상할 수도 없었다. 반면 해외에 사는 동포, 특히 미국에 사는 한인동포들은 극소수나마 1980년대 초부터 북녘 땅에 발을 내딛기 시작했다. 북녘에 두고 온 부모와 형제자매들을 만나기 위해 방문하거나, 이산가족은 아니지만 일찍이 조국통일에 뜻을 둔 몇몇 사람들이 북한을 다녀왔던 것이다. 그것은 해외동포가 가진 일종의 특혜이기도 했다.

허나 북한을 방문하고 온 사실이 알려지면 그들은 예외없이 친북인사, 용공인사, 심지어는 빨갱이로 낙인찍혀 동포사회에서 소외되고 경원시되었다. 그럼에도 불구하고 재미동포사회에서는 차차 일반시민들도 북한을 방문하는 일이 늘어갔다. 북한과 여러 종류의 교류를 튼다는 명분이나 사업기회를 탐색하려는 의도도 있었을 테고, 미지의 땅이라고 생각되던 조국의 반쪽을 둘러보고 싶은 호기심도 작용했으리라. 남한사람들의 북한 방문이 불가능한 상태에서 이뤄진 해외(특히 재미)동포들의 방북은 북한에 대한 정보와 실상을 남한에 전하는 중요한 역할을 하기 시작했다. 지난 40여년간 남과 북이 알아야 했지만 전혀 알 수 없던 사실들이 서로에게 전해졌다.

이런 상황에서 미국에서 활동하는 4천여 한인동포 의사들의 모임인 재미한인의사회가 북한 의료계와의 교류에 관심을 갖게 된 것은 북한에 가서 가족을 만나고 온 재미동포 의사들 덕택이었다. 그들이 들려주는 북한 의료계의 열악한 실정은 재미동포 의사들의 마음을 자극했다. 어려움에 처해 있는 북녘 동포들과 동료의사들을 도와야 한다는 연민의 심정은 지극히 자연스러운 것이었다. 그리고 때마침 1991년 당시 의사회 회장이던 노용면 박사가 북한과의 의학교류 가능성을 알아보기 시작했다. 이에 가족 방문차 북한을 여러번 방문한 적이 있는 로스앤젤레스의 김용성 박사가 북한 보건당국과 접촉해서 재미한인의사회 대표단 초청이 실현되었다고 한다. 이번 권영세 회장단의 방문은 앞으로의 지속적인 학술교류와 의료계 지원의 가능성을 알아보기 위한 일종의 탐색방문이라고 했다.

북한을 방문한다고 생각하니 문득 1967년, 중부전선 철의 삼각지 철원의 DMZ(비무장지대)에서 군의관으로 복무하던 시절이 생각났다. 1968년 1월 북한 특공대가 휴전선을 뚫고 청와대 인근까지 침투한 사건과 원산 앞바다에서 미 해군정찰함 푸에블로호가 나포된 사건이 생겼다. 방어체제의 허점이 노출된 남측은 당황했고 미 해군은 수모를 겪었다. 당시 내가 배속된 3사단 28연대의 장병들은 남방한계선에서 북측 인민군들을 마주 보면서 철조망과 지하벙커를 구축했고, 다른 지역의 부대는 콘크리트 장벽을 세우고 운하를 팠다. 제대 후 나는 미국으로 유학와서 정형외과 의사 수련을 마치고 하버드의대병원에 근무하며 인공고관절 치환수술과 관절기 고안연구에 몰두했다. 인공고관절 치환수술이란 관절염으로 못 쓰게 된 고관절(엉덩관절)을 들어내고 그 안에 인공관절기를 삽입하는 수술을 말한다. 그동안 내가 고안한 인공고관절기가 세계적으로 널리 쓰이게 되면서, 10여개의 발명특허도 받았다. 고관절학회의 학술연구상을 거듭 받으며 시작된 강연과 시술여행으로 분주하게 세계를 누비느라 떠나온 조국에 대한 생각은 멀어져갔다.

하지만 강연이나 수술이 끝난 뒤 사석에서는 매번 어느 나라 출신이냐는 질문을 받았는데, 내가 "코리아(Korea)"라고 답해주면 반드시 "북(North)이냐 남(South)이냐"라는 질문이 되돌아왔다. 그 질문들은 마치 미국인 교수로 강연하는 이 동양인에게 '넌 원래 Korean이었다'는 사실을 일깨워주는 듯했다. 그동안 유럽과 중국을 비롯한 아시아의 여러 학회에 참석해보았으나 북한 정형외과 의사는 한번도 만나본 적이 없었다. 독일 통일 전인 1980년대 중반 동베를린을 방문했을 때 언뜻 평양 생각이 떠올랐었다. 그러나 북한은 방문할 수 없는 곳이라고 막연히 생각하고 있었다. 그런데 북한으로 가자고 한다. 내 마음 속 깊이 잠재되어 있던 북녘 땅에 대한 의식이 나를 깨워오기 시작했다.

그렇지, 가야지, 물론 가야지! 사비를 들여서라도 반드시 그곳에 가야 한다는 생각이 확고해졌다. 그러나 당시는 병원 일 외에도 여러 사회봉사활동이 많은 때였다. 바로 몇달 전인 4월 29일에는 이곳 로스앤젤레스에서 흑백 인종갈등 때문에 일어난 폭동으로 수많은 한인동포들이 애써 일궈놓은 사업체와 상점들이 모두 불에 타버린 어처구니없는 사건이 일어났다. 당시 이사장으로 재직하던 한미연합회(KAC, Korean American Coalition)는 한인동포사회의 대외적 대변단체 역할을 하고 있었기에, 나는 폭동 직후 로스앤젤레스 시장, 경찰국장을 찾아가 항의하고 캘리포니아 주지사를 만나 대책을 논의하는 등 매우 바쁜 날들을 보내고 있었다. 그런대로 사태가 수습되어가고 있었지만, 이 상황에 멀리 외국여행을 한다는 것이 영 마음에 걸렸다. 그러나 아무 염려 말고 다녀오라는 사무국장의 격려에 힘입어 의사회 대표단에 합류하기로 했다.

전쟁 후 나의 고향 황해도 남서쪽 끝 옹진은 이북 땅이 되고 말았다. 전쟁중에 피난 내려온 우리 가족에게는 그곳에 남아 있는 직계가족이 없었기에 이번 북한여행에 고향 방문이나 이산가족 상봉의 의미는 없었다. 그러나 초등학생 시절에 뛰놀던 고향의 모습들은 때때로 머릿속에 떠오르곤 했다. 고향을 떠난 사람들의 귀소본능이 바로 이런 것이겠지.

가족을 만나기 위해 개인적으로 방북했던 선후배의사들은 그곳의 의료환경이 열악하다고 했다. 이번에 내 눈으로 그쪽의 의료환경을 직접 확인해보고 싶었고, 그곳 사람들의 생각도 알고 싶었다. 가서 내가 조금이라도 도울 수 있는 것이 있다면 기꺼이 돕겠다고 다짐했다. 무엇보다 북녘에서는 지금 어떤 정형외과 수술들을 하고 있는지가 가장 궁금했다. 그곳에서도 인공고관절 치환수술을 하고 있을까. 이미 하고 있다면 있는 것에 더 보태고, 아직 시행 전이라면 인공고관절기와 수술법, 수술영화와 테이프, 나의 연구논문집, 그리고 내 것이 아니더라도 도움이 될 수 있는 모든 것들을 그곳의 환자들에게, 진료를 담당하고 있는 동료의사들에게 전하고 싶었다.

곧 대표단이 꾸려졌다. 대표단은 남한 출신인 재활의학전문의 권영세 회장과 마취전문의 이만택 차기회장, 북한 출신인 법의학자 노용면 전 회장을 비롯하여 북한당국과 접촉해서 이번 초청방문을 이루어낸 김용성 전 보건행정의사, 그리고 나까지 모두 다섯명이었다. 우리 일행과 다른 이산가족들을 평양으로 인솔해주는 일은 미주동포 통일운동단체인 조국통일북미주협회의 전순태 선생이 맡아주기로 했다.

잠 못 이루는 평양의 첫날 밤

로스앤젤레스를 떠나 뻬이징에서 하룻밤을 묵고 다음날인 1992년 10월 10일 토요일, 인공기(人共旗)가 그려져 있는 북한의 고려항공을 탔다. 비교적 자그마한 소련제 항공기였다. 자리에 앉으니 가끔 북한방송에서 들었던 독특한 말씨, 한 단계 높은 음성에 북한 특유의 억양으로 말하는 여성승무원들의 목소리가 들려왔다. 그녀들의 옷차림은 조촐했고 화장은 진하지 않아 깨끗해 보였다. 어느새 비행기는 북녘을 향해 날아가고 있었다. 창 밑으로 보이는 저 누런 땅, 산과 들, 그리고 아득한 강줄기가 조국의 북녘 땅이었다. 저곳이 바로 우리 조국의 반쪽, 북한이다.

비행기 안에는 어디를 갔다 오는지 알 수 없지만 귀국길에 오른 북한사람들이 주로 눈에 띄었고, 의외로 중동인과 남방 아시아인으로 보이는 제3세계 국가 사람들이 많았다. 북한사람들은 예외없이 김일성(金日成) 주석의 배지를 달고 있어서 쉽게 알아볼 수 있었다. 그외에는 우리 일행과 이산가족을 만나러 가는 소수의 미주한인들이었다. 무시무시하다고 들어온 조국의 반쪽, 만나서는 안되는 사람들로 여겨져온 북녘사람들을 보기 위해 미지의 세계로 가고 있는 우리 일행은 저마다 상념에 잠긴 듯 조용히 창밖만 내다보고 있었다.

얼마 후 조국 땅에 내릴 것이라는 승무원의 안내방송이 끝나자, 노래 한곡이 장엄하게 울려퍼졌다. "장백산 줄기줄기 피어린 자욱, 압록강 굽이굽이 피어린 자욱……" 순간 섬뜩했다. 1950년 여름, 인민군 점령하에 있던 고향의 초등학교에서 따라 불렀던 「김일성 장군의 노래」였다. '아, 내가 정말 지금, 잃어버린 채 살아온 북녘 땅으로 들어가고 있구나!' 새삼스럽게 확인하는 순간이었다.

활주로에 착륙하면서 제일 먼저 눈에 띈 것은 공항 건물 위에 붙어 있는 '평양'이라는 붉은 글씨와 김일성 주석의 사진이었다. 순안공항에 착륙한 것이다. 남한 어느 지방도시 비행장과 같은 규모의 조용하고 한산한 공항이었다. 건물 안으로 들어가니 귀에 들리는 모든 말이 평안도 사투리였다. 모든 것들이 새롭기는 했지만, 이미 사진으로 보고 읽고 들어왔던 터라 한편 친근하게 느껴지기도 했다.

우리를 맞이한 사람들은 해외동포원호위원회 영접부 소속의 일꾼들—북한에서는 '일꾼'처럼 순수한 한글단어를 많이 사용한다—이라고 했다. 과학담당 최철만 참사와 비교적 젊은 리정호, 지성록 두 지도원이 북한 체류기간 동안 우리를 안내해준다고 했다. 악수를 나누면서 '아, 우리가 무찔러야 할 적이라고만 교육받아온 이들도 우리와 같은 사람들이구나'라는 새삼스럽지도 않은 사실을 확인하며 아스라한 슬픔을 느꼈다.

평양시내로 들어가는 길, 차창을 통해 눈에 들어오는 것은 회색 건물들과 벽에 걸린 붉은 깃발, 그리고 낯선 구호가 적힌 현수막들이었다. 넓디넓은 도로에는 차가 별로 없어 막힘없이 달렸다. 육중한 콘크리트 건물들은 대부분 관청 같은 공공기관이었는데, 그 모양이 현대식으로 얄상한 남한의 건물과는 대조적이었다. 광복거리—평양에서는 도로에 모두 '거리'라는 한글 이름을 붙였다. 버드나무거리, 개선거리, 만수대거리 등의 이름이 신선했다—에서 눈에 띄는 것은 거리 주위에 즐비하게 늘어선, 외형이 특이하고 밝은 현대식 고층아파트들이었다. 그들은 아파트라 하지 않고 우리말로 '살림집'이라고 했다. 아니, 어떻게 이렇게 거대한 고층아파트가 평양시내에 수도 없이 늘어서 있단 말인가. 남한처럼 일률적인 직사각형의 아파트 군단이 아니라, 곡선과 원형, 반원형 등 다양한 모양의 건물들이 즐비했다. 새로 지은 듯한 그 건물들 속에는 도대체 어떤 사람들이 살고 있는지 궁금했다. 살림집 안도 한번 들어가보고 싶었다.

광복거리를 행진하는 소년들

　하지만 돌아오는 날까지 살림집 안을 들여다볼 기회는 없었
다. 일주일쯤 지나 지도원 동무와 친해진 뒤에야, 저 멋지게 생
긴 살림집에는 도대체 어떤 분들이 사느냐고 물어보았다. 그러
자 지도원 동무는 오히려 그게 무슨 질문이냐고 되물었다. 고
위관리나 군대 장성이나 부자들이 사는 게 아니냐고 솔직하게
물었더니, "공화국에는 그런 거 없어요"라며 웃었다. 무슨 고위
관리들이 그렇게 많아서 저런 데 모여 살겠느냐는 것이었다.
　거리에는 붉은 깃발을 따라 행진하는 소년단원 학생들이 보
였다. 붉은 체육복 차림에 하얀 모자를 쓴 그들은 모두 정연하
게 대오를 지어 노래하며 행진했다. 북한 소학교에서는 학생
모두가 소년소녀 단원인 반면, 내가 다니던 시절 남한의 초등

학교, 중학교에서는 따로 가입해야만 소년단원이 될 수 있었다. 소년들의 행진 옆으로는 붉은 깃발을 날리며 달려가는 트럭 한대가 확성기에서 억양 거센 구호를 흘리고 있었다. 예전에 남한에서 대중동원을 위해 썼던 선전방식을 여기서 다시 접하게 되니 시간을 거꾸로 되돌아온 느낌이었다. 듣고 보니 오늘은 10월 10일. 이날은 이곳 인민들에게 경사스러운 조선로동당 창당 47주년 기념일이라 했다. 우리는 잔칫날의 마지막 장면을 보고 있는 모양이었다.

로동당 하면, 6·25전쟁시 잠시나마 북한군 점령하에서 살아본 경험이 있는 우리 세대에게는 우선 무서운 조직이라는 선입견이 들게 마련이다. 북에서는 로동당이 최고의 기관이라고 알고 있다. 로동당은 해방 후 노동자, 농민, 근로지식인, 인민대중의 이익을 대변하기 위해 남과 북에서 조직되었는데, 이 로동당을 모태로 1948년 9월 9일 '조선민주주의인민공화국'—북에서는 줄여서 '공화국'이라고 부른다—이 창건되었다. 조선로동당은 온 사회의 주체사상화와 공산주의사회 건설을 목표로 하고 있으며, 로동당의 정책과 지도 아래 북한의 모든 국가기구와 인민들이 움직인다고 한다. 당에는 여러 부처 비서가 있는데, 그중 총비서가 실질적으로 가장 높은 지도자라고 했다. 체제상 우선순위도 당·정·군의 순이었다. 거리에 붙어 있는 "당이 결심하면 우리는 한다"라는 구호에서 보듯, 모든 인민들이 로동당의 기치 아래 결속된 모양이었다. 그렇다고 북한에

로동당만 있는 것은 아니다. 사회민주당, 천도교 청우당도 있다고 하는데, 그다지 중요한 위치를 차지하고 있는 것은 아닌 듯했다. 로동당 창건일은 원래의 연원을 찾아 1945년 10월 10일로 정해서 국경일로 경축하고 있다고 한다.

우리가 도착한 곳은 광복거리에 우뚝 선 청년호텔이었다. 남한에서 올림픽이 열렸던 다음해인 1989년, 북한은 제13차 세계청년학생축전을 평양에서 개최했다. 이 대회는 남한 대학생대표 임수경(林秀卿)양이 참여해 더 널리 알려졌다. 청년호텔은 이 행사에 맞춰 완공되었다고 하는데, 30층 높이에 900개나 되는 객실이 있다. 호텔 안에는 중동, 아프리카, 인도, 동남아 출신으로 보이는 청년들이 눈에 띄었고, 그들이 서투르게나마 우리말을 쓰는 모습이 무척 인상적이었다. 지도원 동무의 말을 들으니, 창당기념 축하객으로 여러 나라에서 온 사람들이라 했다. 그들이 쓰는 우리말이 생소하긴 했지만, 한편 반갑고 대견스러웠다. 북한은 외부세계와 단절된 줄로만 알았는데, 공화국에 유학을 왔던 외국학생들이 무척 많았다고 한다. 북한은 비동맹국가의 일원으로 동남아, 중동, 아프리카의 여러 나라와 국교를 맺었고, 흔히 사회주의 모범국가로 칭송받고 있다고 했다.

나중에 리정호 동무에게 어떻게 외국 유학생들이 북한에 왔느냐고 물었더니, 2차대전 후 서양의 식민지였던 여러 국가들이 독립하면서 추구한 이념과 체제가 대부분 공산사회주의였단다. 이 나라들은 미·소로 갈라진 세계에서 어느 한쪽에 가

청년호텔 앞에서 재미한인의사단 일행과 함께. 맨 왼쪽이 저자

담하지 않고 지내다가, 후에 비슷한 처지의 나라끼리 연대해
서 협의체를 만들었다. 6·25전쟁 뒤 일찍이 복구작업을 마치고
1960년대 소련과 중국에 의존하지 않고 주권국가의 자주적 위
상을 지켜온 북한은 이런 비동맹국가들 사이에서는 따라야 할
모범국이었다는 것이다. 그런 나라들에 도움을 주다보니 여러
나라에서 유학생들이 오게 되었다고 한다. 많은 외교관을 길러
냈다는 평양외국어대학 출신인 리정호 동무는 북한이 일찍이
외교의 중요성에 눈을 떠 평양외국어대학에서 유능한 인재를
양성해왔다고 했다. 영어, 러시아어, 중국어뿐만 아니라 북한
과 교류가 많은 제3세계 국가들의 언어에 숙달해야 할 이유를
일찍이 깨달았던 모양이다. 남한에서 30년을 살다가 미국에 온

우리들에게 북한의 이런 모습은 한 겨레로서 자부심을 느끼게 해주었다.

호텔 건물은 반듯하고 로비는 넓은데 사람들이 많지 않아 썰렁했다. 더군다나 전등이 드문드문 켜져 있어 복도는 컴컴했다. 화장실에서는 더운물이 나오지 않아 샤워를 할 수 없었다. 경제사정, 특히 전력공급 사정이 몹시 어렵다는 얘기는 들었지만, 외국에서 온 손님들이 묵는 호텔조차 이럴 줄은 몰랐다. 밤이 되었지만 할 일도 즐길 거리도 없었고, 미국에서 중국을 거쳐 여기까지 오는 동안 쌓였던 여독이 밀려와 모두들 일찌감치 방에 들어갔다.

침대에 누워 천장을 바라보고 있자니 만감이 교차했다. 지금 내가 평양에 있다니. 오늘 만난 사람들은 나와 다를 게 없었고, 상상도 못했던 것들을 많이 보았다. 내일은 어딜 가서 무엇을 보고 누구를 만나게 될지 전혀 알 수 없었다. 우리를 안내하는 지도원 동무들은 다음 일정을 알려주지도 않고 "피곤하실 테니 오늘은 푹 쉬시라우요"라는 한마디만 남기고 어디론가 가버렸다. 그저 하나하나 맞닥뜨리면서 북한을 경험하게 하려는 모양이다. 내일은 어떤 일이 벌어질까 궁금하고 설렜다. 침대에 누웠지만 좀처럼 잠이 오지 않는 평양의 첫날 밤이었다.

만경대고향집에서 대동강까지

다음날 아침, 밖으로 나오니 높고 푸른 하늘에 공기 맑고 햇살 밝은 천고마비의 10월 풍경이 이곳에도 펼쳐져 있었다. 자동차의 긴 행렬도 공장 매연도 없는 이곳, 평양의 아침은 더없이 상쾌했다. 휘발유 절약정책에 따라 일요일에는 차 운행을 제한한다고 했다.

우리 일행은 쾌적한 아침 거리를 걸어 전차정차장으로 향했다. 어제 평양시내로 들어오면서 거리에 전차궤도가 있는 것을 보았는데, 도로 위에는 쇠바퀴 달린 궤도전차뿐만 아니라 타이어가 달린 버스형 무궤도전차도 있었다. 이런 차량들은 휘발유가 아니라 전기에서 동력을 얻고 있었다. 해방 후 한반도에 거의 유일했던 수력발전소인 압록강 수풍발전소 덕에 전력이 넘

평양시내를 달리는 전차 ©yeowatzup

처나던 북한이었다. 그래서 일찍이 전국에 철도망을 깔아 전철을 운용했다고 한다. 기름 한 방울 나지 않는 한반도에서 전기를 사용하는 전차 운용은 현명한 방법이라는 생각이 들었다. 리정호 동무의 말에 의하면 평양시민들은 대부분 이 전차나 버스, 지하철을 이용해서 직장에 출퇴근한다고 했다.

우리 일행은 '만경대유희장'으로 가는 전차에 올라탔다. 북한인민들과 섞여 있었지만, 눈길 한번 인사말 한마디 나눠보지 못하고 서먹해하다가 전차에서 내렸다. 미국에서는 모르는 사람과도 웃으며 '하이!' 하고 인사를 주고받았는데, 같은 동포끼리 인사조차 나누지 못하다니…… '우리가 먼저 반갑게 인사했어야 하는데'라는 창피한 생각이 들었다. 아무도 뭐라 하지 않는데 대체 무엇이 우리를 이렇게 짓누르는 걸까.

만경대유희장은 마치 서울 어린이대공원 같았다. 유희장을 가득 메운 평양시민들의 밝은 표정을 보면서 조금 놀라기도 했는데, 생각해보면 그들의 표정은 항상 굳어 있을 거라는 선입견 때문이었다. 그중에는 군복을 입은 인민군들도 여럿 있었는데 모두 어린애 같았다. 무서운 인민군이라고는 도저히 느껴지지 않았다. 내가 나이를 먹어서 그런가? 30년 전 나도 저랬을까? 그들 또한 밖으로 놀러 나온 남한의 국군병사들과 다를 게 없는 아이들이었다. 이곳에 와서야 겨우 그들이 우리와 같은 보통사람이라는 것을 확인하는 나 자신이 부끄러웠다. 이것이야말로 무서운 세뇌교육의 결과였다.

유희장 안으로는 들어가지 않고 밖에서 안내도만 보았는데 미국의 디즈니랜드나 로스앤젤레스의 매직마운틴 같은 곳에서 보던 놀이기구들이 모두 갖춰져 있었다. 모노레일도 보였는데, 얼마나 크고 좋은지는 알 수 없으나 북한에 이런 것들도 있다고 하니 야릇한 기분이 들었다. 나는 도대체 북한에서 어떤 것들을 보게 되리라고 상상했던가? 눈앞에 벌어지는 여러 광경에 약간은 실망하고 놀라는 나 자신이 또다시 부끄러워졌다. 그래, 이곳도 사람 사는 곳이 아닌가? 그러니 이런 놀이시설들이 갖춰져 있는 것은 너무나 당연한 일이다.

이런 생각들로 복잡한 머리를 비워내려 애쓰며 일행을 따라 '조선인민들의 위대한 수령' 김일성 주석이 태어났다는 '만경대고향집'을 향해 걸음을 옮겼다. 한참 걸으니 눈앞에 깔끔히 정돈된 초가집이 나타났다. 여기서 김일성 주석이 태어났단다. 어느 지방에서 올라왔는지 모를 수많은 사람들 틈에 끼여 집을 둘러보았다. 남한의 민속촌에서도 볼 수 있는 그런 작은 농갓집이었다. 농기구들이 여기저기 널려 있고, 자그마한 방의 흙바닥에는 짚으로 짠 멍석 위에 화로와 담뱃대, 재떨이가 놓여 있었다. 황토색 흙벽에는 김주석 조상의 오래된 흑백사진들이 걸려 있었다. 해방이 되어 아들 김일성이 집으로 찾아와 어머니와 포옹하는 사진도 있었다.

만경대고향집은 특별한 것 없는 초가집이지만, 고향집을 거닐며 안내원 동무가 들려준 이야기는 나를 놀라게 했다. 그의

김일성 주석이 태어났다는 만경대고향집

말에 따르면 1866년(조선 고종 3년), 통상을 강요하며 대동강 상
류까지 올라온 미국상선 제너럴셔먼(General Sherman)호를 화
공으로 격침시키는 데 주도적 역할을 한 사람이 바로 김주석의
조상 할아버지였다는 것이다. 진위를 가릴 수 없는 새로운 이
야기였다. 갑신정변(甲申政變)의 주역인 김옥균 등의 개화파 청
년들을 지도하고 격려했던 당시 평양감사 박규수 휘하의 관민
들이 이양선을 화공으로 격침시켰다는 이 사건과, 미국을 '원
쑤'—북에서는 원수를 된소리로 쓰고 발음한다—로 대하는
김일성 주석의 조상이 연관되어 있다는 역사의 장면이 묘하게
겹쳐왔다.

　　대동강가 만경대에서 뛰놀던 14살 소년 김일성이 1925년 압
록강을 건너 만주로 떠나는 커다란 그림간판이 눈에 들어왔다.

우리를 안내하는 지성록 지도원은 김일성종합대학에서 김일성
혁명투쟁사를 전공했다는데, 내가 그의 설명에 관심을 보이자
나와 함께 걸으며 이야기를 계속했다. 김주석은 소년시절 중
국 길림에서 중학교를 다니며 중국으로 이주해온 조선사람들
을 모아 항일독립정신을 불어넣기 시작했고, 더 자라서는 무장
투쟁을 위해 조선인민혁명군을 조직해 무산(霧山)과 보천보(普
天堡) 등지에서 일본 경찰과 군대를 무찔렀다고 한다. 그는 김
주석의 혁혁한 승리에 대해 차분한 어조로 과장 없이 설명해주
었다. 남한에서 자라며 무수히 들어왔던 가짜 김일성 이야기는
이미 미국에서 그 진위를 알게 된 터라 그의 말을 부담없이 들
을 수 있었다.

또한 2차대전이 일어난 뒤 더욱 악랄해진 일본군과 경찰에
쫓겨 백두산 일대의 숲을 헤쳐가며 활로를 찾아헤매던 '고난
의 행군' 이야기도 들을 수 있었다. 이렇게 간고(艱苦)의 항일무
장투쟁을 전개해오다가 1945년, 드디어 조국에 돌아왔다고 한
다. 해방되기 전 몇년간 김일성이 소련군에 배속되어 있었다는
사실에 대해 지성록 동무가 언급하지 않은 것이 이상하긴 했지
만, 구태여 물어보지는 않았다.

우리는 어느덧 소년 김일성이 동무들과 씨름놀이를 즐겼다
는 인근 대동강 산마루의 만경대 정자에 올랐다. 이곳에 서면
사방의 만가지 경치를 다 둘러볼 수 있다고 해서 '만경대(萬景
臺)'라고 부른다고 한다. 과연 정자에 올라서니 그 아래로 시원

만경대

하게 멀리 뻗어나간 대동강이 눈에 들어왔다. 참으로 아름다운
풍치였다. 셔먼호가 그 어디쯤에서 격침되었을지 헤아릴 길 없
는 푸른 강물이 말없이 흐르고 있었다. 6·25전쟁 당시 미공군
의 무차별폭격으로 초토화되었다던 평양시내에 우뚝 선 건물
들과 살림집들의 모습도 보였다. 만경대 정자에 앉아 잠시 역
사의 회오리를 돌이켜보았다.

　다음 일정이 어찌되는지 전혀 알 수 없는 것이 우리의 일정
인 듯했다. 휴일에는 휘발유차 운행이 제한된다더니 어떻게 준
비했는지 자동차 한대가 와서 우리를 싣고 갔다. 시내로 들어
가는 청춘거리 양옆에 각종 체육관들이 늘어서 있었다. 축구경
기장, 송구관(핸드볼경기장), 탁구관, 농구관, 역기관, 배구관, 격

투기관, 체조경기관, 배드민턴관, 수영관 건물들이 줄지어 있는 것을 보면서 통일 전 동독이 서독보다 작은 나라였음에도 불구하고 올림픽경기에서는 강자였다는 사실이 생각났다. 북한도 국가 차원에서 스포츠를 장려하고 있었다. 그 많은 체육관들 뒤에는 선수들을 위한 피로회복관도 있다고 지도원 동무가 설명했다. 이 많은 체육시설들은 모두 1988년에 완공되었다고 한다. 남한에서 단독으로 올림픽을 개최하던 해다. 혹시 남북공동 개최를 기대하고 있던 것은 아니었는지……

어느새 능수버들이 늘어선 대동강가에 닿았다. 평양은 버드나무가 많아서 예로부터 '유경(柳京)'이라 하지 않았던가? 유경이라 하니 평양시내 어디서나 보이는 류경호텔의 모습이 떠올랐다. 골격만 완성된 상태에서 공사가 중단된 105층 삼각 콘크리트 건물은 도시의 유령처럼 버티고 서 있었다. 경제가 어려워져 공사가 중단되었다고 미국에서 들었는데―류경호텔 공사는 2007년 재개되어 2012년 개장을 목표로 하고 있다고 훗날 들었다―당시 남한에서 제일 높은 건물이 63빌딩이라는 점을 생각해볼 때, 북한이 이런 고층건물을 짓기 시작했다는 사실만으로도 놀라지 않을 수 없었다. 그동안 나는 당연히 북한은 이런 초고층건물을 지을 능력이 없다고 생각했던 것이다. 하긴 1970년대 중반까지는 북한이 남한보다 더 잘살았다는 놀라운 사실도 미국에 유학을 와서야 알게 되었다.

대동강을 가로지르며 평양의 중심부에 놓인 다리 옥류교(玉

流橋) 남쪽에 용케도 남아 있는 고구려시대의 유적 련광정(練光亭)과 평양의 동문에 해당한다는 대동문(大同門)이 이 고도의 역사를 고스란히 드러내주고 있었다. 대동문이 어떻게 6·25전쟁의 폭격을 견뎌냈는지 참으로 대견하고 다행스러웠다. 북한의 국보 1호인 평양성(平壤城)은 고구려 장수왕이 서기 400년대 전반에 평양으로 천도한 후 100여년이 지난 500년대 중반부터 쌓기 시작했다고 한다. 대동문은 조선왕조 1635년에 개축되었고, 그 모양은 서울의 동대문, 남대문과 크게 다르지 않다. 대동문에 달려 있던 커다란 종은 지금 그 옆에 있는 종각에 안치되어 평양종(平壤鐘)으로 불린다. 1700년대 전반에 다시 주조되었다는 이 종은 서울의 보신각처럼 제야에 울려 새해를 맞이하는 데 쓰인다고 한다.

평양종 옆에는 평양시민들의 문화휴식처인 련광정이 대동강에 면해 있다. 관서팔경(關西八景) 중 하나인 이 정각(亭閣)도 고구려 때 처음 세워졌는데, 지금처럼 도시가 세워지기 전 여기서 보는 대동강의 경치가 어떠했을지 짐작이 간다. 임진왜란 때 명기(名妓) 계월향(桂月香)이 이곳 련광정에서 왜장을 죽이고 평양성을 지켰다는 이야기는 남한의 진주 촉석루에서 기생 논개(論介)가 왜장을 안고 남강에 뛰어들었다는 이야기와 겹쳤다. 역사에 무지해서인지 이 이야기는 여기서 처음 들었다. 분단되어 살다보니 우리는 조국 역사의 반쪽만 알고 있는 것을 새삼 확인하게 되었다.

치수와 환경보호를 철저히 해서 오염이 덜 되었다는 대동강가에 낚싯대를 드리운 평양시민들을 보며, 어찌 저리 유유자적할 수 있는가 하는 의구심이 들었다. 방문객에게 보여주려고 데려다놓은 가짜 강태공들이 아닐까,라는 어느 북한 기행문에서 읽은 구절이 떠올랐다. 북한은 너무나도 가난하고 강압적이라는 말만 들었는데 어째서 대동강에 유람선이 떠 있고, 노를 저으며 희희낙락하는 청춘남녀들의 웃음소리가 들린단 말인가? 이곳 북한은 선입견으로 가득한 우리에게 가는 곳마다 새롭고 역설적인 모습들을 보여주고 있었다.

세뇌교육은 북한에서만 하는 것으로 알고 있었는데, 우리도 모르는 사이에 남한에서 배우고 자라는 동안 반공교육을 꽤 철저히 받아온 모양이다. 하기야 이곳에서 만나는 사람들은 모두 빨갱이인데 어째서 얼굴이 빨갛지 않은가, 또 왜 머리에는 뿔이 달려 있지 않은 건가 하고 생각했다는 어느 북한 방문객의 여행기를 읽은 생각도 떠올랐다. 이런 점에서 해외동포들의 북한 방문은 북을 남한국민에게, 남을 북한인민에게 알리는 중요한 일이라는 사실을 새삼 확인했다.

옥류교 위쪽 대동강변에 기다랗게 서 있는 커다란 2층 기와집이 그 유명하다는 평양냉면집 옥류관(玉流館)이다. 하도 커서 한번에 2천여명까지 수용할 수 있다고 한다. 다음날 점심은 바로 이 집에서 하자고 리정호 동무에게 부탁하자, 리동무는 그러자고 답했다. 대동강은 그지없이 맑고 푸르렀다. 옥류관 옆

계단을 내려가 강물에 손과 얼굴을 씻고, 대동강 물을 한 모금 맛보았다. 대동강가의 낚시꾼들, 유람선을 타고 노는 청춘남녀들, 옥류관에서 강을 내려다보며 냉면을 사먹고 있을 평양시민들. 우리가 북에 대해 무엇을 잘못 알았는가? 북한을 움직이는 고위층에서 무슨 일을 하건, 아, 이곳에도 우리와 똑같은 보통 사람들이 살고 있었다.

사회주의사상만큼이나
거대한 건축물들

독일이 통일되기 전인 1980년대에 정형외과 학술강연차 서베를린에 갔다가 찰리(Charlie)검문소를 통과해서 동베를린에 들어간 적이 있다. 그때 옛 베를린시 중심부에 있는 페르가몬 미술관(Pergamon Museum)과 주위의 공공건물들을 돌아보았는데, 평양에 와보니 그때 보았던 근대식 공공기관 건물들의 신고전주의 건축양식을 따른 듯한 회색 건물들이 주요 거리마다 즐비했다.

대동강변에 면한 김일성광장 좌우에 들어서 있는 조선중앙력사박물관과 조선미술박물관은 북한을 소개하는 비디오에서 대규모 집회나 기념식 대행진을 보여줄 때마다 나오던 건물이다. 광장 서쪽 끝 남산재에 웅장하게 서 있는, 청록색 전통기와

김일성광장의 모습. 정면으로 보이는 건물이 인민대학습당 ©yeowatzup

지붕이 줄줄이 이어진 아름다운 건축물은 인민대학습당—서울의 중앙도서관 같은 곳이다—이라 했다. 이 건축물은 민족적 형식에 사회주의적 내용을 담은 '주체건축예술'의 기념비적 작품으로 평가받는다고 한다. 정면에서 보면 '따스한 봄날 푸른 잔디밭에서 어미닭이 날개 밑에 병아리를 품고 있는 행복한 모습' 같다고 리동무가 말했다. 그 안에 들어가보진 못했지만 인민들의 교양·학습을 담당한다는 건물이 저렇게 크다는 데 놀라지 않을 수 없었다. 1982년에 문을 열었으며, 장서는 3천만권에 이른다고 들었다.

옛 왕궁도 현 중앙정부청사도 아닌, 인민들의 배움의 전당이라는 학습당을 김일성광장이 내려다보이는 평양시내 중심 언덕에 세우고 대동강 건너 동쪽에는 높다란 주체사상탑을 마주 세운 도시계획이 뛰어나 보였다. 미국 워싱턴의 의회의사당과 그 건너 인공호수 맞은편에 링컨기념관이 마주하고 있는 것과 비슷했다. 말로만 들어온 동토의 왕국, 북한에 와서 보게 된 웅장한 기념비적 건축물, 조각품 들을 직접 보면서 우리는 끊임없이 놀랐다. 전체적으로 사회주의를 이루려는 통치방식이 이런 거대한 축조물들을 만든 것 같았다.

방금 전 이곳으로 오는 길에 보통강변에서 보았던 인민문화궁전도 우리 전통건축양식에 따른 민족성을 보여주고 있었다. 1974년에 지어졌다는 이 궁전은 세개의 동으로 이루어져 있는데, 하나의 지붕으로 이어져 마치 한 무리의 기러기가 줄지어 날아가는 듯 우아하고 장엄했다. 이러한 건축양식은 1970년 중반 김정일(金正日) 비서가 주창한 '주체건축예술론'에 기반한 것이라고 한다. 그동안 막연히 공산주의국가는 옛것을 배격하리라 생각했던 나에게 북한의 이런 모습은 무척 새로웠다. 전통문화를 지키려는 마음가짐과 실천은 오히려 남한을 앞서는 듯했다. 내가 남한에 살았던 1960년대까지만 해도 남한에서는 전통가옥을 촌스럽게 생각하고 무엇이든 서구식 건축물이 좋다고 여기는 풍조가 만연해 있었다. 그후 1980년대에 들어와 남한에서도 우리의 전통을 되찾으려는 운동이 크게 일어났다는 반가운 소식을 미국에서 들었다.

인민문화궁전은 겉은 전통양식이지만, 내부는 현대식으로

꾸며져 있다고 리정호 동무가 덧붙였다. 내부에 각종 회의실과 강당, 크고 작은 공연장들, 연회실까지 갖춰놓아 모든 문화활동을 할 수 있는 종합회관이라고 했다. 그런데 그 이름이 '회관'이 아니라 '궁전'이라니. 봉건적인 단어에 야릇한 기분이 들었다.

우리는 대동강 옥류교를 넘어 동평양으로 들어가 주체사상탑이 있는 넓은 광장에 다다랐다. 우선 눈에 띄는 것은, 높다랗게 솟아오른 170미터 높이의 석탑 앞뒤로 '주체'라고 씌어진 금색 글씨였다. 1982년에 세워진 이 탑의 꼭대기에는 꺼지지 않는 전기횃불이 타고 있었다. 북한정권 이념의 본체인 주체사상. 이 불꽃은 주변 강대국에 휘둘려온 겨레의 불운한 역사 속에서 우리도 모르게 스며든 사대주의를 씻어내고 주체적이며 자주적으로 살아가겠다는 의지를 상징한다고 한다.

그동안 미국에 살면서 뼈아프게 느낀 것은 우리의 '엽전의식'과 서구에 주눅드는 저자세, 그리고 아부근성이었다. 특히 미국시민으로 살아가는 나에게 미국을 다녀가는 한국인들의 숭미사대의식은 참으로 역겨운 것이었다. 모두 청산해야 할 우리의 유산이다. 인공고관절 전문가로서 국제정형외과학회와 세계 여러 나라의 의과대학, 병원에서 강연과 시술을 해오며 확인하게 된 것은 우리 겨레가 비굴해져야 할 이유가 전혀 없다는 것이다. 피부색과 상관없이 그 누구든 확고한 실력만 있으면 인정받을 수 있다는 것을 몸으로 느끼며 살아왔다. 그런데 우리 겨레의 앞날을 위해 내가 그토록 바라오던 자주의식을, 북녘 땅

주체사상탑 ©yeowatzup

에서, 이 어렵고 불쌍하다고 하는 땅에서 접하고 있다.

탑신 앞에는 망치 든 노동자, 낫을 든 농민, 펜을 든 근로지식인, 3인의 군상이 서 있다. 당의 기치 아래 전진하는 인민을 상징하는 이 대형석조상은 주체사상을 실천해나가야 할 인민들의 기상을 고취하고 있었다.

승강기를 타고 주체탑 꼭대기에 올라가니 평양시의 모습이 한눈에 들어왔다. 평양은 시내를 가로지르는 대동강과 보통강을 중심으로 넓게 퍼진 도시였다. 서울의 남산과 비슷한 나지막한 산, 모란봉(牡丹峰)이 대동강을 끼고 있다. 푸른 강물과 무성한 나무들에 어울려 현대식 건물들이 정연하게 들어선 도시의 전경을 내려다보자니, 한가지 의문이 생겼다. 일제강점기에 세워진 건물 같은 근대의 흔적이 전혀 남아 있지 않았던 것이다. 특히 전통기와집으로 지어진 여염집은 찾아볼 수가 없었다. 어떻게 도시 전체가 현대식으로 반듯한 건물로만 채워질수 있을까. 나의 의구심은 곧 풀렸다.

리정호 지도원의 설명을 듣자니, 조국해방전쟁―북에서 6·25전쟁을 일컫는 말이다―때 미군의 무차별 융단폭격을 받고 난 뒤 평양시내에 남은 건물은 하나도 없었다고 한다. 공중폭격이 끊임없이 이어지는 몇개월 동안 지하방공호에서 살아남은 인민들이 "눈물겨운 각고의 노력으로 잿더미 위에 일떠세운 새로운 혁명의 도시가 바로 아름다운 평양"이라는 것이다. 그래서 도시계획은 처음부터 폭격으로 가라앉아 아무것도 없는 평지 위에서 하나씩 세워나갔다고 한다. 처음 보고 깜짝 놀랐던 넓디넓은 도로들도 다 이유가 있었던 것이다. 다만 그 널찍한 도로 위에 차량통행이 거의 없다는 것이 북한의 현실을 말해주고 있었다.

6·25전쟁이 끝난 뒤 북은 전쟁복구작업을 빠르게 마치고 경제재건에 매진했다고 한다. 그리하여 한때는 남한보다 높은 경제력을 누렸다. 경제적 우위는 1970년대 중반까지 계속되었다. 당시 김일성 주석은 모든 인민이 기와집에 살면서 이밥(쌀밥)에 고깃국을 먹는 날을 마련하겠다고 약속했다. 하지만 1989년부터 국제교역의 대상이던 동유럽 공산주의국가들이 하나 둘씩 몰락하면서 지금은 너무나 어려운 실정에 처해 있다. 언젠가 통일을 이뤄 하나가 될 이 조국의 반쪽을 우리 해외동포들과 남한의 국민들은 어떻게 도와야 할 것인가? 그 실마리라도 잡아보려고 지금 우리 재미한인의사회 대표단이 여기 온 것이 아닌가?

나중에 기록영화들을 보니, 전쟁으로 파괴된 평양시의 모습은 서울과는 비교할 수 없을 만큼 참담했다. 미공군은 2차대전 당시 유럽에 투하한 폭탄의 몇배나 되는 양을 북한에 쏟아부어 초토화했다고 한다. 영화는 눈물겨운 노력으로 평양을 재건하는 인민들의 모습을 되풀이해 보여주며, 인민들을 단합시키고 '원쑤 미제'에 항거하는 정신을 북돋우는 듯했다. 리동무는 서울의 파괴도 결국 미군 폭격의 결과가 아니었느냐고 반문했다.

평양이야 적국의 수도라서 그랬다 치더라도 서울은 동맹국의 수도가 아닌가? 그들에게 우리 문화유산에 대한 배려가 조금이라도 있었다면 그 정도까지 심각한 피해가 발생하진 않았을 거라는 생각이 들었다.

미국은 그렇게 증오하면서도 정작 북한사람들이 남한을 욕하는 소리는 한번도 듣지 못했다. 북에서는 미국을 원수로 여기고 그렇게 인민을 교화하면서도, 남한에 대해서는 미국에서 해방되지 못한 우리 민족이라고 생각하고 있었다. 그래서 하루빨리 남조선을 미국으로부터 해방시켜야 한다고 여겼다. 이런 말은 우리에게 우습게 들리지만, 다시 한번 잘 생각해보아야 할지도 모른다. 내가 미국에 산다고 해서, 미국시민이 되었다고 해서 이런 반미적인 자세에 무조건 적대적으로 대응한다면, 이것이야말로 옹졸한 태도일 것이다. 미국의 양심적인 학자와 문명비평가들은 끊임없이 미국의 패권주의적 행태를 경고하고 있다. 이렇게 균형을 이룬 견해가 있어 아직까지 미국이 오늘날의 국력과 위세를 영위하고 있는 것이 아닐까 생각한다.

평양시내로 들어올 때 개선문을 지나 곧바로 눈에 띄는 것은 그 유명한 만수대언덕의 천리마동상이다. 하루에 천리를 달린다는 전설의 천리마를 탄 기세로 전진하는 인민의 기상과 투지를 형상화한 것이다. 이 동상은 6·25전쟁으로 파괴된 나라를 복구하고 재건하는 데 나선 인민들을 고무·격려하는 뜻에서 1961년에 세워졌다고 한다. 동상에 붙은 현수막들에는 인민의 단결을 외치고 당과 수령 김일성을 따르자는 구호들이 무성했다. 바깥세계에서 온 우리에게는 먼 옛날로 느껴지는 이런 선동수단이 북에서는 아직도 남아 있었다. 미국에 의해 오랜 세월 경제적으로 봉쇄당하고, 정치적으로 고립되고, 군사적으로 위협당하며 살고 있는 그들에게는 반미의식이 하나의 속성으로 굳어져 있다는 생각이 들었다.

모란봉 밑 만수대언덕에는 김일성 주석의 거대한 황금동상이 있다. 왼손을 허리에 짚고 오른손을 높이 들어 인민들을 영도하는 동상 앞에는 참배가 끊임없이 이어지고 있었다. 그 좌우에는 혁명투쟁의 역사를 보여주는 두개의 거대한 조형물이 있다. 앞으로 갈수록 점점 커지는 붉은 깃발을 둘러싸고 군중들이 전진하는 모습은 상승적인 조형미를 보여주고 있었다. 동상 뒤로 보이는 건물은, 혁명의 성산이라 일컫는 백두산을 형상화한 거대한 벽화가 정면으로 드러나는 조선혁명박물관이었다. 박물관 건물과 조각상들을 통틀어 '만수대 대기념비'라고 부르는데, 1972년에 건립되었다고 한다. 잠시 지나가는 방문객인 우리로서는, 김일성동상에 머리 숙이는 인민들의 진심이 무엇인지 알 길이 없었다. 아무도 우리 일행에게 절하라고 요구하지 않았다.

한편 우리의 방문목적인 의학교류와 의료계 시찰에 대한 일정이 알려지지 않아 답답했다. 그날 밤 해외동포원호위원회 영접부의 김주희 부장이 우리 일행을 찾아왔다. 인솔자인 전순태

만수대 대기념비

선생은 영접부장이 우리 대표단을 직접 만나러 온 것은 예외적인 일이며 그만큼 우리의 방문에 무게를 두고 있는 것이라고 귀띔해주었다.

온화한 성품으로 보이는 김부장은 조용히 우리 이야기를 들어주었다. 이곳에서는 지위의 고하를 떠나 누구와도 조금만 길게 이야기하다보면 금세 친해지는 느낌이 든다. 사회주의체제 덕분인지 누구도 개인의 경제적 이익을 추구하거나 계산하는 일이 없었고, 그러다보니 솔직하게 마음을 터놓고 대화할 수 있었다. 권영세 회장은 김부장과 지극히 개인적인 건강문제까지 이야기했다. 특이한 점이라면, 우리는 새로운 사람을 만날 때마다 명함을 건네지만 북에서는 아무도 명함을 주지 않았다. 때문에 그들의 이름과 직책을 확인할 길이 없었다. 하기야 확인한들 서로 연락할 수도 없으니 무슨 소용이 있겠는가마는.

그동안 권회장은 몇번씩 지도원 동무에게 우리의 방문목적을 상기시켰지만, 그때마다 그들은 "그저 가만히 계시라우요. 우리가 다 조직하고 있습네다"라고만 했다. 우리는 열심히 원하는 바를 전했지만, 결국 서로 의논해서 이루어지는 것은 하나도 없는 듯했다. 우리 이야기를 다 듣고 그들끼리 논의한다고는 했지만, 그럼에도 결국은 그들 각본에 따라 움직이고 있다는 느낌이 들었다.

허나 우리 마음대로 하라고 허락받았다 한들 이 낯선 땅에서 무엇을 할 수 있겠는가. 어디를 어떻게 가야 할지, 누구를 만나야 할지 아는 것이 없으니 그들 일정에 그대로 따를 수밖에 없었다. 일정이 너무나도 일방적이기는 했지만, 그래도 그들의 환대는 정말 따뜻했다. 지도원 동무들이 우리를 감시한다는 느낌은 전혀 들지 않았다. 대체 우리가 무슨 일을 저지를 수 있다고 감시할 필요가 있겠는가. 생각해보니 우스꽝스럽기 짝이 없는 망상이었다. 그들은 우리들의 충실한 안내자이자 보호자였다. 그들이 없었다면 우리는 이 낯선 땅에서 아무것도 할 수 없는 미아 같은 처지가 되었을 것이다.

고려호텔로 숙소를 옮기다

매일 환자 진료와 병원 일에 시달려야 하는 미국에서는 전화도 텔레비전도 없는 외딴섬에 가서 모든 것에서 해방되어 지내고 싶다는 생각을 자주 했다. 그런데 북한에 와보니, 바깥세상이 어떻게 돌아가는지 전혀 알 수 없었다. 그동안 꿈꿔왔던, 아무 걱정 없이 마음 편히 지낼 수 있는 곳이 바로 이곳이라는 생각마저 들었다.

그때 마침 우리의 숙소가 시내 중심가에 있는 고려호텔로 옮겨졌다. 고려호텔은 평양시내 한복판에 있는 45층짜리 쌍둥이 건물로 1985년에 문을 연 북한 최대이자 최고급 호텔이다. 처음에는 왜 청년호텔이라는 중급호텔에 묵게 되었는지, 또 왜 갑자기 최고급 고려호텔로 옮겨진 것인지에 대해서는 아무 설명도 들을 수 없었다. 리정호 동무에게 물으니, 자신들은 우리를 가장 편한 곳에 모시려 했지만 호텔방 사정이 허락하지 않았다고만 답했다. 숙박비를 내지 않는 처지에 더 물어보기도 민망하고 물어본들 별다른 대답이 나올 것 같지도 않았다. 이번 여행의 왕복항공비는 우리 부담이었지만, 북한에서의 숙박과 식사, 관광 비용은 모두 북한당국이 부담해주었다. 그들의 대접은 매우 고마웠지만, 한편 경제가 어려워진 그들에게 부담을 주는 것이 아닌가 마음이 무거웠다. 권회장은 대신 우리가 도울 수 있는 것을 최대한 찾아보자고 일행에게 당부했다.

그동안 불편한 시설에 길들여져서인지 고려호텔의 모든 시설이 편하기만 했다. 복도에 불이 켜져 있고, 방에서 온수가 나오니 샤워도 할 수 있었다. 식당과 바도 훌륭했고, 커피숍과 사우나, 배드민턴장까지 있었다. 1천명까지 수용할 수 있는 일류 호텔이라 나무랄 게 없었다. 아침식사로는 죽까지 곁들여 정성스럽게 준비한 한식과 양식이 나왔다. 호텔 안의 모든 접대원 동무들도 순박하고 친절했다.

호텔 꼭대기에는 회전전망식당(스카이라운지)이 있다. 놓칠세라 일행들과 식당 바에서 평양시내를 내려다보며 북한 맥주를 마시는데, 뒤에 있는 피아노에서 「우리의 소원은 통일」이 흘러나오고 있었다. 순간 소스라치게 놀라 뒤돌아보니 피아노를 치는 사람은 보이지 않았다. 피아노는 자동으로 연주되고 있었다. 남한에서 작곡되어 불리는 이 통일의 노래를 북한에서도 듣고 있다는 사실이 믿기지 않았다. 만일 북한에서 이 곡이 작곡되었다면 과연 남한에서도 부를 수 있겠는가 하는 생각이 머릿속을 어지럽혔다. 리정호 동무에게 물었더니, 통일은 북이나 남이나 모두 똑같이 원하는 것인데 어디서 작곡되었든 상관없지 않느냐고 오히려 천연덕스럽게 반문했다. 바보 같은 질문이지만 그게 남한에서는 현실이 아닌가.

회전전망식당에서 내려다보이는 평양시내의 모습 또한 장관이었다. 시내를 가로질러 흐르는 대동강과 보통강을 따라 수목이 울창했고, 반듯한 거리에 기념비적 건물들이 정연하게 늘어서 있었다. 그런데 호텔 주위에 무수하게 들어선 10여층짜리 살림집들은 지은 지 오래돼서인지, 아니면 근년에 들어 유지하기가 어려워져서인지 건물 유리창이 깨져 있거나 없는 곳이 있었다. 깨진 창문에 비닐을 덧대어놓은 것을 보니, 안에는 사람이 사는 모양이었다. 광복거리에 새로 지은 대형살림집들과는 사뭇 달라 보였다. 정사각형의 오뚝한 건물들도 많았는데, 서울의 기다랗고 높은 아파트 건물과 비교되었다. 지금 북한에서는 전력사정이 아주 좋지 않다고 들었는데, 건물 속 승강기가 운행되고 있는지 궁금했다. 좁다란 계단을 오르내리고 있는 인민들의 모습이 보이는 듯했다. 옆에 앉은 리동무에게 차마 이런 가슴 아픈 질문을 할 수는 없었다.

고려호텔 앞 네거리에 우리의 눈길을 끄는 구경거리가 있었다. 미국은 물론이고 남한에서도 보기 어려운, 교통정리하는 안전원이 신호등 대신 네거리 복판에 서서 기막히게 절도있는 동작으로 움직이고 있었다. 산뜻하게 잘 맞는 정복 차림에 장화와 모자를 쓴 여성이 호각을 불어대며 몸의 방향을 잽싸게 직각으로 바꾸는 동작에 우리 모두 넋을 잃고 말았다. 앳된 여성 안전원이라 더욱 멋져 보였다. 한참 뒤떨어진 방식이 아닌가 하는 안쓰러움도 있었지만, 교통량도 별로 없는데 자동신호등이 무슨 필요가 있겠는가 하는 생각도 들었다. 어느 사회든 처한 환경에 따라 그에 맞는 것을 채택하는 것이 당연한 일이고, 때문에 역지사지의 마음을 갖는 것이 꼭 필요하다.

짐을 정리한 후 안내원 동무들을 따라 평양시내의 곳곳을 둘러보기 시작했다. 여기저기 붙어 있는 붉은색의 구호들은 어쩌면 저렇게 획일적으로 글씨체가 똑같을까? 개인과 단체의 개성은 전체를 위해 희생되는 것일까? 그렇다면 창의성은 어디서 발휘되는 것일까? 가장 먼저 도착한 곳은 개선문(凱旋門)이었다. 1925년 열네살이던 만경대 소년 김일성이 조국을 떠나 간도로 가서 항일무장투쟁을 벌이다가 1945년에 개선장군이 되어 돌아온 것을 기리는 웅장한 축조물이었다. 이 석조개선문은 빠리의 개선문보다도 크다고 한다. 문 위에는 「김일성 장군의 노래」가 새겨져 있고, 좌우에는 항일무장투쟁과 조선민주주의인민공화국을 세운 모습을 형상화한 청동조각상이 있었다.

일제강점기에 활약했던 독립운동가 김일성 장군에 대해서는 백전백승의 노장으로 축지법을 써서 하룻밤 새 백릿길을 갔다

는 둥, 여러 전설적인 이야기가 떠돌았다고 아버지 세대들에게 들었다. 하지만 역사에 근거해서 말하자면, 청년 김일성은 동북항일연군(東北抗日聯軍)을 지휘하다가 1940년 소련 특별저격여단에 들어가 조선공작단의 책임자가 되었다. 1945년 해방이 되자 9월에 소련군과 함께 귀국했고, 10월에 처음으로 군중 앞에 나타나 연설을 했는데, 그 자리가 당시 평양공설운동장이었다. 연단에 오른 그가 새파랗게 어린 30대 초반의 젊은이인 것을 보고 군중들이 가짜라고 했다는 이야기도 전해진다. 평양공설운동장은 1982년 4월 김주석의 생일에 맞춰 김일성경기장으로 개축되었고, 경기장 주변에는 개선거리가, 거리 한가운데에는 개선문이 세워졌다고 한다.

우리 일행은 개선문 남쪽 모란봉을 향해 올라갔다. 서울의 남산보다 낮은 모란봉은 대동강을 동편에 끼고 있었다. 먼저 만난 것이 모란봉극장이다. 이곳은 바로 1948년 4월 '전조선 제정당사회단체 대표자 연석회의(남북연석회의 혹은 15인지도자회의)'가 열렸던 역사적인 장소다. 근래 새롭게 단장해서 말끔해진 극장의 모습을 보며, 머릿속 생각은 곧바로 해방정국의 혼돈 속으로 달려갔다.

2차대전에서 일본이 미국과 소련 연합군에 패망하자, 일제에 강점되어 있던 우리나라는 어처구니없게도 미·소에 의해 남북으로 분단되었다. 당시 일단의 민족주의자들이 통일국가 수립을 위해 애썼지만, 모스끄바 3상회의에서 결의한 신탁통치 찬반문제로 남과 북은 결국 합의를 이루지 못하고 각기 단독정부 수립의 길로 치닫고 있었다.

이에 남한에서 단독정부 수립에 반대하며 좌우합작운동을 벌였던 김규식(金奎植) 등은 남북통일정부 수립운동을 펼쳤고 김구(金九)도 이에 합세하여 북행을 결심했다. 미군정과 우익단체들의 반대가 극심했지만, 저명한 문화인 108명의 지지성명과 중도파 단체들의 남북연석회의 지지에 힘입어 두 사람은 38선을 넘어 평양으로 갔다. 북측에서 제안한 '전조선 제정당사회단체 대표자 연석회의'에는 김구, 김규식, 박헌영(朴憲永) 등의 남쪽 대표와 김일성, 김두봉(金枓奉), 최용건(崔庸健) 등의 북쪽 대표가 참석하여 외국군 철수와 남북총선거 등에 합의했다. 그

러나 첨예하게 갈라진 좌우익세력의 대립으로 2차에 걸친 미·
소공동위원회의 협상이 결렬됨으로써 남북통일 임시정부 수립
은 실패하고 말았다.

비록 평양에서의 합의사항은 결렬되었으나, 이 협상운동은
평화적 통일민족국가 수립운동의 일환이었다. 민족주의자들은
남북 분단국가의 정당성을 부인하며 통일국가 수립노선을 계
속 주장했다. 그러나 김구는 이듬해 암살되었고, 끝내 38선 이
남에서는 1948년 8월 15일 이승만(李承晩)정부가, 이북에서는
같은 해 9월 9일 김일성정부가 수립되어 분단은 기정사실화되
었다. 좌우합작을 통해서라도 통일국가를 세우려 노력했던 김
구 선생은 아직도 남한국민들 사이에서 존경의 대상으로 흠모
받고 있다. 김구와 김규식이 다녀갔다던 대동강변 쑥섬 사적지
의 비석에 새겨진 이름들을 바라보았다. 그 혼돈의 역사를 모
두 지켜보았을 대동강은 그저 말없이 흐르고 있었다.

청명한 가을날 오후, 모란봉 산길을 쉬엄쉬엄 걸어서 꼭대기
에 올라가니 평양성의 일부인 을밀대(乙密臺)에 다다랐다. 평양
성 벽에 걸터앉으니 그 아래로 내려다보이는 대동강의 푸른 물
이 마치 그림 같았다. 그 너머 대동강에 떠 있는 섬 릉라도(綾羅
島)에 넙죽하게 엎드려 있는 5·1경기장도 눈에 들어왔다. 대동
강에는 릉라도 말고도 양각도(羊角島)와 쑥섬 등이 떠 있다. 양
각도는 양각도호텔과 국제영화회관이 있는 섬이고, 쑥섬은 남
북연석회의와 관련해 혁명사적지가 된 곳이다.

5·1경기장 ©Ray Cunningham

　모란봉 밑 강기슭 어딘가에 붙어 있다는 절경의 부벽루(浮碧樓)와 최승대(最勝臺)는 가보지 못했지만, 그곳에 옛 선비들처럼 술상을 받아놓고 앉아 있으면 시 한수가 절로 떠오를 만도 하겠다는 생각이 들었다. 문득 련광정에 들른 고려의 어느 시인이 대동강과 평양성의 아름다움을 표현할 길이 없어 자신의 글재주를 한탄하며 울었다던 이야기도 떠올랐다. 이 아름다운 풍광 앞에서 시 한 구절 떠오르지 않는 나의 목도 타기만 했다. 도시 한복판에 이렇게 수려한 경관이 펼쳐져 있다니, 이는 필시 천복(天福)이다.

　벌써 단풍이 물들기 시작한 숲길을 걸어 내려오니, 미술대학 학생들인지 이젤을 펴놓거나 땅바닥에 앉아 가을 경치를 그리는 젊은이들이 보였다. 젊은 학생들이 이렇게 유유자적 그림을 그리는 모습은 의외였지만, 사회주의국가에서는 선전선동의 수단으로 예술가들을 우대한다고 하니 한편 이해가 가기도 했다. 해방 후 이념과 사상 대립으로 혼란스러웠던 시기에 남한의 뛰어난 수많은 예술가들이 월북했다는 이야기가 머릿속에서 되살아났다. 그들은 모두 이 북녘에서 어떤 삶을 누렸을까.

우리는 대동강을 가로지르는 릉라다리를 건너 릉라도로 들어갔다. 유원지가 넓게 펼쳐져 있고, 북쪽 끝에 서울 올림픽경기장의 두배 가까이 되는 15만석의 초대형 5·1경기장이 자리하고 있었다. 5월 1일은 북한을 포함한 사회주의국가들이 중요하게 여기는 노동절이다. 1989년 봄에 준공되었다는 이 경기장은 마치 하늘에서 떨어지던 낙하산이 사뿐히 땅에 내려앉은 듯한 모습 같기도 하고, 한 떨기 거대한 모란꽃이 은백색 광채를 뿌리며 피어난 듯도 하다고 안내원이 설명했다. 모란은 북한의 국화다.

경기장에는 부속시설로 육체훈련실, 수영장, 피로회복실, 한증탕, 체육과학 연구실 등이 있다고 안내원이 덧붙였다. 앞서도 말했듯이 북한은 88올림픽 다음해에 이 경기장에서 세계청년학생축전을 개최했다. 그때 유럽을 통해 몰래 북으로 들어온 남한의 전국대학생대표자협의회(전대협) 대표 임수경양이 이 대회에 참석했다. 임수경은 개·폐막식 행사에서 열렬한 환호 속에 입장해 통일의 열기를 뜨겁게 달구었다. 티없이 맑고 활

달하고 자유스러운 남한 여대생 임수경의 모습은 나도 미국에
서 비디오로 보았다.

다시 시내 한복판으로 들어온 우리는 평양시민들 속에 끼여
지하철로 들어갔다. 에스컬레이터를 타고 내려가는데 그 깊이
가 끝도 없는 것 같았다. 미국의 공격에 대비하느라 북한은 땅
굴 파는 데 세계 제일이 되었다더니 과연 그런 것 같았다. 우리
는 이 지하철에만 내려와 있으면 미국의 공중폭격이나 미사일
공격에도 안전할 거라고 수군댔다. 지하 100미터인지 150미터
인지 정확지는 않지만, 한참을 내려가 당도한 곳은 휘황찬란한
지하철역이었다. 모스끄바 지하철역이 이렇게 화려하다고 들
었는데, 천장의 샹들리에와 화려한 벽화를 보니 평양이 아니라
마치 유럽의 어느 왕궁 속에 들어온 것이 아닌가 하는 착각마
저 일으켰다.

지하철의 바닥은 대리석이 깔려 있었고, 벽면에는 초대형 벽
화가 그려져 있었다. 특히 전면이 밝은 원색으로 그려진 백두
산 천지 벽화가 매우 인상적이었다. 더 신기한 것은 이 그림이
물감으로 그려진 것이 아니라는 점이다. 리정호 동무의 말에
의하면 온갖 색깔의 돌가루로 만든 모자이크식 석화라는 것이
다. 가까이서 보니, 과연 작은 색돌들이 빼곡히 박혀 있었다. 리
동무는 영원히 변치 않는 색으로 인민들이 오래오래 볼 수 있
도록 만들라는 '김일성 수령님'의 지시에 의해 석화로 제작되
었다는 말도 잊지 않았다. 그 말을 안 들었더라면 더 좋았겠지

지하철역 내부 ©yeowatzup

만, 어쨌거나 북한 예술인들의 지극한 열정이 담긴 독특한 예술작품이었다. 그림을 바라보며 북한인민들의 존경을 한몸에 받는 '김일성 수령님'의 전지전능함이 한편으론 흠이 아닐까 하는, 그들에게는 불경스러운 생각도 들었다.

소리없이 지하철이 도착하고 문이 열릴 때마다 인민들이 바쁘게 들락거렸다. 평양의 지하철은 1968년에 착공해서 1973년에 개통되었다고 한다. 1970년 미국으로 떠날 당시, 서울에는 지하철이 없었다. 8년 후 서울에 처음 가봤더니 몇년 전인가부터 지하철이 개통되었다고 들었는데 타보지는 못했다.

돈 한푼 안 낸다는 사회주의 의료제도

다음 일정을 물어보면 "가만히 있으라우요"라고만 대답하더니, 드디어 우리의 방문목적인 의학교류의 날이 왔다. 10월 14일 수요일 아침, 고려호텔에서 권영세 회장은 최창식 보건성 부부장(보건부 차관)을 만났다. 다른 나라 같으면 약속시간에 맞춰 우리가 근무처로 찾아가는 것이 상식인데, 여기는 달랐다. 우리가 만나야 할 대표급 사람들이 이쪽으로 찾아오는 식이었다. 근무처를 직접 돌아볼 기회가 주어지지 않아 섭섭했지만, 이 묘한 귀빈 접대의 편안함을 즐기기로 했다. 최부부장은 병원 방문과 의학대학 견학, 그리고 우리가 준비해온 학술연구 자료를 주고받는 모임이 각 과별로 조직되었다고 했다. 권회장은 매해 겨울 플로리다 주에서 열리는 재미한인의사회의 정기

학술회의에 북한 의료진을 초대할 테니 의사들을 파견해줄 것을 요청했다. 물론 숙박비를 포함한 여행비용은 우리측에서 부담할 것이라고 했다. 최부부장은 별다른 말 없이 그저 연구해보겠다고만 답했다.

오늘은 먼저 산부인과 병원을 방문한다고 했다. 일행 중에 산부인과 의사가 없었기 때문에 산부인과보다는 평양의학대학병원을 보여달라고 요구했지만, 요구를 들어줄 수 없는 무슨 속사정이 있는 모양이었다. 그래서 대동강 건너 동평양에 있는, 북한 산부인과의 간판격인 평양산원(平壤産院)으로 안내되었다. 10여층 높이로 지어진 건물은 '걸음마를 뗀 쌍둥이를 팔 벌려 품에 안은 너그럽고 인자한 어머니의 모습'을 은유적으로 형상화했다고 한다. 우리가 탄 차가 들어서자 메말라 있던 여러개의 분수대에서 물줄기가 찌지직거리며 뻗쳐오르기 시작했다. 그동안 세계 여러 병원을 방문했지만 앞뜰에 이렇게 커다란 분수대가 있는 것은 처음 보았다.

병원 입구에서 우리를 맞이한 분은 하얀 모자를 쓴 오태연 부원장이었다. 일행들의 눈에는 그 모자가 식당 주방장이 쓰는 것처럼 우스꽝스럽게 보였지만, 나는 유럽의 여러 나라들을 다니며 외과의사들이 이런 모자를 쓴 모습을 종종 보아온 터였다. 병원 입구의 넓은 바닥은 모두 대리석이었고, 정면에는 어린애를 안고 인민들에 둘러싸여 인자하게 웃고 있는 '어버이 수령'의 대형그림이 걸려 있었다. 문득 뒤돌아보니 우리를 위

평양산원 ©Ray Cunningham

해 잠시 가동시킨 것이었는지 분수가 멈춘 것이 보였다.

오부원장의 설명이 시작되었다. 평양산원은 1980년에 개원했는데, 산과, 부인과, 소아과 외에도 안과, 이비인후과 등의 전문과가 있다고 한다. 병상 수가 무려 1500개나 되는 대단히 큰 병원이었다. 그의 안내로 이런저런 시설들을 둘러보았는데, 우리가 들어가면 그때서야 일하는 척하는 모습들이 마치 우리를 위해 연극을 하는 것 같았다. 게다가 우리가 다른 방으로 이동하면 그 방의 전등불이 꺼졌다. 의료기구며 시설들은 구색을 잘 갖추고 있었지만, 이제 더이상 그 내용을 채워갈 수 없게 된 모양이었다. 형편 좋았던 과거에 누렸던 모든 것이 사정이 어려워진 지금까지 그대로 멈춰 있는 듯했다. 그렇다 한들 손님들에게 좋은 인상을 심어주려고 애쓰는 저들을 어떻게 비난할 수 있을까. 우리가 이곳에 온 것도 어려워진 그들을 이해하고 도와주기 위해서가 아닌가?

환자들이 입원해 있는 병실은 보지 못하고, 그 대신 폐쇄회로 텔레비전을 통해 임산부와 그 가족들이 얼굴을 마주하고 대화할 수 있는 최신시설로 안내되었다. 우리도 이 화면을 통해 산모와 대화를 나눌 수 있었다. 이 또한 미국에서도 보지 못한 새로운 시설이었는데, 산부나 신생아가 감염될 위험을 막기 위한 배려라고 했다.

병원 1층을 둘러본 우리는 오부원장의 안내로 북한 특유의 커다란 접견실에 앉았다. 권회장은 예를 갖추어 북한의사들에게 질문하고, 다시 재미한인의사회 학술대회에 초청하고 싶다고 말했다. 또한 내년에는 산부인과 의사들까지 포함하여 대규모 방문단을 조직해 오겠다며, 그들의 자존심이 상하지 않게 조심스러운 말투로 우리가 도울 수 있는 게 있다면 무엇이든 알려달라고 했다. 하지만 대답은 부원장이 아니라 리정호 지도원 동무로부터 나왔다. 상부에서 토론하고 결정해서 조치하겠다는 요지였다. 일개 병원의 의사인 부원장이 답할 수 있는 문제가 아니라는 것을 다시금 확인하게 되었다. 북한의 체제는 이런 방식으로 운영되고 있는 모양이었다. 평양산원을 빠져나오는데 분수가 다시 솟구쳤다. 크게 솟아오르는 물줄기를 바라보며 우리를 위해 부족한 전기까지 쓰는 이 마음씨를 고맙게 받자고 생각했다.

다음 행선지는 평양산원 북쪽에 있는 김만유병원이었다. 재일동포 의사 김만유의 후원으로 1986년에 개원했다고 한다. 현대식 건물에 최신 의료시설과 훌륭한 의료진을 갖춘 종합병원으로, 특히 심장질환 전문이라고 했다. 리동춘 부원장의 안내를 받으며 내부를 둘러보았다. 건물은 새것으로 깨끗했고 웅장하기까지 했다. 미국에서 흔히 볼 수 있는 웬만한 병원들보다 훨씬 큰 규모였는데, 내부시설들도 알차게 구비된 것 같았다. 16층 건물에 1300개 병상이 있으며, 기초의학 연구와 동물실험 병동은 따로 있다고 했다.

놀라운 것은 재일동포 의사가 이렇게 큰 병원을 기증했다는 사실이었다. 재미동포 의사로 병원을 개업해서 이만한 병원을 기증할 만큼의 돈을 벌기란 쉽지 않다는 것을 잘 알고 있기에 아무리 생각해도 이해하기 힘든 쾌거였다. 리정호 지도원의 설명에 따르면, 김만유 선생은 재일조선인총연합회 산하 의학협회 소속의 의사로 토오꾜오에서 자신이 세운 큰 병원의 원장이라고 했다. 그가 1980년대 초 약 20억엔을 북한에 기증함으로써 병원 건설이 시작되었다고 한다. 더욱 놀라운 사실은 김만유 선생은 제주도 출신으로 일제시대 항일운동을 하다가 서울에서 옥고를 치르고 난 뒤, 1930년대 후반에 일본으로 건너가 의사가 되었다는 것이다.

일제강점기에 징용 등의 이유로 일본에 가게 된 조선인들은 해방이 되었음에도 이런저런 이유로 귀국하지 못한 경우가 많았다. 이때 일본에 머물게 된 동포들의 대부분은 남한 출신이었다. 하지만 그들이 일본인의 차별대우와 질시 속에서 어려움을 겪고 있을 때, 그들을 경제적으로 도와준 것은 북한정부였다. 소학교, 중·고등학교에서 대학까지 북한이 지원해준 은혜를 잊지 못한 수많은 사람들이 후에 북한으로 귀화했고, 일본에 남은 많은 동포들도 일본에 귀화하지 않고 여전히 조선을 국적으로 삼으며 조선인총연합회를 형성하고 있다. 이 '총련'은 오늘까지 북한정부와 긴밀한 관계를 유지하고 있으며, 그뒤 일본에 자리잡은 총련동포들은 북한에 많은 도움을 주게 되었다. 김만유 선생 또한 그중 한명이었다. 이처럼 북한에 대한 재일동포들의 헌신은 눈물겹기까지 했다. 현재 평양의 모든 상점에 진열된 서구식 물품들에도 재일동포들의 기술적·물적 지원이 한몫했으리라는 생각이 들었다.

앞서 평양산원에서도 그랬지만, 여기서도 우리가 알고 싶었던 북한 의료계의 현실을 파악할 수는 없었다. 그들의 대답은 늘 모호하거나 진위를 가릴 수 없었다. 무엇이 필요한지라도 얘기해주면 좋으련만, 그저 병원 내부만 안내해줄 뿐이었다. 사실 우리가 만나는 이분들의 성함이 실제 본명인지도 확인할 길이 없었고, 원장은 어떤 분이기에 두 병원 모두 부원장이 우리를 맞이하는지도 알 수 없었다. 원장이나 보건부의 부장은 대개 의사가 아닌 행정가, 즉 당의 상급요원인 모양이었다. 가만히 보니 우리를 맞이한 두 부원장 모두 얼굴에 생기가 없었다. 과중한 업무에 지쳐 있는 탓일까. 우리와 질문하고 토의하는 것 자체를 꺼리는 듯 보였다. 바깥 의료계를 너무 잘 알고 있거나 아니면 반대로 알고 싶지 않은 것인지도 모른다.

같은 의료인끼리 만나면 나누고 싶은 얘기가 무척이나 많으리라 기대했는데, 아무 말도 없는 그들을 보며 우리의 방문이 도리어 짐만 되는 것이 아닌가 하는 생각도 들었다. 의료인끼리 허심탄회한 대화를 나눌 수 없다는 것은 심각한 문제다. 활발한 교류를 시작하기 위해 먼 길을 왔는데, 정작 당사자는 마음을 열어주지 않으니 얼마나 안타까운 일인가. 이런 관행이 현재 북한의 한계라면, 다른 방법으로 교류하고 지원할 길을 찾아봐야겠다는 생각마저 들었다.

들어가는 방마다 '위대한 수령 김일성 동지' 아니면 '경애하는 지도자 김정일 장군'이 직접 현지교시한 곳이라는 붉은 푯말과 표지들이 눈에 띄었다. 그들의 현지방문이 이곳에서는 그토록 특별하고 고마운 일인가보다. 그 교시의 내용이 의학기술에 대한 것이 아니라 병원시설의 확충과 지원대책이었기를 바랄 뿐이었다.

병원 벽에 커다랗게 걸려 있는 대형그림 속에 당차면서도 천진해 보이는 임수경의 모습도 보였다. 병원에 왜 이런 그림이 붙어 있어야 하는지 잠시 의아해하다가, 통일을 염원하는 마음은 의료계도 마찬가지라는 생각이 들었다. 그렇다, 통일이 되면 우리가 지금 안타까워하는 이 모든 일들이 우리의 바람대로 이루어질 수 있을 것이다. 지도원 동무는 그녀의 등장으로 북한의 청년학생들이 모두 흥분에 빠졌다고 말했다. 이곳에서 그녀는 '통일의 꽃'으로 불리고 있었다. 남한으로 돌아간 뒤 국가보안법 위반으로 감옥생활까지 한 그녀는 앞으로도 통일운동사에 계속 등장할 것이다.

오늘 우리가 둘러본 이 모든 시설은 인민들을 위한 의료시설로, 누구도 돈을 내지 않고 무상진료를 받을 수 있다고 했다. 그래서 이들이 사회주의 북한을 지상낙원이라고 표현하는가보다. 실제로 북한에는 거지도, 실업자도 없었다. 일정을 다 마치고 병원 문을 나서는 발걸음이 가볍지만은 않았다. 병원의 속

사정까지 다 알 필요는 없지만, 진솔한 대화가 있었다면 서로에게 큰 도움이 되었을 텐데 결국 우리는 그들이 보여주는 것만 보고 돌아온 셈이다. 애써 그들의 속마음을 짐작해보며 안타까움을 달래는 수밖에 없었다.

내일은 고려호텔 강당에서 각 과별로 북한의사들에게 강연을 하기로 되어 있다. 이 강연에서는 좀더 의미있는 대화가 오갈 수 있을지 모른다.

강연중에 화를 내고 만 나의 오만

고려호텔 강당은 안락한 의자로 가득 찬 아늑한 곳이었다. 1980년대 초부터 내가 고안해 세계적으로 널리 쓰이고 있는 스펙트론(Spectron), 바이오핏(Biofit), 타이핏(Tifit) 등의 인공고관절기와 기구들을 연단 옆 커다란 탁자 위에 진열해놓았다. 수술방법이 설명되어 있는 책자와 인공고관절기 고안의 특성을 소개한 연구논문집들도 함께 펼쳐놓았다.

그리고 언제나 그랬듯이 환등기로 보여줄 수많은 슬라이드를 준비해왔다. 그런데 막상 강연 시작 전에 물어보니 이 호텔에는 환등기가 없다는 것이 아닌가. 비디오테이프를 틀어 보여줄 텔레비전 모니터도 없다고 했다. 아니 이럴 수가. 순간 당황했다. 지도원 동무에게 호텔에서 가까운 평양의학대학에서 환등기를 빌려올 수 없느냐고 물어보았지만, 그럴 수는 없는 모양이었다. 준비한 슬라이드와 비디오로 잘 설명해서 그들에게 최신수술법을 전수해주려 했는데, 실망이었다.

좌석 앞줄에는 지위가 높은 분들이, 뒤쪽에는 비교적 젊은 의사들이 앉아 있었다. 나는 연단에 서서, 순수한 동포애로 이곳까지 와서 여러분들이 하고 있는 연구와 의료활동을 알아보고 또 내가 연구해온 분야에 대해 모든 것을 말씀드리려 한다고 입을 열었다. 그러고는 원래 슬라이드로 관절염 환자의 엑스레이 사진과 수술장면을 모두 보여드리려 했는데, 환등기가 없기 때문에 말로라도 열심히 해보겠다고 양해를 구했다. 시청각자료가 없는 강연이란 미국에서는 상상조차 할 수 없는 것이어서 매우 생소하고 황당하게 느껴졌지만, 어쨌거나 성심을 다해 강연을 시작했다.

그런데 한참을 설명하다 그들의 표정을 살펴보니, 모두들 너무나도 무덤덤했다. 강연을 이해하고 있는 건지 감이 잡히질 않았다. 이렇게 해서는 도저히 안되겠다 싶어 내 강연이 이해되는지 물었다. 하지만 이렇다 저렇다 아무 대답 없이 여전히 시큰둥했다. 이러다간 성의껏 준비해온 강연이 헛수고로 돌아갈지 모른다는 생각이 들었다. 설마 인공고관절 치환수술을 전혀 해본 적이 없는 건 아닐까? 아니면 이미 다 아는 사실이라 들을 게 없다는 것일까? 노파심에 이번에는 인공고관절 치환수술의 바로 전 단계인 반관절 치환수술을 해본 적 있느냐고 물었더니, 한두 사람이 마지못해 고개를 끄덕였다.

이곳의 수술 수준이 어느 단계인지 도통 알 수가 없었다. 더욱 안타까워진 나는 그럼 접착제 시멘트를 사용하는 수술을 하느냐고 따져물었다. 몇몇 사람들이 고개를 끄덕였는데, 초보단계의 수술에 대해서도 별다른 대답이 없던 그들이 그보다 더 진보한 수술을 한다는 것이 이상했다. 청중들은 대부분 나보다 나이가 많은 선배였기 때문에 다시 따져묻기가 어려웠다. 그러나 그들이 해본 적도 없고 들어보지도 못한 최신수술에 대해 시청각자료도 없이 나 혼자 떠들어댄다면, 이것이야말로 웃음거리가 아니고 무엇이겠는가.

그들에게 도움을 주는 강연을 해야 한다는 생각에 마음이 조급해지기 시작했다. 그래서 이번에는 접착제를 쓰지 않고 뼈가 자라서 인공관절기에 들어가는 최신수술법을 쓰고 있느냐고 물었더니, 조용한 가운데 또 한두 사람이 고개를 끄덕이는 것 같았다. 대체 이 나라에서는 어떤 수술을 하고 있단 말인가! 나는 더이상 참을 수가 없었다.

"여러분, 저는 멀리 미국에서 여기까지 와서 이 강연을 하고 있습니다. 여러분이 이곳에서 하고 계신 수술들이 어떤 것인지 알아야 그것에 맞게 제가 아는 모든 것을 말씀드릴 수 있지 않겠습니까? 여러분들에게 도움되는 강연을 하고 싶습니다. 그런데 저는 지금 여러분들이 무엇을 하고 계신지조차 짐작할 수 없습니다."

내 목소리는 점점 높아졌다.

"저는 여러분들과 함께 의학을 얘기하러 온 사람이지, 여러분들의 의술을 훔치러 온 사람이 아닙니다. 저는 미국 CIA 지시를 받고 온 사람도, 남한의 안기부 끄나풀로 온 사람도 아닙니다. 그런데 여러분, 이럴 수가 있습니까?!"

나도 모르게 흥분되어 단숨에 내지르니 장내가 숙연해졌다. 강당 뒷자리에 앉아 있던 권회장과 이부회장의 표정은 말이 아니었다. 왜 그런 말까지 하느냐고 질책하는 듯했다. 반면 안기부까지 운운하며 떠들었는데도 리정호 동무는 오히려 담담해 보였다. 의사들은 조용히 듣고만 있었다. 이러다가는 강연이 아주 중단되고 말 것만 같아 서둘러 이 어색해진 분위기를 수습해야겠다고 생각했다. 다시 마음을 진정하고 말을 이었다.

"여러분, 제가 좀 흥분했었나봅니다. 세계 어느 나라에서 강연했을 때보다 더 열심히 여러분들께 제가 아는 모든 것을 알려드리고 싶은 심정에서 얘기하다보니 마음보다 말이 앞섰나봅니다. 실례했다면 용서를 바랍니다."

어색했지만 목소리를 낮추어 사과하고는, 손짓 발짓까지 동원해가면서 강의를 이어갔다. 그리고 이해가 가지 않는 부분은 여기 펼쳐놓은 교재들을 참고해달라는 말로 강연을 마쳤다. 그런데 이게 웬일인가? 우레 같은 박수가 터져나왔다. 앞줄에 앉아 있던 의사들은 모두 일어나 앞다퉈 앞으로 나와 나를 에워쌌다. 우리는 서로 손을 마주 잡고 굳게 악수를 나누었다. 아무 말도 없었지만 고마워하는 마음이 나의 손에 그대로 전해져왔다.

그들은 책상 위에 진열된 각종 인공고관절기와 책자들을 살펴보았다. 뒷줄에 앉아 있던 젊은 의사들은 벌써 기구들을 만져보며 저희들끼리 얘기하고 있었다. 하지만 선배의사들을 제치고 앞으로 나와 질문하지는 않았다. 하긴 그런 모습은 남한에서도 마찬가지였다. 옆으로 다가선 리정호 동무에게 이번에 가지고 온 인공고관절기와 교재 일체를 이곳에 기증하겠다고 했다. 한벌당 수천달러 상당의 관절기들이었다. 내 강연을 끝맺으며 리정호 동무는 "오인동 선생이 가지고 오신 모든 인공고관절기와 교재들을 우리 공화국에 기증했다"고 발표했다. 그리고 이 물품들은 인민대학습당에 전시하게 될 것이라고 했다.

그날 강연에 참석한 사람들은 적십자종합병원 정형외과 리영구 원사(북에서 가장 높은 의사직위), 평양의학대학병원 정형외과 장창호 연구실장과 문상민 과장, 멀리 함흥에서 온 정형외과 전문 신성호 병원장, 김만유병원 정형외과 고영서 과장 등 북한 정형외과계를 대표하는 분들과 평양시의 여러 젊은 정형외과 의사들이라고 했다. 이번 강연회의 참석자를 선정하고 모시고 온 사람은 조선의학협회 중앙위원회 과학기술부의 여의사인 리송희 지도원이었다.

내 강연 뒤에 권회장을 비롯한 다른 의사들의 분야별 강연이 이어졌다. 긴 하루였다. 일행 중 누구도 지금 이곳에서 어느 수준의 의술이 행해지는지 정확히 알아내지는 못했다. 아마 그들은 이곳 의료계의 실상을 알리고 싶지 않은 모양이었다. 북한 의학교육의 본산인 평양의학대학과 대학병원은 이번 여행에서 는 볼 수 없었다.

묘향산 보현사와 국제친선전람관

　조국을 찾아온 손님이라고 우리를 대하는 그들의 친절은 극
진하고 따뜻했다. 처음에는 '조국을 찾아왔다'는 말이 우리에
게 일부러 하는 표현 같아 거북하고 부담되기도 했는데, 지내
다보니 '조국'이라는 단어가 그들 입에 붙은 자연스러운 말임
을 알게 되면서 이젠 아무렇지도 않았다. 하기야 우리의 조국
땅은 한반도 전체니, 비록 지금은 두 정부로 갈라져 있을지라
도 해외동포인 우리에게는 둘 다 똑같은 조국이며 또 통일을
위해서도 그렇게 대해야 한다는 생각이 들었다.

　밤늦게 평양역에서 묘향산(妙香山)으로 가는 기차를 탔다. 캄
캄한 밤을 달리며 이름 모를 수많은 역들을 쉬엄쉬엄 거쳐갔
다. 지도상으로는 그리 멀어 보이지 않는데 왜 굳이 밤에 여행

해야 하는지 알 수 없었지만 물어보지도 않았다. 그저 우리의 본래 목적인 의학강연을 무사히 끝냈다는 홀가분한 마음에 잠에 곯아떨어졌다가 깨어보니 환한 아침이었다. 리정호 동무는 우리를 열차식당칸으로 안내했다.

식당칸은 매우 낭만스러웠다. 차창 밖으로 스쳐지나가는 산야가 그지없이 정다웠다. 한식으로 아침식사를 하고 내가 좋아하는 따끈한 커피를 마셨다. 간간이 북한의 개량식 농촌가옥들이 깨끗하게 자리한 풍경이 보였다. 단독주택도 있었지만 대부분 반듯하게 지어진 2층집이었고, 두세 가구가 붙어 있는 연립주택도 있었다. 반면 초가집이나 일제시대의 잔재인 양철지붕집은 하나도 보이지 않았다. 남한인구의 절반밖에 안되는 2천여만명이 남한보다 넓은 땅에 퍼져 살고 있어서인지 보이는 곳마다 여유있는 전원의 느낌이 물씬 풍겼다.

창밖으로 맑은 물이 야트막하게 흐르고 있었다. 청천강(淸川江)이라 했다. 아, 수나라 100만 대군을 물리쳤다는 고구려 을지문덕 장군의 살수대첩(薩水大捷)이 바로 이 강에서 일어났지. 그런데 지금은 이 살수가 왜 이리 소박하고 작은 시냇물로만 보이는 걸까. 기나긴 세월에 강의 형세가 변해버린 건지, 아니면 전쟁의 역사는 1500년 동안 청천강의 물결에 다 흘러버렸는지, 청천강은 그저 잔잔할 뿐이었다. 안타까운 것은 산야에 나무가 별로 없다는 점이었다. 극심한 연료난으로 나무를 베어 쓰다보니 푸르던 산야가 이렇게 민둥산이 되어가고 있다는 것을 리동무도 시인하는 듯했다.

관광지라면 어딜 가나 관광객들로 미어터지는 모습에 익숙한데, 이 청명한 가을날 묘향산 입구의 한산한 향산역에 내리니 마치 우리가 산 전체를 전세낸 것 같았다. 쾌적한 기분으로 역내를 걸으며 주위를 둘러보니, 현대식으로 지어진 조선기와집들이 무수히 늘어서 있었다. 마치 모범가옥 단지 같다는 생각이 들었다.

준비된 차에 올라타 산 쪽으로 들어가니, 아늑한 분지에 향산천의 맑은 물이 흐르고 그 뒤로 완만한 삼각형 모양의 향산호텔이 우리를 맞았다. 1986년에 지어졌다는 이 15층짜리 호텔에는 맨 꼭대기에 회전전망식당도 있었다. 호텔 안에 손님이 보이지는 않았지만, 외국 관광객들을 위해 지었다고 한다. 묘향산의 아름다운 경관을 한눈에 볼 수 있도록 설치된 엘리베이터를 타고 올라가니, 호텔 건너편 계곡을 따라 흐르는 물이 온통 진초록빛이었다. 계곡 좌우로 뻗어올라간 묘향산의 울창한 나무숲은 온통 10월의 단풍으로 형형색색 물들어 있었다. 너무나 잘 보존된 명산이었다. 북의 산야가 민둥산이라고? 묘향산은 아니었다.

여성안내원의 설명을 들으며 고려시대 968년(고려 광종 19)에 창건되었다는 북한 불교사찰의 최고봉 보현사(普賢寺)로 발걸음을 옮겼다. 경내에 우리 말고는 아무도 없는 고즈넉한 절이었다. 바깥세상에서는 종교를 배격한다고 알려진 이 나라에 남아 있는 스님이 없어서인가, 주인 없는 절에는 자잘한 종소리만 가득했다.

안내원이 이 대가람(大伽藍)의 대웅전 앞에 우뚝 서 있는 8각13층석탑(북한의 국보 144)에 대해 설명했다. 8각13층석탑은 독특한 양식으로 고구려 전통을 따른 고려 석탑의 백미라고 했다. 한 걸음 떨어져 바라보니 이제껏 흔히 보아온 무뚝뚝한 4각탑보다 아기자기한 조형미가 느껴졌고, 층을 따라 위로 올라가는 상승감이 날렵했다. 게다가 탑 꼭대기에는 매우 장식적인 청동상이 있어 눈을 즐겁게 했다. 자세히 살펴보니 층마다 지붕 모서리에 자그마한 바람종(풍경)이 달려 있어 바람이 불 때마다 청아한 방울소리를 내고 있었다. 아까 경내에서 들리던 종소리는 바로 이 104개의 바람종에서 나오는 것이었다. 불가에서 흔히 말하는 '108번뇌'에서 네개가 모자라는 것은 무슨 의미일까?

한국 5대 사찰로 손꼽히는 보현사는 임진왜란 때 승병장으로 왜군과 맞서 싸운 서산대사가 의병을 일으킨 절이라고만 알고 있었는데, 이것은 그저 수박 겉핧기식의 지식이었다. 지리산 해인사에 보존되어 있는 팔만대장경 목판본의 인쇄본이 이곳 보현사에 보관되어 있다는 사실은 이날 처음 알았다. 안내원은 몇년 전에 인쇄본의 우리말 번역을 끝마쳤다고 하며, 김일성 주석이 우리 민족 고유의 문화전통은 반드시 소중하게 발굴, 보존해야 한다고 늘 교시하셨음을 거듭 강조했다. 공산주의

보현사 8각13층석탑 ©Ray Cunningham

국가에서는 계급투쟁론적 사관에 따라 문화유산 보존에 관심을 두지 않는다고 생각했던 선입견에 정면으로 배치되는 모습이었다.

보현사를 나와 묘향산 계곡을 따라 올라가던 우리는 잠시 쉬었다 가기로 하고, 시원한 폭포물에 발을 담가보았다. 전국의 명산을 두루 섭렵했다는 서산대사가 "지리산은 웅장하나 수려하지 못하고, 금강산은 수려하나 웅장하지 못하다. 그러나 묘향산은 웅장하면서도 수려하다"라고 했다는 말이 정말 맞는 것 같았다. 비록 산의 전부를 보지는 못했지만, 산봉우리들은 끝없이 이어져 있었고 우리가 들어온 계곡의 물길들도 참으로 수려했다. 그때 마침 계곡에 휴양 왔다는 젊은 청년들을 만났다. 그들은 남녀 할 것 없이 대부분 운동할 때 입는 트레이닝복을 입고 있었다. 개인마다 다른 복장을 한 남녀과 달리 모든 자원이 부족하다는 북녘에서는 이렇게 간단한 단일복장이 오히려 깨끗하고 단정해 보였다. 북녘사회에 맞는 복식문화라고나 할까.

노동의 생산성을 효과적으로 높이기 위해서인지, 어려운 가운데서도 휴양은 이렇게 지속되고 있는 모양이다. 다만 남한에서처럼 관광객들이 줄지어 행렬을 이루는 모습은 아니었다. 아마도 지금 이 나라가 처한 어려움과 가난이 여행을 제한하게 되었으리라. 북한사회에서는 누구나 조직에 속해 있기 때문에 여행도 개개인이 아니라 소속단체나 조직의 계획에 따라 행해지고 있는 모양이다.

관광객이 적어서인지 계곡 어디를 봐도 쓰레기는 보이지 않았다. 리정호 동무는 공화국에서는 자연보호정책이 매우 잘 시행되고 있다고 했다. 하기야 당이 결심하면 모두들 따르니, 그럴 수밖에 없겠다는 못된 생각이 들었다.

산에서 내려온 우리는 북한이 자랑하는 국제친선전람관을 보러 갔다. 향산천 옆에 자리한, 전통건축양식을 따라 지어진 아름다운 6층 건물이었다. 멀리서 보면 벽마다 창문이 있는 목조건물처럼 보이지만, 실제로는 완전히 밀폐되어 있었다. 이곳에는 김일성 주석이 각 나라의 정상들과 유명인사들로부터 받은 선물들이 진열되어 있었다. 미국의 케네디, 닉슨 대통령기념관과 비슷한 곳이라 짐작할 수 있었다. 문 앞에 서자 여성안내원이 권회장에게 4톤이나 된다는 청동문을 직접 한 손으로 열고 들어가보라고 했다. 그 육중한 문이 권회장의 손에 천천히 열렸다.

진열품들은 대부분 제3세계 비동맹국가를 비롯한 세계 각국의 수반, 당, 국제기구 들과 정치사회계 인사들이 보낸 아름다운 금은세공품, 진귀한 보석, 상아 같은 특수한 재료로 만든 수공예품이었다. 미국과 서유럽 국가에서 온 것들도 있어 잠시 놀랐다. 북한도 세계 여러 나라와 수교를 했으니 그 나라들과의 교류가 왜 없었겠는가마는, 이처럼 우리는 북한을 완전히 폐쇄된 나라로만 생각하는 데 익숙해져 있었다. 이 귀한 선물들을 온전하게 보존하기 위해 조명, 온도, 습도가 모두 자동으

국제친선전람관

로 조절된다고 했다. 안내원 동무는 이런 귀중한 물품들을 볼 수 있는 것도 "어버이 수령께서 인민들이 모두 보고 즐길 수 있도록 친절하게 베푸시는 사랑" 덕이라고 설명했다.

미국의 여러 대통령기념관을 가보았지만 이렇게 많은 선물이 진열된 것은 본 적이 없었다. 미국 대통령기념관은 생가(生家) 사진부터 여러 업적들에 대한 기록이 대부분이고, 재임중 받은 선물을 진열하는 경우는 별로 없었다. 하기야 대통령 임기가 보통 4년이고 길어야 8년이니, 40여년이나 집권한 김일성 주석에 비할 수 있겠는가. 부정부패로 쫓겨난 대통령, 군사독재 끝에 살해된 대통령, 그리고 또다시 쿠데타로 집권한 대통령들의 굴절된 역사를 반복해온 남한에는 대통령기념관이 아예 없으니 비교할 수 없었다.

호화스럽게 단장한 전시실을 보며 과연 이 나라가 어려움에 처해 있는 게 맞는가, 아니면 이런 선전·전시 효과를 위해선 무한정 돈을 쓸 수 있는 전체주의국가의 표본인가 하는 생각이 오갔다. 하기야 이 친선관은 20여년 전, 경제사정이 좋았던 1978년에 지어진 것이기도 하다.

귀한 진열품들 못지않게 우리 일행의 눈과 마음을 사로잡은 것은 인근 사범학교를 나왔다는 여성안내원의 순수한 아름다움이었다. 남남북녀라더니, 어딜 가나 여성안내원들은 모두 아름답고 똑똑했다. 해설하는 실력으로 보아 전문훈련을 거친 것이 분명했다. 그녀가 설명해준 대로, 이 건물에는 창문이 전혀 없어서 일단 안으로 들어오면 내가 대체 지상에 있는지 지하에 있는지조차 알 수 없었다.

전람관 3층 귀빈휴게실 테라스로 나와 시원한 음료수를 마시는데 바람종 소리가 은은히 들려와 운치를 더해주었다. 알고 보니 여기도 매층 추녀의 모서리마다 바람종이 달려 있었다. '예쁜 아가씨' 결혼은 언제 할 거냐고 장난스레 묻는 권회장의 질문에 여성안내원은 수줍어하면서도 또렷하게 나라를 위해 좀더 일하고 나서 하겠다고 답했다. 이곳 여성동무들의 대답은 거의 다 이런 식이었다. 남한이나 미국 젊은이들의 생각은 자기 자신에게 집중되어 있는데, 여기서는 언제나 나라와 사회가 우선이었다. 수령님의 은혜에 보답하기 위해서라도 일할 수 있을 때 좀더 일하겠다는 식이다. 누구든 똑같이 대답하기에 그렇게 훈련받나보다 생각했는데, 며칠 지나다보니 훈련이 아니라 진심에서 우러나오는 것 같았다.

관람을 마치고 다시 평양으로 돌아왔다. 이번에 묘향산과 평양을 편하게 오갈 수 있던 것은 해방 후 압록강 수풍발전소의 전력공급으로 전국에 설치했다는 철도 덕분이었다. 그러나 이제는 전력수요가 비교할 수 없을 정도로 늘어나 전력이 부족한 상태라고 들었다. 남한에서는 그동안 꾸준히 원자력발전소를 건설해서 에너지를 충당하고 있지만, 이곳은 전력난이 날로 심해져가는데다 구상무역(求償貿易)을 주로 하던 동유럽 국가들이 붕괴되면서 더욱 고립되고 있다. 체제유지를 위해 방대한 군사비를 지출해야 하는 것도 경제에 큰 부담일 것이다. 군사비로 말하자면 남이나 북이나 마찬가지 아니겠는가? 우리는 왜 하나가 되지 못해 이런 불필요한 손해까지 감수해야 하나 하는 생각에 어지러움을 느꼈다. 쾌적하고 낭만적인 묘향산 가을여행에서도 분단의 현실은 떨쳐낼 수 없었다.

그리운 금강산

우리의 다음 일정은 꿈에도 그리던 민족의 명산 금강산이었다. 밴을 타고 평원(평양-원산)고속도로를 달리는데, 도로면이 고르지 못해 조금만 속도를 내면 천장에 머리를 부딪히고 엉덩방아를 찧었다. 도로분리대가 없는 부분은 전쟁시 전투기 활주로로 쓰기 위해서라고 인솔자가 귀띔해주었다. 간혹 빗자루를 들고 고속도로를 청소하는 인민들의 모습도 보였다. 이래서 실업자가 한명도 없는 것인가?

도로 옆으로 보이는 논에는 이미 베어놓은 볏짚도 있었고, 일을 하다 멈췄는지 농부는 없이 뜨락또르(트랙터)만 서 있기도 했다. 북한은 6·25전쟁 복구 후에 일찍이 농토를 확장 정리하며 농경 자동화를 이루어냈다. 리동무 말로는 재래식 농기구와 황소가 아닌 뜨락또르로 논밭을 갈고 수확을 했는데, 이제는 연료 부족으로 뜨락또르 사용이 힘들어졌다고 조용히 말했다. 논밭에 무더기로 쌓인 짚단들은 온실재배의 연료로 쓰기 위한 것이라고 한다. 대체연료를 마련하기 위한 처절한 노력의 일환임에 틀림없었다. 지금 이곳에서는 그냥 버릴 것이 하나도 없는 것 같았다.

고속도로에도 차량통행이 거의 없었다. 가끔 길가에서 군용 트럭의 엔진을 열고 고치고 있는 인민군의 모습이 보였다. 그리고 놀랍게도 목탄차를 보았다. 일제강점에서 해방되기 전부터 쓰였고, 6·25전쟁이 터지기 전 고향 옹진에서 가끔 보았던 목탄차를 여기서 다시 보게 되다니! 목탄차는 트럭 뒤칸에 장착된 원통 모양의 화통에 나무를 때서 동력을 얻는 자동차다. 다른 나라에서는 박물관에나 비치되어 있음직한 목탄차가 아직도 쓰이고 있다니…… 휘발유 절약을 위해 애쓰는 그들의 모습이 눈물겨운 한편, 이러한 북의 남침을 두려워한다는 남한의 딱한 모습이 겹쳐졌다.

수없이 많은 터널을 지나기 전에 도로변 작은 호숫가에서 휴식을 취하기로 했다. 형형색색의 단풍으로 아름답게 물든 돌산 밑에 시간이 정지된 듯 고요한 호수…… 호숫가에 놓인 벤치에 앉아 우리 산하의 내음을 흠뻑 마셨다. 미국 보스턴 북쪽 뉴햄프셔 주나 버몬트 주의 광활한 산에서 볼 수 있는 단풍도 일품이지만, 어찌 우리 고국의 산하에서 맡는 냄새와 친숙함에 비

송도원 바닷가 ©yeowatzup

할 수 있을까? 그런 생각은 이 인적 드문 북녘산하에서 더 진하게 느껴졌다. 오염되지 않은 조국의 산하, 통일의 그날을 위해서도 우리 모두가 아껴야 할 자산이다.

차는 다시 달리고 우리는 드디어 동해에 도착했다. 말로만 들어온 원산의 송도원(松濤園) 바닷가. 저 멀리 끝없이 길고 넓게 펼쳐진 모래사장, 명사십리(明沙十里)도 보였다. 6·25전쟁 당시 옹진을 떠나 우리 가족이 정착한 인천 앞바다에는 수없이 많은 섬들이 떠 있었는데, 이곳에는 섬 하나 보이질 않았다. 일망무제(一望無際), 한없이 탁 트인 동해. 우리는 그 너머 태평양을 건너 이곳에 온 것이다.

온정리(溫井里)에서 우리를 맞은 금강산은 수줍은 듯 얇은 비

금강산 목란정 ©honolulu1215

구름 속에 그 자태를 감추고 있었다. 아담한 금강산호텔에 여
장을 풀자마자 아랫동네 온정리 온천장으로 갔다. 손님이 많지
않은 자그마한 욕탕에 온몸을 푹 담그니 눈이 저절로 감겼다.
내일부터 산행을 시작한다는 기대감에 마음이 설렜다. 잠시 가
족을 만나러 갔던 김용성 박사와 노용면 박사 내외도 이번 금
강산 여행에 합류했다.

다음날 우리는 산행을 시작했다. 듣고 보고 읽던 대로 금강
산은 아담하고 기이하고 깨끗하고 아름다웠다. 미국의 산처럼

장대하고 광활하진 않았지만, 단풍 든 풍광은 우리 겨레의 정서와 잘 어울렸다. 여성안내원의 독특한 사투리도 그렇게 정다울 수 없었다. 오랜 역사 속에서 만인이 찬탄하고 수많은 예술작품으로 다시 태어난 금강산에 대해 내가 어떤 말을 더 보탤 수 있을까. 만물상(萬物相), 상팔담(上八潭), 비룡폭포, 구룡폭포…… 우리가 돌아본 금강산의 비경들은 따로 설명할 수 없을 정도였다.

목란정에서 잠시 지친 다리를 쉬기로 했다. 목란정은 금강산의 여러 폭포와 계곡에서 흘러내려온 냇가에 지어진 아름다운 쉼터로, 식당과 바, 찻집을 겸하고 있었다. 우리 일행은 둥근 식탁에 둘러앉아 각자 맥주나 음료를 마시며 방금 돌아본 금강산의 절경에 대해 얘기를 나눴다. 맥주를 마시니 피로감이 몰려오며 나른해졌는데, 나도 모르게 깜박 잠이 든 모양이다. 얼마나 잤는지 "오박사, 이제 가자구" 하는 소리에 깨어보니 모두들 웃으며 나를 보고 있었다.

금강산 곳곳 커다란 바위에는 엄청 크고 깊게 '김일성'이라고 새겨져 있었는데, 관광객의 입장에서는 자연경관을 파괴한다고 불평할 만했다. 문화재와 자연환경을 잘 보존한다는 북한의 주장과는 상반되는 처사였다. 이런 것이 밖에서 말하는 수령독재체제의 반영인가? 진정 자연환경을 파괴하는 행위라면 금강산을 방문하는 관광객들이 나서서 막는 것이 바람직하지 않겠는가 하는 생각이 들었다.

차를 타고 이동하는 동안 나는 지난 일주일간 친해질 만큼 친해져 신뢰가 생긴 리정호 동무와 터놓고 얘기를 나눴다. 지도원 동무들로부터 사회주의국가로서 북한이 자랑하는 것은 전인민의 무상의무교육과 무상의료제도라고 들었다. 또한 북한은 우리나라 전통의학인 동의학(한의학)에 특별한 관심을 기울여 서양의학과 함께 연구와 발전을 꾀해왔다고 한다. 이번 방문에서 우리가 알고자 했던 것은 이러한 북한 의료계의 현실이었다. 있는 그대로의 현실을 파악하고 우리가 도와줄 수 있는 것을 최대한 도와주려고 했는데, 당신들은 자신의 의료행위를 보여주는 것을 꺼렸다.

70년대 중반까지 남한보다 경제력이 높았다는 자부심 때문에 오늘날 당면한 어려움을 그대로 인정하고 싶지 않은 것인지도 모른다. 없는 자의 자존심이랄까? 그래서 전시효과가 있는 최신 의료시설만 보여주었지만, 우리 눈에는 그런 의도가 그대로 드러나 보였다. 그렇다고 굳이 보여주기 싫어하는 부분을 꼬집어 말할 필요가 있겠는가? 더 친해지고 가까워지면 자연히 알게 될 텐데, 괜히 자존심을 건드릴 필요는 없었다.

이번 방문의 동기도 동포애의 발로가 아니던가. 가진 자의 오만이 아니라 겸양의 덕으로 북의 자존심을 지켜주면서 우리가 할 수 있는 일들을 도와주면 되는 게 아닐까? 그것이 통일을 지향하는 사람들의 마음가짐이 되어야 하지 않겠는가. 특히 앞으로의 의학교류는 의약품을 지원해주는 일부터 시작해야 한다고 생각했다. 남한의 의학계가 지금 당장 함께할 수 없는 일을, 제3자인 해외동포가 먼저 시작해 다리를 놓아주어야 한다는 생각이 확고해졌다.

이런 나의 솔직하다 못해 불편한 애기도 리정호 동무는 인내심있게 들어주었고, 차분히 북의 입장을 설명해주었다. 그는 공화국이 이제 막 외부세계와 접촉을 시작해서 아직은 매우 조심스럽다고 했다. 특히 북한을 방문하는 사람들은 다양한 생각과 사상을 지녔다는 점과, 공화국이 외세의 압박과 고립 속에서도 이렇게 자주적 주권을 지켜온 역정을 이해해줄 필요가 있다고 했다. 그리고 미국 학술대회 초청에도 시원한 답을 주지 않는 것에 대해서는 재미한인의사회측에서 북한의사들을 초청해도 미국에서 입국비자를 내주겠느냐고 반문했는데, 우리도 딱히 대꾸할 말이 없었다. 하긴 6·25전쟁 이래 북에 대해 봉쇄고립 정책을 쓰고 있는 미국이 북한 의사들의 입국을 허가해줄지 의문이기도 했다.

공화국을 돕겠다고 방문한 사람들을 여럿 보았지만 대부분 큰소리만 치고 실질적인 도움은 주지 않았다는 말에는 나 자신도 움츠러드는 느낌이었다. 리동무는 우리가 방문한 두 병원의 부원장들이 대답을 꺼린 이유는 공화국의 대외업무 운영에 대한 이해가 부족하기 때문이라며, 자신들이 우리가 제기한 모든 사안에 대해 토의하고 하나씩 결정해나갈 것이니 우선은 편한 마음으로 조국을 둘러보고 가시라고 말을 맺었다.

그렇다, 리동무의 말대로 일개 민간단체나 개인의 자격으로 와서 체제가 완전히 다른 한 나라를 상대하려는 것은 격에 맞지 않는 일인지도 모른다. 나중에 권회장님과 이렇게 서로를 알아가며 우리가 할 수 있는 것을 계속 논의하고 실천해나가야 한다고 얘기를 나눴다.

산을 내려와 동쪽으로 나가니, 하루 묵으려다 사흘을 묵었다는 아름다운 호수 삼일포(三日浦)가 나왔다. 보트를 빌려 리정호 동무와 함께 노를 저어 호수 한가운데 있는 섬을 돌아보기도 했다. 보트에서 내려 다시 언덕에 오르니 호수가 내려다보이는 평지에 한 무리의 인민들이 돼지불고기판을 벌이고 있었다. 그들을 바라보고 있는데 소주 한잔하라고 권해왔다. 덥석 받아마시고 다시 잔을 건네며 물어보니, 마침 일요일이라 놀러 나온 인근 주민들이었다. 미국서 온 동포라 했더니 한잔 더 하라며 고추장으로 양념한 돼지고기와 함께 소주를 잔 가득히 부어주었다.

무슨 일들을 하느냐 물었더니 농사도 짓고 가축을 기른다고 했다. 말로만 듣던 금강산에 오니 이렇게 좋을 수가 없다는 말에는 "우리 민족의 산이 아닌네까? 어서 통일을 해야지요"라는 대답이 돌아왔다. 지도원 동무와 안내원 동무들도 그렇지만, 여기서 만나는 인민들은 모두 통일을 얘기했다. 남한사람이나 해외동포 사이에서는 통일을 거의 입에 올리지 않는 것과는 대조적이었다. 리동무 말로는, 당에서 동네 단위로 정기적으로 실시하는 총화(總和) 때 통일교육을 한다고 했다.

한참 대화가 무르익어가려는데 금방 출발한다는 독촉이 왔다. 할 수 없이 작별을 고해야 했다. 짧은 만남이었지만 거리낌 없이 다가온 따뜻한 정에 새삼 놀랐다. 우리 모두 아무 잘못 없는 같은 겨레임을 다시금 확인한 오후였다. 그들은 남이 아니었다. 정(情)과 한(恨)을 함께 나눠온 어쩔 수 없는 한민족이었다.

해금강(海金剛)이 지척이라는데 군사지역이라 들어갈 수 없었다. 북한에서 나온 금강산 책에서 본 해금강의 모습은 정말 기막히게 아름다웠다. 그 물에 뛰어들어 몸을 담그고 바위 위에 드러누워 쉬고 싶은 생각이 간절했다. 내금강(內金剛), 외금강(外金剛), 해금강. 아, 이 아름다운 금강산을 남녘동포들은 언제쯤이면 자유롭게 와볼 수 있을까? 재미동포로서 북녘 땅에 와서 이렇게 기막힌 10월의 천하명산을 만끽하다니 미안한 생각마저 들었다. 금강산호텔로 돌아와서는 기념품점에 들러 북녘화가들의 조선화 몇점을 샀다.

평양으로 돌아오는 길에 원산항에 정박해 있는 미국해군 푸에블로(Pueblo) 정찰함을 보았다. 24년 전 중부전선 DMZ에서 육군 군의관으로 근무하던 1968년, 남한에서 1·21사태가 일어나고 이틀 후인 1월 23일, 원산 앞바다에서 정탐활동을 벌이다 북한해군에 나포되었던 바로 그 함정이었다. 당시 정찰함에는 83명의 승무원이 타고 있었는데, 그중 한명이 사망하고 열세명이 부상을 당했다. 미국정부는 남은 선원들의 송환을 강력히 요구했으나, 그동안 자신의 힘만 믿고 북한영해를 제집 안방 드나들 듯하다 잡혔으니 국제법상으로도 어쩔 수가 없었다. 결국 공식사과를 하고 난 뒤에야 함장과 선원들이 석방되었다.

막강한 미국군대의 함정을 나포하는 뱃심은 어디서 나온 것일까? 어느 나라 군대가 이렇게 대담한 군사작전을 펼칠 수 있겠는가? 사대의식에 절어 있다고 생각한 우리 민족에게도 이런 면이 있다니 다시 한번 놀랄 뿐이었다. 북이 늘 내세우는 주체사상 교육에 기인한 것일까? 미국해군 사상 치욕으로 기록된 이 사건을 북은 최대한 잘 이용하고 있었다. 이 작전은 인민군 해군의 빛나는 승리로 칭송되고 있으며, 나포현장에 함정을 전시함으로써 인민들에게 힘을 합치면 미군도 능히 이겨낼 수 있다는 자신감을 고취시키고 있었다. 마침 며칠 전 만경대고향집에서 들었던 미국 제너럴셔먼호를 격침시킨 선조들의 이야기가 겹쳐 떠올랐다.

새로운 지식을 갈망하는 북한의사들

금강산에서 돌아온 늦은 오후, 나는 그동안 무척 가까워진 리정호 동무에게 부탁해서 말로만 들어온 만수대창작사를 방문했다. 이곳은 로동당의 문예정책을 관철하기 위해 1959년에 창설된 북한 최고 예술인들의 창작실이다. 회화, 조각, 공예, 수예, 도예 등을 포함한 종합예술의 창작기지로, 작품의 창작과 제작을 과학기술적으로 돕는 연구소까지 있다고 한다.

순안공항에서 평양시내로 들어올 때 보았던 개선문, 천리마동상, 김일성동상, 그리고 그 좌우에 세워진 대규모 군상조각, 주체사상탑과 그 주위 석조상 등이 모두 만수대창작사 예술인들의 손으로 만들어진 집체적 작품이었다. 미국이나 남한의 경우 이런 예술작품은 한 개인에 의해 창작되지만, 북한에서는 거의 예술인들의 공동창작에 의해 만들어진다.

물론 이런 기념비적 예술품 외의 회화, 수예, 서예, 공예, 도예 작품들은 한 개인이 창작하는 것이다. 예정된 방문이 아니었기 때문에 그곳에서 작업하는 예술가들을 만나보는 것은 다음 기회로 미뤘다. 대신 고려미술관에 진열된 그들의 작품을 볼 수 있었다. 그곳에 전시된 조선화는 남한에서 말하는 동양화인데, 전통적 기법으로 그린 작품뿐만 아니라 의외로 과감한 색을 쓴 그림도 눈에 띄었다. 특히 일상의 대상을 파격적인 색상으로 그린 그림이 많았다. 인민예술가 정창모를 비롯한 공훈예술가들이 그린 조국산하의 풍경화도 여럿 보였다.

유화나 수채화의 경우 매우 사실적으로 그린 구상화가 전부였다. 특히 인민대중의 사회주의혁명 완수를 고취하려는 목적으로 그려진 것이 많았다. 예컨대 동트는 새벽에 공장 굴뚝에서 솟아오르는 연기의 모습, 불타는 용광로 앞에서 땀 흘리며 일하는 노동자들의 모습, 소년소녀 단원들의 힘찬 모습을 담은 그림들이 눈에 띄었다. 남한을 비롯한 외국 미술계를 장악하고 있는 추상화는 전혀 보이지 않았다. 이곳에서 추상화같이 알쏭달쏭하고 이해하기 힘든 미술은 낄 틈이 없는가보다.

특이한 것은 보석화였다. 각양각색의 돌가루를 이용해 인내심을 가지고 정성스레 작업한 색다른 미술품이었다. 세월이 흘러도 퇴색되거나 손상되지 않을 이 미술품은 다른 어디에서도 본 적이 없었다. 창작예술의 경지를 넘어 정성이 극에 달한 수공예품이라고나 할까. 그런 면에서 정교한 자수도 인상적이었다. 대개 자수공예품은 앞면만 보게 되어 있다. 뒷면은 실밥이 무질서하게 엉켜 있기 때문이다. 그런데 여기서 본 자수는 앞면 뒷면 다 볼 수 있는 양면자수가 많았다. 어떻게 양면 모두 아름답게 보이는 자수품을 만들 수 있는 걸까? 오늘날 이런 예술 창작을 하는 곳이 과연 또 있을까? 기막힌 손재주와 지난한 정성으로 만들어낸 이 특이한 작품들을 경이에 찬 눈으로 보고 또 보았다.

전통도자기들도 둘러보았다. 분단 반세기 동안 남과 북의 도예에서 나타난 차이점은 무엇일까 무척 궁금했는데, 언뜻 보기에 우리 전통도예에서 벗어난 것은 없었다. 대부분 두껍게 만들어졌다는 것이 눈에 띄었지만, 대체로 남이나 북이나 비슷한 전통을 이어가고 있다는 사실을 확인하는 것이 반가웠다. 리경옥 미술관장의 안내로 인민예술가 임사춘과 우치선의 상감청자를 골라 샀다. 북에는 창작품의 우수성에 따라 국가가 수여하는 인민예술가, 공훈예술가, 김일성계관예술가 등 여러 지위의 예술가들이 있다고 한다.

저녁식사를 끝내고 고려호텔로 돌아와보니, 지난번 강연에 참석했던 평양의학대학병원 정형외과의 장창호 연구실장과 그의 동료교수가 나를 기다리고 있었다. 의외의 방문이었지만, 너무나 반가웠다. 그들은 모처럼 허가를 받아놓고 진작에 나를 만나려 했는데, 마침 내가 여행중이라 기다리다가 이제야 왔다고 했다. 두 교수는 내가 미국에서 하고 있는 각종 수술에 대해 끊임없이 물었다. 이론이나 연구보다는 현실에서 가장 실질적으로 필요한 치료에 대한 질문이었다. 내가 대답할 때마다 두 분은 조그마한 수첩에 부지런히 받아적었다. 강연중에는 아무 반응이 없었지만, 우리들만의 자리에서는 사소한 것까지 모두 알고 싶어했다.

전해주고 싶어도 전해줄 수 없던 지난 강연을 보충해주어야 겠다는 마음에 나도 정성을 다해 대답해주었다. 이렇게 호텔 로비에 앉아 수첩에다 적으며 학술교류를 한다는 것이 궁상스 럽고 처량해 보였다. 한편 열심히 메모하는 그들의 모습에서 현대치료법을 알고자 하는 의사로서의 갈망을 엿볼 수 있었다. 그들 역시 이곳에서 구체적으로 어떤 의술을 시행하는지에 대해서는 입을 열지 않았다. 나도 더이상 묻지 않고, 다음번엔 좀 더 세분화된 분야의 의사들로 방문단을 구성해서 다시 오겠다고 했다. 그리고 미국 방문은 언제든 대환영이니 연락만 해주면 우리 경비로 초청하겠다고 재차 말했다. 장실장은 그런 일은 자신들의 소관 밖이라고 대답했지만, 권영세 회장의 뜻을 꼭 전하고 싶었다.

북한의사들의 미국 방문을 추진하기 위해서는 해외동포원 호위원회 영접부 김주희 부장이나 최창식 보건성 부부장 같은 분들과 연락해야 할 것 같았다. 그러나 어느 누구도 명함을 건 네주거나 연락처를 알려주지 않았다. 어떻게 연락해야 할지 도

통 알 수 없었다. 아마 우리를 인솔해온 조국통일북미주협회의 전순태 선생이나 이번 방북을 마련한 김용성 박사를 통해야 할 것이다. 다음에 오게 되면 환등기도 몇대 가지고 와서 강연을 효과적으로 해야겠다고 결심했다.

평양의 마지막 밤

어느덧 마지막날이 되었다. 그동안 우리가 고려호텔 식당에서 아침과 저녁식사를 할 때 지도원 동무들은 절대로 우리와 함께 식사를 하지 않았다. 우리가 같이하자고 아무리 권해도 어디론가 가서는 식사가 끝나면 다시 돌아왔다. 우리가 먹는 고급스러운 식사 대신 그들끼리 조촐한 식사를 하는 것 같았다.

하지만 오늘 저녁은 지난 열흘간 우리 대표단을 안내하고 함께 여행해준 최참사와 지도원 동무들과 보내는 마지막 시간이다. 이날만은 우리가 대접하는 만찬을 함께하기로 했다. 그들이 마음껏 먹을 수 있도록 맛있는 음식은 모두 주문했다. 이렇게라도 그들에게 보답하고 싶었다. 짧은 시간이지만 그동안 맺어진 끈끈한 정을 어떻게 다 표현할 수 있을까. 어깨동무를 하고 술잔을 부딪치는 우리는 이미 통일을 이룬 기분이었다. 술이 거나해진 나는 리정호 동무의 어깨를 붙들고 말했다.

"리동무, 나 내일 평양 못 떠나는 거 아냐?"

"무슨 말……?"

"아, 내가 심한 말 많이 했잖아. 강연 때 CIA다, 안기부다 하고 떠들어대고, 의사들이 치료하는 것에 대해 할말 못하면 되겠느냐, 훈장을 주렁주렁 가슴에 단 혁명원로들 데리고 병정놀이하는 것은 그만둬야 한다, 위대한 수령께선 이제 좀 쉬셔도 된다…… 이러다간 나 아주 공화국 품에 안기는 거 아니냔 말이야."

"아따, 오선생, 떨리기는 떨리는 모양이구먼. 공화국에는 떠는 사람 둘 자리 없이요."

모두들 한바탕 웃고 또 마셨다. 밤이 이슥하도록 우리는 노래도 부르고 가슴속 깊은 이야기를 나누며 내일이면 헤어져야 할 마지막 정을 쌓았다. 이들이 정말 우리가 그토록 미워해야 한다고 교육받았던 사람들이란 말인가?

다음날 우리는 리정호 동무를 비롯한 지도원 동무들과 차를 타고 순안공항으로 갔다. 가득 넣어온 인공고관절기며 관련책자들을 모두 기증해서 텅 빈 가방에는 대신 만수대창작사 미술관에서 산 여러 도자기와 기념품들을 채워넣었다. 가방을 맡기고 나니, 이제 정말 이별이다. 짧은 기간이었지만 그동안 쌓인 정이 이렇게 끈끈할 줄은 몰랐다. 굳은 악수와 포옹을 나누며 내년을 기약했다. 끊임없이 흔드는 손짓을 뒤로하고 우리 일행은 고려항공기에 몸을 실었다. 비행기가 이륙하자 창 아래로 북녘의 산하가 눈에 들어왔다. 늦가을이라 어디든 누런 땅이었다. 등받이에 기대어 눈을 감으니 지난 열흘간의 일들이 하나씩 되살아났다.

춥고 어둡고 무서운 동토의 왕국이라고 들어왔던 북한은 우리가 상상해온 모습과는 너무나 달랐다. 방금 떠나온 순안공항만 해도 남한 지방도시에 있는 공항처럼 작고 한산해서 '그러면 그렇지' 하고 지레짐작했는데, 그 첫인상은 평양시내로 들어가면서 점차 놀라움으로 변해갔다. 도시계획이 잘된 넓은 거리에 즐비하게 늘어선 최신형 아파트들을 보고 깜짝 놀랐고, 30층이나 되는 호텔에서 만난 제3세계 국가 젊은이들이 우리말을 하는 것을 듣고 흐뭇해지기도 했다. 광대한 만경대유희장에서 즐거워하던 시민들, 대동강에서 뱃놀이와 낚시질을 즐기던 인민들의 망중한(忙中閑)을 보며 이곳이 우리가 들어온 북한이 맞나 싶기도 했다. 동무, 살림집, 거리, 다리, 일꾼 등 우리말 쓰기를 장려하는 모습은 든든했고, 인민대학습당, 인민문화궁전, 국제친선전람관은 우리 전통건축미의 새로운 발견이었다.

남한에 새마을운동이 있다면 북한에는 천리마운동이 있었다. 웅장한 만수대 대기념비는 볼 만했으나 김일성 주석의 황금동상은 거부감을 일으키기도 했다. 미국에 살면서 조국 국민들의 사대주의에 질려 있던 나에게 주체사상탑의 정신은 가습 뜨겁게 다가왔다. 공사가 중단된 105층 류경호텔 위로 남한 63빌딩의 모습이 겹쳐졌고, 지하궁전 같은 지하철과 15만석의 5·1경기장은 보는 이를 압도하기에 충분했다. 지나치게 육중하고 우람한 개선문은 곱게 보이지만은 않았지만, 고구려시대의 대동문이며, 련광정, 을밀대와 보현사의 8각13층석탑 등 문화재 보호에 적극적인 모습은 높이 살 만했다.

한편 무상의무교육과 무상의료제도의 우수성에 대해서는 익히 들어왔지만, 열악해졌다는 의료계의 현실을 제대로 알 수는 없었다. 강연 도중에 화를 내고 만 나의 오만도 문제지만, 환자들을 위해서라도 북녘 의료계가 솔직해졌으면 한다. 만수대창작사의 예술인들은 집체적인 노력으로 기념비적 조각상 등을 제작해냈다. 보석화나 양면수예 같은 작품은 북한과 같은 사회주의국가에서만 가능한 독특한 예술이 아닌가 생각한다.

뭐니뭐니해도 마음속 가장 깊이 남은 것은 바로 '사람'이었다. 우리가 교육받아온 빨갱이란 대체 누구란 말인가? 이건 북한에서도 써본 적 없는 단어였다. 남한에서 만들어내 즐겨 써온 단어다. 하지만 우리가 만난 사람들은 빨갱이가 아니었다. 며칠 지내다보니 그들이 빨갛다면 우리도 빨갛고 그들이 파랗다면 우리도 파랗게 느껴지는 것처럼, 우리 모두 똑같은 사람들일 뿐이었다. 관광을 하며 만난 안내원들, 운전사, 의사들, 관리들, 묘향산에 놀러 온 청춘남녀들과 삼일포에서 같이 술을 마신 주민들, 그리고 우리와 열흘간 함께한 지도원 동무들……

모두들 순박하기만 한 우리 동포였다. 북한에 머무는 동안 우리가 갈라져 있다는 사실이 실감나지 않았다. 만나서 부둥켜안으면 우리는 곧 하나가 될 것 같았다.

뻬이징에서 다시 미국으로 가는 비행기를 갈아탔다. 남한에서 자라 의사가 되어 미국에서 20여년을 살아온 동안, 나는 인공고관절 연구와 수술, 강연 외에는 다른 곳에 눈을 돌린 적이 없었다. 강연과 시범수술로 전세계를 두루 다녔지만, 북한에는 눈길 한번 주지 못했다. 그런 내가 그동안 잊어버리고 살아온 조국의 반쪽을 본 것이다. 돌아오는 비행기 안, 조국을 향한 애틋함과 분단의 아픈 현실을 나름대로라도 극복해야 한다는 책임감이 가슴속에 피어오르기 시작했다. 이제 난 무엇을 해야 할까? 앞으로 북한과 우리 현대사에 대해 깊이 이해하려는 노력이 절실하다는 생각이 들었다. 그러다보면 우리 민족의 현실을 올바로 성찰할 수 있으리라. 비행기는 태평양 위를 날아 미국으로 향하고 있었다.

2장

가는 길 험해도 웃으며 가자

1998. 01

대동강변에 면한 평양시내의 모습 ©yeowatzup

Korea-2000의 결성

1992년 10월, 재미한인의사회 대표단은 북한을 방문하고 의학교류의 물꼬를 텄다. 그러나 그후 국제상황이 돌변하면서 교류는 더이상 이어질 수 없었다. 다음해인 1993년, 북이 원자로에서 핵무기 원료를 추출한다는 미국의 의혹제기로 북미관계가 대결적으로 바뀐 것이다. 미국은 북한으로 하여금 중수로 운용을 중지하고 국제원자력기구(IAEA)의 특별핵사찰을 받도록 했으나, 북한은 이를 거부하고 1993년 3월 NPT(핵확산금지조약) 탈퇴선언을 했다. 이에 5월 11일 유엔 안보리에서 북한의 탈퇴 취소를 요구했고, 북한은 대답 대신 장거리미사일 '로동 1호'를 쏘아올렸다.

그리고 6월 2일, 미국은 40여년간 어떤 대화제의도 무시해왔던 북한에 북미협상을 제안했고, 마침내 고위급회담을 갖게 되었다. 그러나 두차례의 협상에도 불구하고 쌍방은 합의에 이르지 못했다. 급기야 미국에서는 북한의 영변 핵시설을 폭격해야 한다는 주장이 나오는 등 전쟁 일보 직전의 긴박한 상황이 펼쳐졌다. 북한 또한 IAEA의 사찰을 거부하고 8천개의 폐연료봉을 인출하기에 이르렀다.

이처럼 북의 핵위기가 최고조에 달했던 1994년 6월, 미국의 지미 카터(Jimmy Carter) 전 대통령이 우여곡절 끝에 평양을 방문해 김일성 주석을 만났고, 남북정상회담과 북미직접협상을 주선함으로써 북핵위기는 수그러들었다. 그러나 분단 이래 처음 열리게 된 정상회담은 김일성 주석의 갑작스런 죽음으로 무산되었다. 게다가 1993년 초에 출범한 김영삼(金泳三) 대통령은 취임사에서 "어느 동맹국도 민족보다 나을 수 없다"는 말로 우리 겨레의 가슴을 설레게 하더니, 취임 직후에는 오히려 대북 강경정책을 쓰기 시작했다. 심지어 한 야당의원의 조문제의에 "전범에게 웬 조문이냐"며 조문을 준비하는 사람들을 국가보안법으로 처벌하겠다고 나섰다. 남북관계는 다시 꽁꽁 얼어붙었다.

반면 북미간 협상은 계속되어 마침내 1994년 10월 21일, 제네바 조미기본합의(Agreed Framework)가 이루어졌다. 그러나 북한이 곧 붕괴되리라는 섣부른 전망이 횡행하면서 미국의 클린턴정부는 경제제재 완화와 북미간 관계정상화를 약속한 제네바 합의사항을 제대로 이행하지 않았다. 설상가상으로 북은 1995년부터 연이어 닥친 홍수 등의 자연재해로 극심한 식량난에 처하게 되었고, 수백만명이 아사했다는 확인되지 않은 소문이 전해지면서 탈북자 수 또한 늘기 시작했다. 그럼에도 북은 '고난의 행군' 시기를 견뎌내며 3년간의 조문기간을 마치고, 1997년 10월 김정일을 로동당 총비서로 추대했다.

이런 상황에서 북녘 의학계와의 학술교류가 제대로 이어질 리 없었다. 허나 공적인 교류의 맥은 끊겼다 할지라도, 개인적으로는 남북관계와 통일문제에 관심을 갖고 본격적인 연구활동을 시작했다. 1970년에 미국으로 건너온 우리 세대의 재미동포들은 남한에서 자라고 배우며 북한을 악마적인 공산독재국가로만 막연히 인식해왔다. 그런 나에게 첫 북한 방문은 많은 것을 생각하게 해주었다.

북한에도 우리와 같은 사람들이 살고 있다는 당연한 사실에 부끄러움을 느끼며 우리 역사를 제대로 공부해야겠다고 결심했고, 수술과 강연 등의 바쁜 일정 속에서도 틈틈이 근현대사를 다시 읽기 시작했다. 그 과정에서 해방에서 6·25전쟁을 거쳐 오늘에 이르기까지 내가 살고 있는 이 미국이라는 나라가 우리 조국의 분단현실에 깊이 관련되어 있으며, 그동안 상당한 악영향을 미쳤다는 사실을 깨닫게 되었다.

1990년부터 재미동포들의 정치력 신장과 권익 옹호를 위한 단체인 한미연합회(Korean American Coalition)의 이사장을 맡아온 나는 미국 의학계뿐만 아니라 정치·사회계에도 관심을 갖고 지켜보았다. 또한 로스앤젤레스 상류인사들이 참여해서 운영하는 지역문화계의 지존 'LA 필하모닉' 최초의 아시아계 이사로 일하면서는 미국인들이 다른 나라를 보는 시각에 대해서도 좀더 깊이 알게 되었다. 그들에게 내가 떠나온 조국은 멀고 멀기만 했다. 그래서 북한을 다녀온 후 미국 주류사회의 한반도문제 토론회나 쎄미나에 더욱 열심히 참여해 남북분단의 배경과 현실을 알렸고, 그들은 미처 생각해보지 못했던 견해에 놀라며 새로운 관심을 보여줬다. 나 역시 그들의 관심에 더욱 힘을 얻어 미국의 한반도정책을 공부하게 되었다.

또한 남한의 민주평화통일자문회의의 해외위원으로 임명되어 각종 통일쎄미나에 활발하게 참여하면서 분단극복과 통일에 대한 글도 발표하기 시작했다. 그러다보니 역사라는 게 이렇게 재미있나 싶기도 했고, 남들이 알지 못하는 새로운 사실과 시각을 주위에 전하는 데 자부심을 갖게 되었다. 병원 일과 꽉 짜인 수술일정 속에서도 틈을 내어 해외에서 열리는 국제회의까지 열심히 참여했다. 그곳에서 수많은 남한의 통일학자들과 시민사회운동가들을 만나는 것도 커다란 기쁨이었다. 1995년 이후에는 인공고관절기 고안과 실험연구를 접고 국제정형외과학회 강연 횟수도 점차 줄여나가기 시작했다. 대신 일찍이 조국의 통일문제에 깊이 관여하며 헌신해온 여러 선배들과 가까이 지내게 되었다.

그러다 1997년 후반, 통일운동권 인사들에게 여러모로 의미 있는 일들이 일어났다. 남한에서는 민족통일을 깊이 고민하고 연구해온 김대중(金大中)이 대통령선거에 다시 출마했고, 북한에서는 10월에 김정일이 로동당 총비서로 추대된 것이다. 우리는 이 두 지도자의 시대가 열린다면 곧 통일의 여명이 밝아지리라는 기대와 희망을 품게 되었다.

이에 나는 남한의 외교관 출신인 재미통일연구가 이활웅, 명철한 이론가이자 시사평론가인 은호기, 주간지 『LA 스트리트 저널』(LA Street Journal) 발행인 조재길, USC대학 방문교수 배연원, 『연합뉴스』 특파원 문갑용, 자유아시아방송(RFA) 편집인 이석열 등과 의논하여 1997년 가을, 로스앤젤레스에서 통일문제 연구기구(Research Council on Korean Unification)를 창립했다. 1900년대 불행했던 조국의 역사를 뒤로하고, 2000년대 새로운 통일조국의 역사창조에 기여하자는 뜻에서 'Korea-2000'이라 이름지었다.

Korea-2000 연구위원들은 비슷한 역사인식과 시대정신을 공유하고 있어 일의 진행이 매우 빠르고 효율적이었다. 보통 내 사무실에서 정기적으로 만나 토론하고 함께 여러 쎄미나에 참석하는 한편, 각자 통일에 관한 글을 한글과 영문으로 발표했다. 나는 그간 쓰고 발표해온 논문들을 한데 엮어 책으로 출간할 준비를 하고 있었다.

그해 12월 초, 김대중 후보가 드디어 대통령에 당선되었다.

Korea-2000 위원들의 마음속에선 조국통일에 대한 희망찬 기대가 타오르고 있었다. 이러한 시대변화에 발맞춰 우리는 해외동포의 입장에서 보는 '조국통일정책건의서'를 작성해 남북 두 지도자에게 전하기로 결정하고, 곧 건의서를 만들기 시작했다. 당시 김대중 총재 곁에서 통일정책을 마련해온 임동원(林東源) 아태평화재단 사무총장과 긴밀히 교신해온 나는 그의 역할에 큰 기대를 갖고 있었다. 또한 김대중 총재와는 1995년부터 환자와 의사로 각별한 인연을 맺어온 터이기도 했다.

이런 상황에서 때마침 재미한인의사회 회장으로 새로 당선된 뉴욕의 이상철 박사가 북한 의학계와의 교류를 재개하고 싶다는 의사를 전해왔다. 내가 그간 통일문제에 관심을 갖고 활발하게 활동해왔음을 아는 이회장은, 재미한인의사회의 북한방문을 주선해달라고 부탁했다. Korea-2000 위원들과 상의했더니, 의사회장의 요청도 있고 우리가 작성하고 있는 통일정책건의서를 전달해야 하니, 나 혼자 조용히 서울과 평양을 다녀오는 것이 좋겠다고 입을 모았다.

그래서 로스앤젤레스에서 재미동포의 북한 방문을 주관하는 재미동포전국연합회의 김현환 목사를 통해 나 홀로 방북신청을 했다. 이상철 회장에게는 북한 의학계와의 학술교류를 위해 북측 보건부장에게 재미한인의사회원들을 초청해달라고 요청하는 공식편지를 써달라고 했다. Korea-2000 위원들과는 매주 만나 통일정책건의서의 내용과 문장을 검토하면서 마지막 퇴고를 하고 있었다. 드디어 북으로부터 나의 방북 허가가 나왔다는 소식을 받았다.

1992년 가을 첫 방북으로 민족문제에 새롭게 눈뜬 뒤, 우리 조국의 분단사와 현실을 공정하게 이해하려고 애써온 지 6년 만이었다. 그동안 남북관계에 대한 이해가 깊어질수록 왜 남과 북은 이렇게 분단되어 서로 똑같이 손해 보면서 허송세월해야 하는가 고민해왔다. 이런 나의 고민에 대해 나 같은 자연과학도, 특히 고지식한 외과의사의 감성적 이상주의로는 해결될 문제가 아니라고 충고하는 사회과학도들의 차가운 이성이 야속하기도 했다. 인류역사의 대업은 이상적 꿈에서 비롯되지 않았는가? 통일의 이상을 실천해가는 과정에서 현실의 벽에 부딪혀 가지들이 잘려나간다 해도 그 본줄기를 잘 지켜나간다면 통일의 대업은 언젠가 이루어지지 않겠는가?

그리고 지금, 그러한 기운이 한반도에 피어오르고 있지 아니한가. 세상 모든 일은 결국 사람과 사람의 관계 속에서 이루어지는 것이 아닌가. 천년 이상을 한 겨레 한 나라로 살아온 우리가 대체 왜 이렇게 슬프고 아픈 분단역사를 계속 이어나가야 한단 말인가. 지금이야말로 공정한 역사인식과 냉철한 시대정신, 우리는 하나라는 민족의식을 키워온 우리가 의연하게 나서서 입장을 밝혀야 할 때라고 생각했다. 우리의 통일관에 자신감을 갖고 남과 북의 다리가 돼주어야 한다.

"통일보다 나은 분단은 없다"는 통일의식이 절실한 지금, 6

년 전 한 의사로 북한을 방문했던 내가 이번에는 의사로서가
아니라 민족의 분단족쇄를 푸는 데 일조하기 위해, 서울로 그
리고 평양으로 가게 되었다는 감개가 가슴을 치고 있었다.

끝내 이루지 못한 다리수술

통일정책건의서는 1998년 1월 초순에 완성되었다. 김대중 당선자에게 드리는 건의서는 임동원 사무총장을 통해 전달하기로 했다. 임총장은 통일문제에 대해 매우 실질적이고 인상 깊은 논문을 발표해온 분으로, 그와의 인연은 대통령선거가 있기 전 서울에서 열렸던 통일쎄미나에서부터 시작되었다. 당시 배연원 위원과 함께 그의 연구실에 초대되어 통일문제를 토론하며 더욱 가까워졌다.

그는 김대중 당선자가 아태재단 이사장으로 재직하던 시절 불발된 고관절수술에 대해서도 잘 알고 있었고, 나의 통일논문집『재미동포가 보는 조국통일의 문제들』도 이미 받아 읽어보았다. 1998년 1월 중순, 임동원 총장에게 보낸 팩스 편지에 곧 만나자는 답이 왔다. 그리하여 1월 하순, 이상철 회장의 편지와 Korea-2000의 통일정책건의서를 가방 깊숙이 넣고 로스앤젤레스에서 서울행 비행기를 탔다.

북녘의 최창식 보건성 부부장이 아직도 그 자리에 있을지는 모르지만, 만약 그렇다면 내가 온다는 소식을 들었을 텐데, 남북관계에 대한 기대가 부풀고 있는 요즘 그는 무슨 생각을 하고 있을지 궁금했다. 한편 의사가 아니라 Korea-2000의 대표로서 조국의 통일문제를 논의하기 위해 서울로 가고 있는 내 위치가 참으로 유별나다는 생각도 들었다. 유명한 혁명가이자 사상가인 쑨 원(孫文)과 루 쉰(魯迅), 프란츠 파농(Frantz O. Fanon)과 체 게바라(Ché Guevara)도 의사였다는 주위친구들의 얘기도 떠올랐다. 허나 나는 그런 인물들과 비교할 수 없는, 한낱 인공고관절 연구학자이자 수술전문의가 아닌가. 그러나 한가지 분명한 것은, 이번 여행은 나 혼자만의 생각으로 나선 길이 아니라는 것이다. 내가 존경하는 Korea-2000 위원들의 뜻에 따라 오랜 시간 머리 맞대고 작성한 정책건의서를 들고 남북 지도자에게 도움을 주려고 가고 있을 뿐이다.

이번 서울행에서 김대중 당선자를 직접 만날 수는 없을 테지만, 지난 2년여의 시간 동안 그와 쌓았던 특별한 인연들이 떠올랐다. 김대중 선생이 1980년대 미국 망명중에 한인동포들과 함께 설립한 단체인 한국인권문제연구소 로스앤젤레스 지부회장으로 활동하던 강대인 박사가 김선생의 인공고관절수술에 대해 자문해온 것은 1995년 여름이었다. 당시 김대중 새정치국민회의 총재는 1997년 대통령선거에 출마할 것을 결심하고, 본격 선거전이 시작되기 전에 불편한 다리를 치료하려 했던 것이다.

독재정권에 항거하며 민주화운동을 펼친 김대중 총재는 정부로부터 끊임없는 탄압을 받아왔다. 그러다 1971년 국회의원 선거에서 지방으로 선거유세를 다니던 도중 갑자기 나타난 트럭과 충돌하는 의문의 사고로 온몸에 심한 부상을 입었다. 그후 고관절염 증상으로 통증과 보행불편에 시달렸으며, 증상이 심해지면서 걸을 때 지팡이를 짚게 되었다는 사실은 신문기사를 통해 알고 있었다.

강대인 회장은 일전에 김총재가 미국을 방문했을 때 존스홉킨스(Johns Hopkins)대학병원에서 관절염 진단을 받고 수술을 권고받기도 했다고 말했다. 그래서 97년 선거를 앞두고 고관절 수술을 고려하게 되었다며, 이번 수술로 절룩거리는 다리를 치료하면 건강한 몸으로 국제 외교무대에서 활약하려는 생각이라고 전했다.

얼마 후 서울의 주치의가 김총재의 고관절 엑스레이 촬영사진과 건강상태에 관한 자료를 보내왔다. 검토해보니 인공고관절 치환수술을 받으면 완쾌되어 지팡이 없이도 통증을 느끼지 않고 정상적으로 걸을 수 있겠다는 확신이 들었다. 수술이 가능하다는 답을 보내주자, 곧 서울로 와서 김총재를 직접 진찰해달라는 연락이 왔다. 이 모든 일은 철저히 비밀로 해야 한다

김대중 총재를 진찰한 자리에서

는 간곡한 부탁을 받고 나는 강대인 회장과 함께 서울로 갔다.

1995년 11월 14일, 청와대가 마주 보이는 시청 앞 롯데호텔 꼭대기층 메트로폴리탄 클럽에서 김총재를 만나 고관절을 자세히 진찰했다. 이날 만찬에는 부인 이희호 여사, 주치의 장석일 박사, 정형외과 윤영구 박사와 강대인 회장이 동석했다. 살펴보니 고관절부위가 굳어 어느 방향으로든 잘 움직이지 않았다. 특히 다리관절은 바깥으로만 열릴 뿐 안으로 닫히질 않아서 양다리를 벌리고 걸을 수밖에 없었고, 방바닥은 물론이고 낮은 의자에 앉을 수도 없을 만큼 관절염이 심했다. 상태가 이러하니 지팡이를 짚고 절룩거리며 걸을 수밖에 없었다.

70세가 넘은 그가 이제껏 고관절의 아픔을 어떻게 참아왔는지 이해하기 어려웠다. 무수한 고문과 박해에도 꿋꿋하게 고난을 이겨온 그의 의지 때문이었을까. 연로한 김총재가 이겨내야 할 마취와 수술의 위험, 수술 후에 올 수 있는 합병증과 재활과정 등에 대해 깊이있는 대화를 나누었다. 이희호 여사의 조심스런 질문과 걱정 끝에 일단 수술을 하기로 결정을 내렸다. 결정하고 나면 되도록 빨리 수술을 받아 회복과 재활 기간을 앞당기는 것이 좋으련만 정치가에게는 여러 제약이 있는 모양이었다. 수술일정은 총재의 지원이 절대적으로 필요한 1996년 봄 국회의원 총선거 이후로 늦추기로 했다.

처음에는 여당의 음해를 피하기 위해서라며 미국에서 수술을 해달라고 했다. 그러나 이때부터 남한의 언론에서는 김총재가 다리수술을 위해 곧 미국에 갈 것이라는 기사가 드문드문 실리기 시작했다. 미국에서 진료팀이 나와 ㄹ호텔에서 김총재를 진찰했다는 기사도 나왔다. 어느 기사에서는 미국 동부의 대학병원에서 수술할 예정이라고 실렸고, 또다른 기사에서는 서부의 대학병원에서 수술한다고 실리기도 했다. 이러한 추측성 기사는 내가 준비하고 있던 수술과는 아무 관련 없는 것으로, 아마 수술장소와 시기를 모호하게 하려는 정치권의 안개작전인 모양이었다. 당시 남한의 정치계에서는 다가오는 대통령 선거를 앞두고 김대중 총재에 관한 소문들이 끊임없이 나돌고 있었다.

총선이 끝나고 몇달 뒤, 김총재측에서 미국이 아니라 한국에서 수술받도록 해달라는 요청이 왔다. 대통령을 꿈꾸는 인사가 한국이 아닌 미국에서 수술받는 것에 대한 국민들의 거부감과 한국 의료계의 반감을 고려한 듯했다. 그래서 나는 서울의 모교 대학병원을 방문해 후배 정형외과 과장에게 어떤 돈 많은 환자가 비밀리에 수술을 받으려 한다며, 수술실과 입원실 시설, 수술 후의 재활과정들을 점검하고 날짜가 정해지면 연락하겠다고 했다.

그런데 몇달 뒤 다시 요청이 오기를, 한국에서의 수술은 아무래도 여당의 예기치 못한 음해공작에 휘말릴 수 있다며 수술은 미국에서 하되 마취의사, 내과의사, 간호사 들을 모두 한인동포로 해줄 수 있느냐고 물었다. 수술은 미국에서 하지만 의료진은 해외에서 크게 활약하는 한인동포라는 명분을 내세우려는 모양이었다. 내가 일하던 병원에는 한인동포 의사가 거의 없었지만, 다행히 유능한 내과의사, 마취의사와 간호사를 조용히 섭외할 수 있었고, 입원실과 가족실까지 미리 준비해놓았다. 김총재 측근들 또한 수술 후 수술팀의 인터뷰, 회복기의 언론 인터뷰를 준비하면서, 앨 고어(Al Gore) 미국 부통령의 병문안을 주선하는 등 매우 치밀하게 움직였다.

그러나 수술계획을 변경하고 새롭게 준비해나가는 중에도 한국 정치계에서는 이런저런 사건들이 터져 김총재의 수술을 어렵게 하고 있었다. 그러는 사이 선거일이 점차 가까워졌고 김총재의 인공고관절 치환수술은 결국 시행되지 못했다. 1998년 2월, 나는 대통령 취임식에 초대되어 서울로 나갔다. 여전히 다리를 절뚝거리며 연단에 올라 대통령 취임연설을 하는 김대중 대통령을 바라보는 마음은 안쓰러움으로 가득했다.

1월 말, 서울. 내가 투숙해 있던 호텔로 임동원 사무총장이 찾아왔다. 언제나 조용하고 차분하게 예의를 갖추는 임총장은, 이미 내가 온 목적을 잘 알고 있는지라 다른 말은 하지 않았다. 준비한 통일정책건의서를 건네며, 우선 임총장께서 한번 읽어주시고 김대중 대통령 당선자에게 전해달라고 부탁했다. 아직 대통령 취임 전이라 각료나 청와대 비서들의 인선이 확정되지 않은 때였다. 그는 김대중정부에서 직책을 맡게 될지는 모르겠지만, 이 건의서는 당연히 김대중 당선자에게 전달하겠다고 약속했다.

그러고는 평양에서의 계획을 물었다. 누구를 만나게 될지 모르나 일단 방문신청서에는 김용순(金容珣) 대남담당 비서를 통해 건의서를 전하고 싶다고 적었다고 했다. 그리고 김정일 비서에게 전달할 건의서 한부를 임총장에게 건네주며, 평양에서도 지금 김대중 당선자에게 보내는 건의서 한부를 함께 건네줄 것이라는 점을 분명히했다. 이 건의서는 남북에 따로 전달하는 비밀문서가 아니며, 해외동포인 Korea-2000의 입장에서는 비밀로 해야 할 하등의 이유가 없었기 때문이다. 임총장은 건의서를 살펴보고 내일 다시 찾아오겠다며 떠났다.

그날 오후 서울에 살고 있는 남동생을 불러냈다. 말도 없이 갑자기 찾아온 형의 방문에 놀란 동생에게 이번 여행계획과 목적을 얘기해주었다. 그저 북에서 다시 돌아올 때까지 조용히 있어달라고 했다.

다음날 다시 찾아온 임총장은 Korea-2000의 통일정책건의서를 검토했다면서 한마디로 매우 감명적이었다고 말했다. 남북관계에 대한 현실인식과 앞으로 나아가야 할 통일의 길을 이렇게 일목요연하게 제시해준 데 대해 Korea-2000 위원들에게 감사의 말을 전해달라고 했다. 그러면서 현실적인 문제, 특히 보수층에 팽배해 있는 반북정서로 인해 남한에서 즉시 시행할 수 없는 내용들도 지적해주었다. 하지만 당장 시행하기 어렵다 해도 해외동포이기에 가능한 문제제기니 계속 이렇게 지적해 주기 바란다고 했다. 그것이 앞으로 우리가 나아가야 할 길임을 인지하고 있으니 인내심을 갖고 조금만 기다려달라는 말도 덧붙였다.

이어서 그는 남북관계 발전방향에 대한 그 자신의 견해를 들려주었다. Korea-2000 위원들이 건의서에 적시한 남북정상회담뿐만 아니라 다가오는 대통령 취임식 연설에 들어갈 대북 메씨지에 대한 의견까지, 임총장과 광범위한 대화를 나누다보니 앞으로 출범할 김대중정부의 통일정책에 더 큰 기대를 갖게 되어 매우 흐뭇했다. 임총장은 과거 남북회담에서 여러번 만났던 김용순 비서에 관한 개인적 얘기를 들려주면서, 가능하면 꼭 김용순 비서를 만나 자신의 뜻을 전해달라고 부탁했다. 우리는 평양에서 돌아와 다시 만나기로 약속하고 헤어졌다.

6년 만에 다시 평양으로

베이징에서 이미 도착해 있던 김현환 목사 일행과 합류했다. 나머지 동행은 몇몇 미주동포들로 북에 살고 있는 가족들을 만나러 가는 길이었다. 우선 베이징 주재 조선영사관에 가서 발급된 입국비자를 받았다. 다음날 평양으로 가는 비행기를 타기 위해 베이징에서 하룻밤 묵기로 했다.

베이징은 이미 6년 전의 모습이 아니었다. 내가 처음 중국을 방문했던 때는 1985년 4월로, 당시 중국의 간판 의과대학병원인 수도(首都)병원에서 인공고관절 치환수술 강연을 했다. 그때 우리가 투숙했던 셰라톤장성호텔이 베이징의 유일한 서구식 호텔이었다. 베이징에 서서히 건축 열기가 달아오르기 시작하던 때였다. 그뒤 1992년 북한에 가기 위해 잠시 들렀던 베이징은 건축공사의 먼지와 소음으로 거리가 어수선했는데, 이제는 너무나 많은 호텔과 건물들이 들어서 있었다. 중국은 무서운 속도로 현대화되고 있었다.

다음날 아침, 삐이징공항에서 눈에 익은 붉은 별이 그려진 북한 비행기에 올랐다. 이미 한차례 경험해서인지 이번에는 새로움도 설렘도 느끼지 못했다. 여전히 한산한 순안공항은 추운 겨울날씨에 더욱 을씨년스러워 보였다. 2월이니 평양에 눈이 덮여 있으리라는 예상은 빗나갔다. 어디에도 흰 눈은 보이지 않고 공기만 매섭게 차가웠다. 그러나 우리를 마중 나온 해외동포원호위원회 소속 지도원 동무들의 대접은 여전히 따뜻하기만 했다.

우리 일행이 도착한 곳은 평양시내 대동교 근처, 대동강 기슭에 있는 대동강려관이었다. 6년 전 처음 머물렀던 30층짜리 청년호텔과는 판이하게 다른 5층짜리 작은 호텔이었다. 건물에는 호텔이 아니라 '려관'이라고 씌어져 있었는데, 6·25전쟁 직후인 1950년대에 지었다고 한다. 안으로 들어서니 난방이 안되는지 싸늘했다. 일단 짐을 방에 두고 동행한 이산가족 일행과 함께 썰렁한 회의실에 모여 앉았다. 실내인데도 추워서 모두들 두툼한 외투를 입은 채였다.

곧이어 회의실로 들어온 사람은 차분한 인상의 신병철 해외동포원호위원회 국장과 최승철 부국장이었다. 비자를 받기 위해 제출한 서류에 우리의 신상이 나와 있으니 그들은 우리가 누구인지 이미 다 알고 있을 터였다. 듬직한 체구에 자신감이 넘쳐 보이는 최부국장은 간단히 환영인사를 한 뒤에 김정일의 노작『혁명과 건설에서 주체성과 민족성을 고수할 데 대하여』와 바로 한달 전에 발표한 신년공동사설에 대해 말했다.

신년공동사설이란 당과 국가의 수반이 대내외적으로 표방하는 그해 국정 전반의 지표로, 북한은 매년 새해에 당보에 해당하는 『로동신문』, 군보인 『조선인민군』, 청년보인 『청년전위』에 신년공동사설을 발표해왔다. 신년공동사설은 신문과 방송을 통해 전인민에게 발표될 뿐만 아니라, 각 단위별 조직에서 사설에 대한 교육을 실시하고 각 기관에서는 사설의 기조에 따라 그해 사업을 조직하게 된다. 최부국장은 올해 주체 87년―김일성 주석의 출생연도인 1912년을 원년으로 하는 연호. 사망한 지 3년 후에 제정되었다―을 북한식 사회주의의 승리를 이룩해나가는 해로 정했다며, "위대한 영도자 김정일 동지를 조선로동당 총비서로 높이 모신 이래 처음으로 맞는 뜻깊은 해인 만큼 주체의 한길을 따라 힘차게 전진할 것"이라고 말했다.

이어서 그는 북한이 '조국통일 3대헌장'으로 규정한 1972년 7·4남북공동성명, 1980년 고려민주연방공화국 창립방안, 1993년 전민족대단결 10대강령에 따라 통일의 길로 나아가야 한다고 역설했다. 7·4남북공동성명은 남한의 이후락(李厚洛) 중앙정보부장이 박정희(朴正熙) 대통령의 밀사로 평양을 방문해서 북한과 합의한 조국통일 3대원칙을 말하는 것이다. 고려민주연방

공화국 창립방안은 북이 1980년에 제안한 연방제 통일방안으로, 외교권과 군사권을 갖는 남북 연방정부를 구성하고 그 밑에 두개의 독립정부를 두자는 것이다. 전민족대단결 10대강령은 1993년 4월 최고인민회의에서 제시된 열개의 통일강령으로, 이미 미국에서 읽은 바 있는 북한의 주장들이었다. 최승철 부국장은 마지막으로 "조국의 3대 대외정책은 자주, 친선, 평화이며 지금은 어려우나 최후의 승리를 위한 강행군을 하고 있다"고 확신에 찬 목소리로 말했다. 일행은 그저 말없이 듣기만 했다.

공식적인 환영절차는 일단 이렇게 끝났다. 김현환 목사가 미리 나의 방문목적을 알려준 모양인지, 최부국장은 "오선생은 이번 방문에서 무엇을 하고 싶습니까?" 하고 물었다. (미주한인사회나 남한에서 나의 호칭은 '박사'인데, 북에서는 언제나 '선생'이었다.) 그래서 1992년 재미한인의사회 대표단이 방문했을 때 제안했던 의학교류를 재개할 수 있도록 보건부장과 의학 관계자들과의 만남을 주선해달라고 했다. 또한 이번 체류기간중에 여러 박물관 및 기념관과 문화시설을 돌아보고 예술공연도 관람하고 싶다고 했다. 준비해 간 방문희망 목록을 넘겨주자, 최부국장은 옆에 앉은 윤병철 참사가 맡아서 준비하도록 지시했다.

다른 일행들이 나가고 난 뒤, 나는 Korea-2000에서 마련한 통일정책건의서 작성배경에 대해 설명했다. 조국통일을 향한 해외동포의 순수한 열망으로 준비한 것이니 받아달라고 하며, 바로 3일 전 서울에서 임동원 사무총장에게 건넨 건의서 이야기를 꺼냈다. 지금 건의서를 건네지만 꼭 김용순 비서와 만날 기회를 주선해달라고 부탁했다. 또한 김대중 당선자와의 관계를 이야기하면서 반드시 이 건의서가 김정일 총비서에게 전해지기를 바란다고 분명히 말했다. 그들 역시 임동원 총장과 김대중 당선자의 관계를 잘 알고 있을 터였다. 서울에서 김정일 총비서에게 보내는 건의서를 함께 전달했듯, 최부국장에게도 김대중 당선자에게 전달한 건의서 한부를 함께 주었다.

그리고 준비해 간 나의 통일논문집 『재미동포가 보는 조국 통일의 문제들』 몇부를 건네주며 이곳 통일전문가들과 만나 대화할 기회를 주선해달라고 추가로 주문했다. 내 부탁을 묵묵히 듣고만 있던 최승철 부국장은 탁자 위에 놓인 문서뭉치들을 조심스럽게 챙겼다. 그러고는 이렇게 조국을 방문해주셔서 고맙다며 좋은 시간 보내시길 바란다고 했다. 예상대로 김용순 비서와의 만남에 대해서는 아무런 언질을 주지 않았다. 이곳에서는 다음 일정을 전혀 알 수 없다는 사실을 이미 알고 있으니 그다지 놀랄 일도 아니었다. 김현환 목사도 여기서의 일은 당국의 배려와 토의에 의해 조직된다고 말해주었다.

이번 평양 방문에서 나는 의학교류 재개와 통일정책건의서 전달이라는 두가지 중요한 일을 이루어야 한다. 그 일의 첫 단계를 마친 셈이었다. 안도감이 나를 감쌌다. 배정받은 방으로 돌아오는데 복도와 로비 모두 어두컴컴했고, 몇개의 희미한 백열등만 드문드문 켜져 있었다. 방은 커다란 냉장고였다. 더운물이 나오질 않으니 샤워도 할 수 없었다. 1992년에도 그랬지만, 상황은 더 악화되어 있었다. 외국에서 온 손님들조차 이런 냉방에 투숙하게 하는 것을 보니 전력공급 사정이 얼마나 심각한지 알 만했다.

앞에서 잠깐 언급했지만 북한은 93년의 핵파동과 95년부터 잇따른 자연재해로 인해 이루 말할 수 없는 피해를 보았다. 그래서 지금의 어려움을, 김일성 주석이 항일무장투쟁 시기에 겪었다는 '고난의 행군'이라 이름하고 다 함께 견디고 있다고 들었다. 여기 와보니 이제 그 진면목을 보는 듯했다. 너무 추워서 잠이 오지 않아 호텔 지배인에게 말했더니, 오래된 전기난로 하나를 가져왔다. 하지만 그 난로도 전압이 낮아 그런지 불이 켜지는 듯하면서 금방 꺼져버렸다. 미안해하며 돌아서는 지배인의 성의는 그러나 고맙고 따뜻했다.

차가운 침대에 누워 있으니 처음으로 이곳에 왔던 6년 전, 미지의 세계에 대한 설렘으로 잠 못 이루던 평양의 첫날 밤이 떠올랐다. 두꺼운 외투를 껴입고 침대에 누워 또다른 이유로 잠 못 이루는 평양의 첫날 밤이었다.

금수산기념궁전에서

　다음날 아침, 숙소 밖으로 나오니 차라리 햇볕이 난 바깥이 더 따뜻했다. 오늘은 지도원 동무들과 몇몇 유적지를 둘러보기로 되어 있단다. 92년에 우리를 안내했던 지도원 동무들의 얼굴은 볼 수 없었다. 이미 친해진 그들과 좀더 깊은 대화를 나눌 기대를 했는데, 안부를 물어도 대답이 명확하지 않았다. 그들 역시 어디선가 중요한 일을 하고 있겠지만, 어디서 무엇을 하는지 도통 알 수 없는 것이 이곳의 현실이었다.

　첫번째 방문지는 평양시내 동북쪽에 있는, 4세기 말에서 5세기 초에 쌓았다는 고구려시대의 대성산성(大聖山城)이었다. 굉장히 높고 웅장한 산성이 기다랗게 뻗쳐 있었다. 산성의 정문이라는 남문은 1978년에 복원했다는데, 나무를 전혀 쓰지 않고 시멘트로만 지은 방식이 묘향산 국제친선전람관과 똑같았다. 특이한 점은 성문의 모양이 흔히 볼 수 있는 아치형이 아니라 각져 있다는 것이었다. 이 각진 통로가 마치 고구려의 남성적인 기상을 잘 보여주는 것 같았다. 아마 남녘에서 보았던 신라와 백제의 유적에 익숙해져 있어 더 그런 느낌을 받았는지도 모른다. 고구려의 옛 영토가 북한에 있으니 남녘동포들은 광활한 만주벌판과 반도의 북녘을 호령하던 선조들의 기상을 엿볼 기회를 가질 수 없다. 마찬가지로 북녘동포들은 신라와 백제의 흔적을 좀처럼 접할 수가 없으니, 이게 다 어리석은 분단현실 탓이다.

남문 옆에 고구려시대의 무술과 풍습을 보여주는 커다란 벽화가 보였다. 고구려의 기상이 저러했으니, 오늘날 북녘사람들도 그 기상을 닮아 선이 굵고 남성적인 것인가 하는 생각도 들었다. 안내원의 설명에 의하면 산성 안에는 연못이 여럿 있고, 옛날 식량창고와 무기고의 흔적들이 남아 있다고 한다. 천연요새라 조선시대에는 농민폭동군의 기지로도 쓰였다고 했다. 안내판에는 '대성산유원지'라고 해서 각종 유흥시설도 있는 것을 볼 수 있었다.

남문 북쪽 대성산 주작봉 마루에 올라보니, 평퍼짐한 동산에 묘비석들이 즐비한 모습이 보였다. 일제강점기에 조국의 광복과 인민들의 해방을 위해 항일무장독립운동을 벌이다 사망한 독립투사들과 해방 후 공화국 창건에 기여한 혁명 1세대 열사

들을 모신 '혁명렬사릉'이라고 했다. 1975년에 처음 조성되어 1985년에 현대식으로 개조, 확장했다는 능의 정문은 역시 전통 건축양식으로 지어져 있었다. 계단을 올라가면 양옆으로 열사들의 투쟁모습을 생동감있게 보여주는 석조군상들이 펼쳐져 있었다. 안으로 들어가니 공화국 영웅메달이 새겨진 커다란 대리석판 뒤로 100명이 넘는 혁명열사들의 반신상과 묘비가 정연하게 늘어서 있었다. 이 반신상들을 일일이 조각한 것은 만수대창작사 예술인들의 커다란 작업이었으리라. 뒤편 맨 꼭대기에는 혁명을 상징하는 붉은 대리석 기가 보이고, 그 앞에 김일성 주석의 부인인 김정숙과 일가의 묘가 자리하고 있었다.

　수만명을 안장한 미국의 국립묘지와 달리 항일열사들을 100

혁명렬사릉 ©Ray Cunningham

여명으로 추려서 기리는 모습이 특이하고 인상적이었다. 그런데 이것 말고 또다른 열사릉이 있다고 했다. 우리는 곧바로 평양 형제산구역 신미동에 있는 '애국렬사릉'을 방문했다. 혁명렬사릉을 조성한 지 11년 뒤인 1986년에 조성되었다는 애국렬사릉은 조국의 해방과 사회주의 건설, 나라의 통일위업을 위해 투쟁하다 희생된 애국열사 500여명을 모신 곳이고, 그 수는 앞으로 계속 늘어날 것이라고 한다. 혁명렬사릉과는 달리 실질적으로 공화국 건설에 기여한 고위간부들과 문화예술인, 그리고 남한의 여러 정치가들에 이르기까지 다양한 인물들이 모셔진 것을 보고 놀랐다.

공화국 최고인민회의 초대의장을 지냈던 허헌(許憲), 『임꺽정』의 저자 홍명희(洪命熹), 당대 최고의 경제학자이자 초대교육상을 지낸 백남운(白南雲), 여운형(呂運亨)의 딸 여연구(呂燕九), 평양 남북연석회의에 참석했던 김규식, 간첩혐의로 남한에서 처형당한 진보당 당수 조봉암(曺奉岩), 남한에서 군단장과 외교부장을 지내고 북에 귀화한 최덕신(崔德新), 남한에서 지리산 빨치산으로 활약하다 사망한 리현상(李鉉相) 외에는 대부분 알 수 없는 이름들이었다. 우리에게 낯선 이름들이 북에서는 영웅으로 칭송받고, 이곳에서 낯선 이름들이 남한에서 애국자로 추앙받는 이 민족의 모순이 새삼 가슴에 와닿았다. 통일이 되면, 선열들의 공과를 공정하게 가려 각기 응분의 대우를 받도록 해야 할 것이다.

다음날은 무척 바빴다. 첫 일정은 대성산 혁명렬사릉이 마주 보이는 곳에 위치한, 김일성 주석의 집무처였던 금수산기념궁전이었다. 김주석의 65회 생일을 맞아 1977년 4월 15일에 준공된 이 건물은 조선식도 유럽식도 아닌 독특한 모습의 5층짜리 석조건물이다. 1990년 제2차 남북고위급회담 때 남측 대표단이 김일성 주석과 면담한 곳이기도 하다. 김주석 생존시에는 금수산의사당 혹은 주석궁으로 불리다가, 김일성 사망 후 '금수산기념궁전'으로 개명했다. 그리고 '인민들과 함께 영생하는 수령' 김일성을 생존시 모습으로 보존해놓고 집무실을 개조해서 사후 1년 만인 1995년 7월에 개관했다고 한다. 궁전 일대를 공원으로 조성하는 작업은 지금도 계속 진행중이었다.

궁전 앞에는 북한인민들과 마침 겨울방학을 맞아 '조국'을 방문한 흰 저고리, 까만 교복치마 차림의 재일조총련계 학생들이 기다란 줄을 이루고 있었다. 방문객들은 금수산기념궁전 요원들의 안내에 따라 여러 단계의 입장절차를 거쳐야 했다. 우선 휴대전화와 카메라를 보관대에 맡기고, 기다란 에스컬레이터를 지나 한 사람씩 검열대를 통과했다. 그리고 실내에 들어가기 전에 자동신발털이로 구두를 닦고 공기정화기가 작동되는 곳을 지나는데, 이를 '무균처리통로'라고 부르는 모양이었다. 이렇게 엄중한 절차를 거치다보니 방문객들은 자연히 아무 말 없이 정중하고 조용한 행렬을 이뤄 움직이게 되었다.

마침내 창문 하나 없이 밀폐된 커다란 방으로 들어서니 은은

한 조명 속에 「김일성 장군의 노래」가 가사 없이 낮고 장엄하게 흘러나오고 있었다. 방 한가운데 놓인 관 속에 김일성 주석이 누워 있고, 특수조명이 얼굴을 밝게 비추고 있었다. 그 앞에 멈춰 서서 고개를 숙이고 참배하는 인민들의 눈에서는 눈물이 흘렀고, 더러는 슬픔에 못 이겨 격렬하게 흐느끼기도 했다. 평양거리에서 여러번 "수령은 인민들과 함께 살아있다"라고 씌어진 구호를 보았는데, 바로 여기서 참배하는 인민들을 보니 그 구호가 정말 사실인 듯했다.

아무도 우리에게 지시하지 않았지만, 우리 일행도 그 앞에서 목례를 했다. 김일성 주석을 마주하는 일행들의 마음은 제각기 다르리라. 이산가족들의 마음도 다를 테고, 북한을 방문한 의사로서 남북분단의 역사를 공부해온 나의 마음 또한 다르다. 김주석에 대한 평가는 바로 이곳에서 고인에 대한 이해를 높이고 난 뒤에 해야 할 것이다. 지금은 그의 앞에서 방문객의 예의를 갖추어야 한다. 하지만 엉뚱하게도 이곳에 와서 북한당국의 눈초리보다는 곁에 있지도 않은 재미동포나 남한동포들의 눈치를 보게 되는 것은 왜일까. 중국의 마오 쩌뚱이나 소련의 레닌묘소를 방문했을 때 느꼈던 편한 마음이 아니었다. 이것이 바로 오늘날 우리가 살고 있는 분단현실의 모순된 자화상이 아니겠는가? 그런 생각에 마음이 씁쓸해졌다.

기념관으로 꾸며진 다음 방에는 수령이 탔던 자동차를 포함해 여러 물품들이 전시되어 있었다. 특히 눈길을 끈 것은 그가

금수산기념궁전 ©Ray Cunningham

타고 여행했다는 열차였다. 분단 후 북은 남한보다 일찍 전국
에 철도망을 건설했다고 들었다. 그래서인지 김주석은 열차여
행을 자주 했다고 한다. 객차 내부는 옛날 유럽왕족들이 누리
던 것처럼 화려하게 꾸며져 있었다. 하기야 남한보다 더 잘살
았던 시절의 국가원수가 탔던 객실이니, 이 정도 장식은 당연
한 것일 터다. 그럼에도 불구하고 지금 이곳 인민들이 겪고 있
는 어려움이 겹쳐서인지, 눈앞에 보이는 열차를 고운 눈으로
볼 수가 없었다. '인민들과 함께하는' 수령의 이미지와는 너무
멀다는 배신감이랄까. 하지만 이 열차도 인민의 낙원을 건설했
다던 지난 세월의 영광일 뿐이다.

　기념관과 주변은 모두 장엄하게 단장되어 인민들의 끊임없

는 참배를 유도하고 있다는 생각이 들었다. 수령을 향한 전인민의 흠모는 어떤 종교적 경지에 이르러, 이곳은 영광스러운 순례지가 되어가고 있었다. 대성산 혁명렬사릉의 동지들이 내려다보고 있는 이 성소가 과연 통일 후에는 어떻게 자리하게 될지 잠시 어지러운 생각에 잠겼다. 이곳은 위수지구(衛戍地區)로 지정되어 경계가 엄중해서 사진촬영도 금하고 있는지라 궁전에서 한참 멀리 나와서야 겨우 사진 한장을 찍을 수 있었다.

그들의 눈물은 자발적인 것인가

　이번 여행에서 가장 가보고 싶었던 곳은 역사적인 문화유산인 강서3묘(江西三墓)와 대성리 고분, 약수리 벽화고분이었는데, 체류기간중에 방문하게 될지는 알 수 없었다. 다음 행선지는 92년 첫 방문 때는 없었던 단군릉이었다. 단군은 우리 민족의 시조라고 배웠지만, 실체가 정확히 밝혀지지 않은 채 신화적 인물로 간주되어왔다. 근년에 남한에서 고대사 연구와 고증이 활발히 진행되고 있다고 들었는데, 북한에서는 1993년 단군의 유골을 발굴했다며 단군이 실존인물이라고 주장했다. 이에 김일성 주석이 대대적으로 단군릉 조성을 지시했고, 사망 1년 후인 1994년에 준공되었다고 한다. 평양 근교 대박산 기슭에 단군의 묘로 추정되는 옛 무덤을 발굴해서 커다란 능으로 새롭게 조성한 것이다.

단군의 활동지가 북녘이었다는 사실은 틀림없으나, 과연 이것이 진짜 단군의 무덤인지는 내 지식 밖의 일이었다. 완만한 돌층계를 오르니, 단군의 네 아들과 여덟명의 문무신하들의 석상이 좌우에 늘어서서 우리를 맞이했다. 마지막 계단을 다 오르자 고구려시대 장군총과 비슷하게 생긴 우람한 돌무덤이 나타났다. 자세히 살펴보니 사각형의 하얀 돌들이 위로 올라갈수록 좁게 쌓여 있었는데, 단이 아홉개나 되었다. 맨꼭대기는 평퍼짐한 모습이었다. 네 귀퉁이에 서 있는 돌조각상 또한 새로웠다. 서양의 사자도, 중국의 용도, 남녘 경복궁 앞에 있는 가상의 동물인 해태도 아닌, 우리 고유의 호랑이상이 푸근하고 친밀하게 느껴졌다.

아직 능 조성의 초기단계여서 그런지 주변경관은 소박했다. 앞으로 조경사업이 완성되고 부속건물들이 들어서면 제 모습을 갖춘 단군릉이 되리라. 추운 날씨에도 열정적으로 설명해주던 여성안내원 동무의 뺨이 빨갛게 달아올라 있었다. 능 주위를 한바퀴 돌아보니 뒤쪽에 능 안으로 들어가는 문이 있었는데, 일반관람은 허락되지 않았다. 다시 능 앞으로 와서 아래를 내려다보았다. 편안하게 펼쳐진 들판이 평화로워 보였다. 풍수지리에 문외한인 내가 봐도 한눈에 명당자리임을 알 수 있었다. 풀이 곱게 덮인 둥그스름한 봉분만 보다가 이렇게 사진에서만 접했던 웅장한 돌무덤을 눈앞에서 보게 되니 감회가 새로웠다.

단군릉 앞에서 여성안내원 동무와 함께

　단군릉이 조성되었다는 소식을 듣고 남한에서는 역사적 진실성에 의문을 표했다. 혹자는 북한이 자기 쪽에 유리하도록 역사를 해석하기 위한 것이라고 폄하하기도 했다. 역사의 진실은 정확히 밝혀져야겠지만, 우리 민족의 아득한 조상인 단군의 역사를 발굴하고자 한 노력은 그 자체로 평가되어야 할 것이다. 또한 앞으로 남과 북이 이런 연구를 공동으로 추진하게 될 때에야 역사연구는 진일보할 것이다.

　유명한 사적지와 건축물들을 둘러보는 일정은 계속되었다. 6년 전 만수대언덕에서 김일성 주석의 황금동상을 보았을 때 동상 뒤로 백두산 천지 벽화가 정면에 보이는 건물이 눈에 띄었는데, 1972년 4월에 개관한 조선혁명박물관이었다. 물론 4월은 김일성 주석의 생월로, 이곳에서는 김주석의 생일을 기념하여 개관·개막되는 것이 상례다. 이 박물관 또한 김주석의 60회 생일을 맞아 문을 연 것이었다. 92년에는 안에 들어가보질 못했는데, 이번 방문에서는 안까지 둘러볼 수 있었다. 안에는 항일혁명투쟁 시기, 반제·반봉건 민주주의혁명과 조국해방전쟁 시기, 사회주의 건설 시기, 로동당의 대외활동 시기 등 시기별로 구분된 수많은 진열실이 있었다.

만경대고향집에서 본 대로, 집을 떠난 소년 김일성이 만주에서 조선의 자주독립운동을 조직한 과정과 항일무장투쟁을 위해 조선혁명군을 창설한 배경, 그리고 북한이 늘 자랑하는 무산과 보천보 전투에서의 혁혁한 승리 등을 자세히 보여주고 있었다. 특히 1930년대 말에서 1940년대 초에 일본군경의 집요한 추격을 피해 백두산 밀림을 헤매며 간고의 빨치산투쟁을 벌인 역정이나 혁명군과 함께 눈 덮인 산과 들을 헤치며 고난의 행군을 했던 모습이 실감나게 그려져 있었다. 당시 『동아일보』와 『조선일보』에 실린 김일성 장군의 항일무장투쟁에 대한 기사들도 전시되어 있었다.

북녘이 기리고 있는 역사의 흔적은 남한의 일반인들에게는 생소한 것이다. 물론 남한 독립운동가들의 치적이 이곳에서는 얼마나 자세히 기록되어 있는지도 비교해봐야 할 것이다. 이처럼 우리는 지난 반세기 동안 각기 반쪽짜리 역사만 붙들고 이념논쟁을 해온 한심한 민족이기도 하다. 오로지 통일의 그날, 역사의 시비가 공정하게 가려져 후손들에게 우리 민족사를 올바르게 가르칠 수 있을 것이다.

박물관이 너무 커서 각자 주마간산격으로 둘러보다가 맨 처음 들어왔던 방으로 돌아오니, 마침 4년 전 사망한 김주석의 장례식을 보여주는 기록영화가 상영되고 있었다. 화면 앞에 운집한 인민들을 보며 늘 궁금했던 점을 확인해보고 싶다는 짓궂은 생각이 들었다. 김주석의 사망에 울부짖으며 슬퍼하는 인민들의 모습을 사진으로 본 적이 있었다. 그때 과연 그들의 눈물은 자발적인 것인가 하는, 그들에게는 매우 불경스러운 의구심이 들었다.

영화를 보는 사람들의 자세는 모두 숙연했다. 그리고 이미 4년이나 흘렀는데도 눈물을 흘리는 사람들이 여럿 눈에 띄었다. 영화가 끝나 나가려는데 우리를 안내하는 지도원 동무가 보이질 않았다. 한참을 둘러보니 저쪽 벽 구석에서 혼자 눈물을 닦고 있었다. 나와 눈이 마주치자 멋쩍은 듯 천천히 다가왔다. 이것은 오랜 프롤레타리아 독재체제에 길들여진 인민들의 계도된 심경의 발현일까? 아니면 일찍이 사회주의 낙원을 건설해준 '위대한 지도자'에 대한 순결한 존경과 흠모일까?

오늘의 마지막 행선지는 북녘 최고 예술인들의 창작요람인 만수대창작사라고 한다. 6년 전 시간이 촉박해 제대로 둘러보지 못한 곳이다. 그때 아쉬운 대로 고려미술관에서 사온 인민예술가들의 고려자기와 찻잔은 집에 모셔놓고 또 여러 친구들에게 선물했다. 다시 고난의 행군을 벌이고 있는 지금도 예술

만수대창작사의 내부 ©Ray Cunningham

은 그 나름의 몫을 하고 있는가보다. 그곳에서 조선화를 그리고 있던 화가 선우영을 만났다. 매우 귀한 기회였다. 그는 창작사의 조선화 실장으로, 이미 북한 최고의 예술가에게 주어지는 호칭인 인민예술가의 반열에 오른 분이었다. 그의 작품은 일본과 미국에서도 전시된 바 있다.

우리나라 전통화법에 따른 북의 조선화는 남한의 동양화 또는 한국화와 크게 다를 게 없다. 지금 선우영 화가가 그리고 있는 산수화 역시 남한에서 흔히 보던 종류의 것이었다. 이념의 차이가 그림에까지 스며들지는 않은 모양이었다. 6년 전에 인상 깊게 보았던 조선화의 과감한 색채와 기법의 변화에 대해 잠시 얘기를 나누었다. 창작예술가로서의 무한한 욕구를 드러내기 위해 색채와 기법상의 변화를 추구하다보니, 그림에도 자연스럽게 반영된다는 답이었다. 조선화도 전래의 산수화에만 머무를 수 없어 대상이 점차 넓어지고 있다고도 했다.

그와 현대미술에 대해서도 깊이있는 대화를 나누고 싶었다. 나는 1992년부터 문화예술 동호인들과 카파(KAFA, Korea Arts Foundation of America)라는 예술재단을 창립하고, 매년 미국 미술계의 유명한 심사위원을 초빙하여 공모전을 개최해왔다. 공모전에서 1등을 한 재미한인 화가에게는 상금 1만달러를 수여하고 다음해에 전시회를 열어준다. 카파상은 한인 미술가들의 세계 미술계 진출을 돕기 위한 상이다. 선우영 화백의 영역은 아니었지만, 나는 그에게 사회주의체제의 미술은 사실화나 구상화가 대부분인 반면 요즘 현대미술의 추세는 추상화라는 점을 얘기해주었다. 조선화가인 그에게 현대 서양화의 경향을 얘기하는 것이 어색해서 길게 대화하지는 못하고, 귀한 시간을 내주어서 감사하다는 말과 함께 창작사를 나섰다.

북의 예술이 사회주의혁명 완수에 복무한다는 명제를 따르고 있다면, 내가 더 할 말은 없으리라. 그곳에서 본 그림은 뜨거운 용광로 앞에서 땀 흘리며 일하는 노동자들, 동트는 새벽에 일터로 나가는 근로자들, 공장 굴뚝으로 솟아오르는 연기에 붉게 물든 노을의 풍광 같은 것이었다. 이 그림들은 인민들에게 커다란 감동과 결의를 심어줄 것이다. 예술인 자신에게 또한 큰 보람을 맛보게 할 것이다. 그러나 예술에 있어 그것만이 다

일까? 늘 새로움을 추구하는 예술인 고유의 창작욕구는 어떻게 채워지고 또 어떻게 발현되는지 궁금했다. 언젠가 현대화가를 만나면 얘기해볼 주제다.

"가는 길 험해도 웃으며 가자"

　첫 방문 때 청년호텔에서 고려호텔로 옮겨졌듯이, 이번에도 같은 순서를 밟았다. 추운 방에서 잠도 제대로 못 자다가 난방 잘되고 온수도 나오는 고려호텔로 옮겨오니 두 다리 쭉 뻗고 잘 수 있었다. 북한인민들이 이렇게 어려운 고난의 행군을 하고 있다는 것을 직접 체험해보라는 뜻에서 대동강려관에 들게 했나 하는 생각마저 들었다. 전력공급이 잘되었던 시절에는 전체가 중앙난방 씨스템이었다는데⋯⋯ 지금은 저녁 일찌감치 전등불 없는 컴컴한 방에서 우리 일행이 그랬듯 두꺼운 옷과 이불을 뒤집어쓰고 새우잠을 자고 있을 인민들의 모습이 떠올랐다. 일부러 우리를 냉장고 같은 여관에 묵게 한 것이라면, 그 의도는 성공했다. 적어도 나는 그 아픔을 뼈저리게 느꼈기에.

고려호텔

남녘에서 말하는 것처럼, 수백만명의 인민들이 추위보다 더한 배고픔에 시달리다 죽어갔다는 게 과연 사실일까? 식량을 구하러 두만강을 건너 필사의 탈출을 감행하는 인민들의 이야기는 익히 들어 알고 있었다. 끔찍하고 두려운 현실이다. 며칠전 떠나온 서울의 그 풍요 넘치는 모습이 겹쳐왔다. 식사를 마친 식탁에는 남은 음식들이 넘쳤고, 그것들은 모두 쓰레기로 버려질 것이다. 풍요의 오만…… 그뿐인가. 밤거리의 휘황찬란한 네온싸인, 취객들의 비틀거리는 발걸음, 어딜 가나 밀리는 차들…… 그곳은 이 얼어붙은 듯한 적막과 빈곤의 땅과는 아무 관계 없는 세상인 듯했다.

문득 30여년 전, 중부전선 DMZ에서 군의관으로 복무하던 시절의 겨울이 생각났다. 우리 연대에 이화여대 전방장병 위문단이 방문하기로 해서 그 준비를 위해 서울로 나갔다가 불빛이 번쩍거리는 거리에서 삼삼오오 떼지어 즐겁게 걷고 있는 또래 젊은이들을 마주치곤 했다. 눈 덮인 황량한 전선에서 목욕 한번 못하고 방한복을 껴입고 덜덜 떨며 보초를 서는 병사들과는 너무나 대조적인 모습이었다. 군대에 들어오기 전에는 나 역시 그 거리를 걷던 젊은이였지만, 그때 서울의 모습은 너무나도 야속했고 나와는 아무 상관 없는 별천지로 느껴져 조용한 분노 마저 치밀어올랐다.

그래도 암흑 같은 평양의 밤거리에 새벽빛이 깃들면 도시는 다시 살아 움직였다. 그 생명력이 신통했다. 아침이 되면 어두운 색깔의 두꺼운 옷을 입은 사람들이 모두 직장을 향해 열심히 걷고 있었다. 미어지듯 많은 사람들이 타고 있는 전차도 보였다. 그 사이로 가끔 지나가는 트럭들과 어쩌다 보이는 승용차들의 움직임이 이 도시가 살아 숨쉬고 있음을 다시 확인해주었다. 남과 북은 각자 어디를 향해 가고 있는 것일까? 거리에 나붙은 현수막에 씌어진 "가는 길 험해도 웃으며 가자"라는 구호가 내 눈을 아리게 했다.

2월 6일 아침, 고려호텔 식당에서 아침식사를 마치자 김일성종합대학 철학부의 리학수 교수가 나를 찾아왔다고 했다. 호텔 접견실에서 만난 리교수는 50대 초반의 마르고 지성적인 느낌을 주는 학자였다. 김일성종합대학 철학부에서 15년간 김일성과 김정일의 노작을 강의하고 있다고 했다. 구체적으로는 주체사상과 사회주의혁명 완수, 사회주의국가 건설에 대한 사상강좌라고 한다. 이번 방문목적에 걸맞게 리교수를 보내 둘이서 대화할 수 있도록 조치해준 것 같았다. 고마운 배려였다.

리교수는 북녘말씨로 김일성 수령과 김정일 장군의 사상과 업적에 대해 설명하기 시작했다. 주로 주체사상과 민족성을 살려나가는 데 대한 이야기로 이어졌다. 사회주의는 하나의 이상인데, 이를 계급투쟁만이 아니라 민족성과 함께 조화시켜나가자는 것이 김일성 수령과 김정일 장군의 뜻이라고 했다. 우리는 과거에 외세의 침략에 시달리며 살아남는다는 명목하에 사대주의를 취했고 특히 일본의 오랜 식민정책으로 인해 아무것도 할 수 없다는 포기사상에 젖게 되었는데, 해방 후 북은 민족을 배반하고 일제의 주구 노릇을 한 친일분자들을 철저히 처단했다고 한다. 이러한 친일척결은 조국의 영원한 발전을 위해 반드시 필요한 조치였다고 강조했다. 마치 친일파를 청산하지 못한 남한을 의식하는 말 같기도 했다.

그리고 북은 종래의 봉건주의와 반상(班常)계급을 타파함으로써 모든 인민의 평등을 이루었다고 했다. 의지가 굳으면 무엇이든 이룰 수 있음을 보여주기 위해 주체적 역량을 높이 키워왔다고 한다. 해방을 가져다준 소련일지라도 민족의 이익을 위해서라면 당당하게 맞섰고, 조국해방전쟁에서 도움을 준 혈맹국 중국과도 외교적으로는 대등하게 대결하며 주체사상을 발휘해왔다는 것이다. 주체사상은 '위대한 지도자 김일성 수령'께서 창시하셨고, '경애하는 김정일 장군'이 그 뒤를 이어 더욱 깊은 사상적 연구와 실천을 하고 있다는 요지였다. 이제 우리 민족끼리 힘을 합해 외세를 물리치고 정치적 단결을 이루어야 하고…… 그의 길고 긴 강의는 끊임없이 이어질 것 같았다.

리교수가 하는 말 중에 거슬리는 것은 없었다. 하지만 일찍이 통일문제에 관심을 가져온 나는 이미 현대사를 두루 읽었을 뿐만 아니라, 그가 언급하는 북쪽의 문헌들까지 섭렵한 터였다. 김일성 회고록 『세기와 더불어』, 김정일의 『향도의 태양』 같은 문헌도 뒤적여봤다. 때문에 북한이 키워온 자주정신과 배짱에 대해서도 잘 알고 있었다. 한때는 남한과 북한이 어떻게 이렇게 다를 수 있나 의아해하기도 했다. 나는 리교수가 말하기 앞서 그가 말하려는 바를 먼저 얘기하면서, 강의는 이쯤 하고 김일성종합대학 학생들의 사고나 활동 등에 관한 대화로 화제를 바꿀 것을 제안했다. 그는 의사선생의 독서가 거기까지 미치리라고는 생각지 못했다고 웃으며 말했다.

오늘은 박물관을 보기로 예정되어 있었다. 나는 리교수에게 박물관 동행을 권했다. 윤병철 참사의 안내로 리교수와 나는 조선민속박물관으로 갔다. 조선민속박물관은 1956년에 개관했는데, 구석기시대부터 1800년대 말까지의 생활풍속, 식생활, 예절과 관혼상제, 민속놀이와 민속악기 등을 볼 수 있게끔 전시되어 있었다. 리교수와 여유롭게 전시관을 둘러보며 대화를 나눴다. 간간이 요즘 김일성종합대학 학생들의 공부와 생활에 대해서도 얘기했다.

북한의 대학은 무상교육이라 학비가 없고, 지방에서 입학한 학생들은 모두 국가가 제공하는 학내 기숙사에서 생활한다고 했다. 학교 안에서는 체육활동을 포함한 모든 일정이 정해진 규범에 따라 진행된다. 학생들은 매우 우수하며 나라가 베풀어주는 은혜에 보답하려는 자세를 잘 갖추고 있다고 한다. 김정일 장군의 탁월한 영도에 대해서도 칭찬을 빼놓지 않았다.

나보다 연하인 리교수는 전형적인 인문철학자였다. 우리가 흔히 생각하는 강한 인상의 공산주의자와는 반대로, 착하디 착해 보이는 얼굴에 말씨도 부드럽고 또 겸손하여 도무지 뜻이

조선민속박물관에서 리학수 교수(왼쪽)와 함께

다른 사람을 만난 것 같지가 않았다. 한 겨레로 태어났다는 것 자체가 살아온 장소의 차이를 지우고 시간의 간격을 빠르게 좁히고 있었다.

그는 박물관에서 헤어지기 전에 다음에 또 오겠다고 했다. 아마 그렇게 예정되어 있는 모양이었다. 점심이라도 같이하자고 했지만, 리교수도 그렇고 윤참사도 내 초대에는 응할 수 없는가보았다. 그들만의 식사를 따로 하는 듯했다. 해외동포에게 대접하는 값비싼 식사를 현지인들에게까지 줄 수 없는 모양이다. 그런 내색을 전혀 내비치지 않고 돌아서는 그들의 자존심과 자부심이 마음을 아프게 했다. 그러나 한편 그들의 모습이 듬직하게 느껴지며 자랑스럽기도 했다. "가는 길 험해도 웃으며 가자"라는 구호가 또다시 내 가슴을 치고 있었다.

한자리에서 오래 일하는 전문가들

고려호텔로 돌아와 홀로 점심을 먹었다. 오후에는 92년에 재미한인의사회 방문단을 맞이해주었던 최창식 보건성 부부장이 찾아왔다. 우리는 마치 십년지기처럼 서로 얼싸안으며 6년 세월의 간격을 좁혔다. 그가 아직도 같은 자리에서 일하고 있다는 사실이 놀라웠다. 남한에서라면 벌써 몇 사람이 거쳐갔을 시간이 아닌가. 최부부장과 함께 온 김우영 선생이 자리를 같이했으나 정확히 직위가 뭔지 알 수 없었고, 또 구태여 물어보지도 않았다. 언제나 그렇듯 대답이 모호할 것이라 짐작했기 때문이다.

우선 이상철 회장의 서신을 최부부장에게 건네주었다. 나는 이회장의 뜻을 전달하고 학술교류의 재개와 의료지원의 길을 함께 모색해가자고 했다. 그는 재미한인의사회가 여름이나 가을에 북한을 방문할 수 있도록 조치하겠다고 약속했다. 약속을 하면서도 조미관계가 좋지 않아 어려운 점이 많다는 얘기를 덧붙였다. 공화국은 합의한 대로 원자로 가동을 중단하고 국제사찰을 받고 있는 데 반해, 미국은 94년 제네바합의에서 약속한 사항들을 하나도 제대로 지키지 않는다는 것이었다. 때문에 공화국 상황은 더욱 어려워졌다고 했다. 미국과의 관계만 제대로 지켜진다면, 재미동포들과의 교류는 얼마든지 활발하게 진행시킬 수 있다고 했다.

그는 또 "우리는 개방을 하려는데 바깥에서 미국이 빗장을 잠그고 있어 문제"라는 얘기도 했다. 남한에서는 매우 생소한 얘기일 것이다. 남한에 퍼진 통념은 북이 체제붕괴를 두려워해 개방하지 못한다는 것이다. 일견 맞는 말이기도 하지만, 미국이 6·25전쟁 이래 서방세계로부터 북을 정치경제적으로 완전히 봉쇄·고립시켜오고 있는 것 또한 사실이다.

그는 미국이 제네바합의에서 약속한 경제제재 완화를 전혀 이행하지 않았을 뿐만 아니라, 원자력발전소 2기 건설사업도 지지부진하다고 말했다. 또한 미국은 북한이 핵발전소 가동을 중단하는 댓가로 매년 50만톤의 중유를 공급해주기로 했는데, 그마저도 시간을 제대로 지키지 않아 북의 전력사정이 어려워지고 있다고 했다. 미국의 한반도 전문가들은 이러한 사실을 잘 알고 있었지만, 미국의 보수언론과 남쪽에서는 그 반대로 보도하고 있었다. 이것이 약소국의 비애인가. 마지막으로 그는 재미한인의사회의 방문의지에 고마움을 표했다. 그러나 끝까지 확정적인 답은 주지 않았다.

그를 만나니 문득 1992년 이 호텔에서 인공고관절기에 대해 강의했던 일들이 떠올랐다. 그때 기증하고 떠난 인공고관절기와 교재들은 지금 어디에 있을까? 그들의 말대로 인민대학습당에 진열되어 있는지, 평양의학대학에 있는지, 아니면 다 없어졌는지 알 길이 없었다. 그와 대화를 나누면서도 첫 교류의 성과나 그후의 일정을 알 수 없어 답답하기만 했다. 답답함이 쌓이다보면 불쑥 감정이 솟구쳐 대체 내가 왜 북한을 도우려 하는지 의문이 들기도 한다.

하지만 흥분을 가라앉히고 다시 생각해보면 반응이 모호할 수밖에 없는 저들의 처지가 이해되고, 결국은 고통받는 환자들에게 그 혜택이 돌아갈 것이니 우리가 솔선해서 도와야 한다는 자발적 강박감이 밀치고 들어온다. 그래, 그래서 나는 여기 이렇게 와 있지 않은가?

뻬이징에서 동행해온 이산가족 일행과는 각기 다른 여정을 보내고 있었는데, 그날 저녁 70대의 형제 두분이 묘향산을 다녀오다가 승용차가 길 옆 논두렁으로 전복되는 바람에 부상을 입었다는 소식을 들었다. 두분은 이미 응급차로 평양시내에 들어와 병원에 입원해 있다고 했다. 생명에는 지장이 없는 것 같다고 했지만, 모처럼의 방문중에 사고라니! 우리를 인솔한 김현환 목사와 지도원 동무, 윤병철 참사 모두 이 뜻하지 않은 소식에 근심이 가득했다. 의사의 본능이 발동한 나는 교통사고라면 정형외과적 외상이나 골절의 가능성이 높으니 내가 가보는 게 좋겠다고 지도원 동무에게 얘기했다.

다음날 아침, 윤참사는 첫날 이후 한번도 보이지 않던 최승철 부국장과 함께 호텔에 왔다. 병원으로 가보니, 다행히 부상은 크지 않았다. 한분은 가벼운 타박상을 입었고, 다른 한분은 오른쪽 빗장뼈가 골절되었다. 담당의사를 만나 치료방침을 논의하며 미국에서 흔히 쓰는 8자형 어깨 브레이스(brace)가 있냐고 물었더니 없다고 했다. 할 수 없이 삼각보로 어깨와 팔을 묶어 편안한 자세를 유지하도록 하고, 시간이 지나면 다 봉합될 테니 걱정하지 말라고 안심시켜드렸다.

최부국장에게 대동강려관에서 건네준 통일정책건의서를 전달했는지 물어보고 싶었지만, 여러 사람들이 함께한 자리라 물어볼 수 없었다. 다만, 그가 병원을 떠나기 전 나에게 다가오더니 내일부터 통일연구학자 등 내가 만나고 싶어한 사람들과의 면담이 조직되어 있다고 조용히 일러주었다.

첫 방문 때는 전시효과가 있는 커다란 두 병원만 방문한 터라, 나는 이 자그마하고 깨끗한 병원이 어떤 곳인지 궁금했다. 윤참사에게 물어보니, 이곳은 평양에 주재하는 각국 대사관 직원들의 숙소가 있는 지역이고 이 병원은 외국 공관원들이 이용하는 친선병원이라고 했다. 어쩐지 일반병원과는 다르게 매우 조용하고 깔끔했다. 조국을 방문한 해외동포가 불의의 사고를 당한 데 대해 특별한 배려로 이런 병원에서 치료받게 해준 모양이다.

"나중에 웃는 자가 더 행복하다"

　병원을 나와 아직 아침 바람이 차가운 넓은 광장에 도착했다. 여기가 어딘가 했더니, 1993년 7월 27일 전승 40돌을 맞아 보통강구역에 세운 '조국해방전쟁승리기념탑 광장'이라 했다. 6·25전쟁을 '조국해방전쟁'이라 부르는 것은 미국 제국주의자들이 강점한 조국 남쪽의 인민들을 해방시키기 위해 일으킨 전쟁이라고 해석하기 때문이다. 이곳에서 만난 여성안내원은 광장의 의의를 설명하며, 전쟁에서 미국 주도의 연합군을 타승(打勝)하고 조국의 자유와 독립을 영예롭게 수호한 인민들의 위훈을 만대에 전하기 위해 세웠다고 말했다. 7월 27일은 6·25전쟁 정전일로, 남한에서는 별로 기념하지 않지만 이곳에서는 전쟁승리기념일이라 하여 크게 경축하고 있었다.

또한 북에서는 6·25전쟁의 적을 미국이라 생각하고 '원쑤 미제'라고 강조하는 반면, 남한국민들에 대해서는 적대감을 갖고 있지 않았다. 남한정권을 미국의 하수인이라고 생각할 뿐이었다. 이는 남한이 북한을 주된 적대국으로 삼고 비난하는 태도와는 다른 것이었다. 북이 남한정부를 미국 괴뢰정권으로 치부하는 것은 남한의 군사작전권이 미군사령관에게 귀속되어 있고, 정전된 지 60여년이 흐른 지금까지도 휴전선에까지 미군이 주둔해 있는 현실을 비판하는 것일 터다. 판문점 정전위원회에서도 북은 미국만 상대하고, 평화협정에서도 군사주권이 없는 남한은 평화를 보장할 실권조차 없으니 미국이 당사자가 되어야 한다고 주장한다. 분단의 실질적 당사자인 남한이 이렇게 배제되어 있으니, 이 역설적인 현실이 답답할 따름이다.

공화국기를 높이 쳐든 인민군의 커다란 동상과 그 주위로 늘어선 거대한 석조군상이 방문객을 압도했다. 여기저기 전쟁의 공훈과 승리의 모습들이 부각되어 있었다. 하지만 영웅으로 추앙되는 그 많은 인민군 전사와 부대의 이름이 나에게는 생소했다. 그렇다면 남한국군의 영웅은 누구인가 떠올려보았지만, 매카서(D. MacArthur) 장군이나 워커(Walton H. Walker) 장군, 딘 (William F. Dean) 소장 정도가 생각날 뿐이었다. 이상한 것은 국군 장성이나 병사가 영웅으로 칭송되는 일은 없다는 것이다. 보통강 건너편에는 조국해방전쟁승리기념관이 자리하고 있었다. 언젠가 여기도 둘러볼 기회가 있으리라.

조국해방전쟁승리기념탑 광장에서 인민군 여전사와 함께

평양의 2월은 계속 매섭게 추웠다. 차라리 모란봉에 눈이라도 수북이 쌓였다면 포근한 느낌이 들 텐데, 을씨년스러운 겨울 날씨는 고난의 행군을 계속하고 있는 평양을 더 추워 보이게 했다. 이른 아침, 텅 빈 기념광장을 안내하는 인민군 여전사의 긴 가죽장화와 누런색 두툼한 외투, 털모자가 따뜻해 보일 뿐이었다. 이 드넓은 전쟁기념광장 한가운데 서서 통일의 그날은 언제 오는가 망연해하는 자신을 발견했다.

평양에 도착한 첫날의 면담에서 내가 건네준 방문희망 목록에는 예술가극과 대표적인 영화 관람도 포함되어 있었다. 그 요청에 대한 답으로, 나는 가극 「밀림아 이야기하라」의 오후 공연에 초대받아 평양대극장으로 향했다. 평양시내의 철로다리인 대동교 남쪽에 있는 평양대극장은 1960년에 문을 열었다고 한다. 평양의 많은 기념비적 건축물들이 그러하듯이 우리 전통기와집을 현대감각에 맞게 지은, 사회주의 색채를 띠는 대극장이었다. 극장 정면에는 서양식으로 높다란 기둥들이 늘어서 있어 색다른 느낌을 주었다.

수많은 꼬마 학생들이 줄지어 극장 안으로 들어가고 있었다. 안내자를 따라 안으로 들어선 나는 다시 한번 놀랐다. 극장은 웅대하게 컸고 무대는 한없이 넓었지만, 극장 복도에는 한두 개 전등만이 켜져 있을 뿐이고 안은 냉동실처럼 추웠다. 그러나 중학생들은 추위도 아랑곳없는지 재잘대며 뛰놀고 있었다. 두꺼운 외투를 입은 채로 나는 극장 한가운데 자리로 안내되어 앉았다.

드디어 무대 양옆에 남녀혼성 방창단(傍唱團)이 자리했고, 개막을 알리는 서곡 방창—연극과 영화예술에 조예가 깊다는 김정일 지도자의 아이디어로 도입되었다고 한다—에 이어 막이 올랐다. 일제강점기 두만강을 넘나들며 항일무장투쟁을 하던 독립군들의 이야기였다. 넓은 무대를 꽉 채운 지극히 사실적인 무대장치가 무척 섬세했다. 배우들의 노래와 방창 가사는 환등기로 무대 좌우에 비치고 있어 미국에서 보았던 오페라극장의 슈퍼타이틀(무대 맨 위쪽에서 보여주는 자막)을 연상시켰다. 장면이 바뀔 때마다 방창단이 이야기의 흐름을 잘 이어주어 내용을 완전히 이해하게 해주었다.

학생들의 자잘한 박수 속에 막이 내리고 중간 휴식시간이 되었다. 얼마나 추웠던지 방창단원들은 휴식시간이 되자마자 저마다 재빨리 외투를 걸치기 시작했다. 나는 휴게실로 안내되어 극장장과 연출 관계자들을 만나 인사를 나눴다. 따뜻한 물 한 잔을 건네받았다. 그 온기가 손을 통해 온몸으로 번져왔다. "여러분들, 수고하십니다"라는 말 외에 달리 할말이 없었다. 무대장치는 저렇게 화려하면서 왜 전등도 켜지 않고 난방도 하지 않는지 이유를 물을 수는 없었다. 이 추위에 어떻게 무대에서 연기를 할 수 있느냐는 위로 따위도 맞지 않았다. 그저 이 혁명가극을 연출한 분들을 눈여겨 바라보았다.

이리저리 뛰어다니며 천진하게 장난치던 학생들이 다시 자리에 앉자 2부의 막이 올랐다. 방창단원들은 외투를 벗고 다시 얇은 치마저고리 차림이 되었다. 눈보라 치는 만주벌판과 밀림의 장면은 보기만 해도 추웠지만 그 속에서 연기하는 배우들의 열정은 뜨겁기만 했다. 독립군에 협조하는 인민들과 일본의 첩자로 일하던 조선인들 사이의 갈등. 그 속에서 피어난 사랑과 죽음, 간고한 희생이 실감나게 다가왔다.

남한에서 보면 진부한 소재의 가극이라고 하겠지만, 「밀림아 이야기하라」는 북한이 자랑하는 「피바다」 「꽃 파는 처녀」 「당의 참된 딸」 「금강산의 노래」와 더불어 5대 혁명가극 중 하나다. 이 혁명가극들은 주로 1970년대에 '경애하는 김정일 장군'의 지도하에 가극형식으로 발전하여 대단한 인기를 끌었다. 특히 「피바다」와 「꽃 파는 처녀」는 해외 여러 나라에서 공연되어 상도 받고 1천여회의 공연기록을 갖고 있다. 이 가극에서 볼 수 있는 것처럼 북은 아직도 인민들을 항일유격대 정신으로 이끌며 오늘의 체제를 견고하게 만들고 있었다.

극장 2층은 완전히 비어 있었다. 객석의 반밖에 채우지 않은 이 어린 중학생 관객들을 놓고 어른 배우들은 그토록 진지하게 연기를 하고 있었다. 사회주의혁명을 완수할 내일의 일꾼을 길러내기 위한 교육일까. 그런 것을 아는지 모르는지 학생들은 그저 재미난 가극을 신나게 즐기고 있었다. 웃기는 장면에서는 웃음보를 터뜨리고 때로는 서러운 장면에 눈물을 흘리기도 했다. 공연이 끝으로 갈수록 엄숙함도 막바지에 달했다. 이윽고

대단원의 막이 장중하게 내렸다. 환호하는 어린 학생들에게 정성스레 답례하는 연기자들.

나는 훈훈해진 마음으로 극장을 나섰다. 초저녁의 마지막 햇살이 남아서인지 극장 밖이 더 따뜻한 것 같았다. 차를 타고 돌아오는데 어느 건물에 걸린 현수막의 붉은 문구가 눈에 들어왔다. "나중에 웃는 자가 더 행복하다." 구호의 의미는 무엇일까?

다시금 꽉 맞잡은 두 손

　북한의 대표급 정치경제학자인 박동근 교수의 방문을 받은
것은 2월 8일, 마침 일요일 아침이었다. 나보다 열살이나 위인
박교수는 하얗게 센 머리가 보기 좋은, 이웃집 아저씨같이 친
밀하게 느껴지는 인상이었다. 학자라고 하면 우리는 흔히 햇빛
을 자주 보지 않아 얼굴이 하얄 것이라고 생각하는데, 북한에
서는 그렇지 않다. 일전에 찾아온 리학수 교수도, 최창식 부부
장도, 너나 할 것 없이 모두들 햇볕에 그을려 노동자나 농부 같
은 모습이었다. 북에서는 정신노동을 하는 각계의 인텔리들이
매주 일정시간 노동현장에 나가 함께 일해야 하는 '노력봉사'
가 의무화되어 있다. 근로인민들의 노고를 직접 체험해야 그들
에게 참된 봉사를 할 수 있다는 뜻에서 시작된 제도다. 북을 대

표하는 학자로서 해외학술대회에 나가 강연을 하는 박동근 교수도 예외는 아니었다.

초면인데도 전에 한번 만난 적이 있는 것처럼 친근한 박교수는 나의 논문집을 감명 깊게 다 읽었다고 했다. 첫날 최부국장에게 전해준 통일논문집이 그에게 전달된 것이었다. 서울에서 임동원 총장이 해주었던 말을 다시 듣는 것 같았다. 그는 특히 내가 주장하는 역사인식, 시대인식, 민족의식이 우리 동포 모두가 지녀야 할 덕목이라고 말했다. 그리고 이 3대 의식을 좀더 구체화하여 반외세의 역사인식, 자주와 능동의 시대인식, 민족 중시론적 민족의식을 갖추는 것이 중요하다고 덧붙였다. 내 논문보다 더 원대한 시각을 갖춘 재해석이었다. 역시 평생 인문사회과학을 연구해온 학자답다는 생각이 들었다.

현재 그는 조국통일연구원의 실장직을 맡고 있는데, 근래에는 조선중앙방송에도 정기적으로 출연해서 통일문제 고정해설자로 활약하고 있다고 한다. 명함이 없으니 어떤 기관인지 알 수 없으나, 그저 막연히 남북통일을 연구하는 기구이겠거니 생각하고 더이상 묻지 않았다. 대신 전공을 물었더니, 김일성종합대학에서 경제사를 전공하고 박사원(북의 대학원 과정)에서 3년을 더 공부한 후에 20년 동안 김일성종합대학에서 교수로 강의를 했다고 한다. 그는 경제와 정치가 긴밀히 연관되어 있다보니 차차 연구방향을 정치경제학으로 바꾸게 되었고, 지금은 조국통일 분야에서 일하게 되었다고 설명해주었다. 북한 경제학의 시조라 불리고 공화국 초대교육상(교육부 장관)을 지낸 월북 학자 백남운 선생의 제자로『조선경제사 지표』를 저술했다는 데, 북한 경제학 분야의 기념비적 저서인 듯했다. 의사인 나의 무지를 탓할 수밖에 없었다.

그는 근년에 중국과 영국 등에서 열린 남북공동 통일학술회 의에 몇번 나가서 발표할 기회가 있었다고 말했다. 나도 언론 에서 그런 기사를 보았다고 답하면서 1996년 런던에서 열렸던 조국통일국제토론회로 화제를 돌렸다. 런던 토론회는 '한반도 통일연구회'─장민웅 전 재영한인회장이 1994년에 창립한 단 체로, 매해 전세계 우리 동포들이 많이 거주하는 도시에서 국 제학술토론회를 개최해왔다─가 주최한 대회로, 나는 로스앤 젤레스에서 대회가 열렸던 1995년부터 발제 및 토론자로 참여 해왔다. 그런데 바로 이 96년 런던 토론회에는 참석하지 못했 던 것이다. 이 회의에 박동근 교수는 허혁필, 김관기 등의 북한 대표와 함께 참석했다. 나는 토론회 후에 나온 회의록 논문집 을 통해 그의 논문을 읽었다. 그 또한 바로 한해 전 회의록에 실 린 내 논문을 읽었다고 했다. 이런 이야기를 나누다보니 자연 스럽게 어린시절 추억까지 허심탄회하게 주고받을 수 있었다.

그는 우리 민족은 북남공조(北南共助)를 통해 우리 식대로 문 제를 풀어나가야 한다고 말했다. 그리고 소련과 중국의 개혁·개방을 지켜보며 공화국도 같은 길로 가기를 원하지만 미국에 의해 외부로부터 봉쇄당했다는, 최창식 부부장과 같은 이야기를 꺼냈다. 북한이 경제개발을 위해 세계은행(IBRD)이나 아시아개발은행(ADB) 같은 금융기관에서 차관을 얻으려 해도 미국이 중간에서 이를 가로막고 있다는 것이다.

나도 이미 알고 있는 이야기였다. IMF, 세계은행 등 세계 금융권을 장악하고 있는 미국이 재가하지 않으면 차관을 얻을 수 없는 것이 현실이었다. 일본과의 관계정상화로 인해 받을 수 있는 과거사 보상금도 미국 때문에 받지 못하고 있다고도 했다. 이것 역시 사실이었다. 남한은 1960년대 초에 과거사 보상금으로 3억달러라는 굴욕적인 액수를 받고 일본과 국교정상화를 했다. 반면 2차대전 패전 후 미국의 눈치를 보지 않을 수 없게 된 일본은 미국의 동의 없이 북한과 국교정상화를 할 수가 없었다. 그래서 북일수교는 아직까지 이루어지지 못했고, 북한은 피해보상금조차 받지 못한 것이다. 그는 또 미국의 견제로 남북교류 역시 어렵게 되지 않았느냐고 반문했다. 모든 걸림돌이 미국인 듯했다. 그래서 북에서는 말끝마다 '원쑤 미제'를 붙이나보다.

그는 조미관계 정상화가 이루어져야 조일관계나 북남관계도 풀리게 될 것이라고 말했다. 그러면서 얼마전에 만났던 최부부장처럼 미국이 제네바합의를 이행하지 않는 것들을 하나씩 짚어가며 말했다. 경제제재를 완화한다더니 겨우 작은 계좌 몇개를 풀어준 것밖에 없고, 또한 관계정상화를 위해 워싱턴과 평양에 연락사무소를 열고 외교관계를 정상적으로 수립하기로 되어 있었는데, 지금 같아서는 아무 일도 이루어지지 않을 것 같다고 한탄했다. 미국 제국주의자들이 대저 이런 줄은 알았지만, 이렇게까지 약속을 안 지킬 줄은 몰랐다며 자탄했다. 다 사실이니 내가 덧붙일 말은 없었다. 그는 또한 힘이 약한 우리 민족이 이렇게 강대국에게 당하고 있는데, 통일을 위해 민족공조를 해야 할 중요한 시기에 미국에 붙어 한미공조만 찾고 있는 남측이 너무나 한심스럽다고 했다.

대화가 길어지다보니 어느새 점심시간이 되어 우리는 고려호텔 식당으로 옮겨가서 식사를 하면서 이야기를 계속했다. 국가보안법에 대한 이야기가 나오자, 그는 남측이 국가보안법을 없앨 수 있겠느냐며 비관적으로 보았다. 그동안 북한에서는 남한의 국가보안법 폐지를 끊임없이 주장했으나, 남한에서는 보안법이 폐지되면 친북활동이 허용되어 국가안보에 큰 지장을 초래할 것이라는 우려가 팽배해 있었다.

나는 그에게 반대로 남한이 북한에 철회 혹은 개정을 요구하는 로동당 규약 전문과 형법에 대해서는 어떻게 생각하느냐고 물었다. 로동당 규약에는 "조선로동당의 당면목적은 전국적 범위에서 민족해방과 인민민주주의 혁명과업을 완수하는 데 있으며 최종목적은 온 사회의 주체사상화와 공산주의사회를 건설하는 데 있다"라고 명시되어 있다. 박실장은 차차 고쳐질 것이라며 국가안보를 위반한 범죄자를 극형에 처하는 형법조항은 이미 개정되었다고 했다. 그는 또 남한에 미군이 계속 주둔하는 것을 반대하지는 않지만 그 역할에는 반대한다고도 말했다.

다시 접견실로 돌아가 더 깊은 이야기를 나누려는데 어제 왔던 리학수 교수가 찾아왔다. 그는 나에게 강의를 더 하도록 예정되어 있다고 했다. 나의 심중을 알아차렸는지 리교수의 대선배인 박실장은 리교수에게 오선생한테 공식강의는 더 필요없으니 셋이서 편하게 대화하자고 제안했다. 한창 지나간 이야기를 하고 있는데, 윤참사가 들어와 오늘은 조선중앙력사박물관 관람이 예정되어 있다고 했다. 이분들과 더 이야기를 나누고 싶은 마음에 다 같이 박물관에 가자고 제안했더니, 그건 괜찮은 모양이었다.

윤참사가 준비해준 차를 타고 박물관으로 향했다. 평양시내의 중심인 김일성광장 북쪽에 있는 조선중앙력사박물관은 1945년 12월에 세워졌다고 안내원이 설명했다. 여기에는 조선 인민들의 투쟁과 창조의 역사를 아는 데 도움이 되는 역사유물과 보조자료들이 전시되어 있다고 한다. 전시실은 원시시대에서 고조선을 거쳐 삼국시대와 발해, 고려, 조선, 그리고 근대시기까지 시대별로 나뉘어 있었다. 근대시기는 미국, 일본 제국주의자들의 침략에 맞서는 인민들의 투쟁자료가 전시되어 있었다. 눈에 띄는 것은 단연 고구려의 벽화와 고려인들의 의복을 비롯한 고려시대 유물들이었다. 남쪽에서 쉽게 볼 수 없는 우리 조상들의 숨결이었다. 우리의 대화는 유물들에 관한 것으로

조선중앙력사박물관에서 박동근 교수(왼쪽)와 함께

이어져갔다. 박물관을 안내하는 여성동무는 곧 박선생을 알아보고 존경을 표했다. 그만큼 그는 텔레비전을 통해 명성이 잘 알려진 모양이었다.

박물관을 나온 후 리교수는 학교로 돌아가야 한다며 떠났고, 나는 박선생과 함께 고려호텔로 돌아와 그를 저녁식사에 초대했다. 그를 위해 식당 차림표에서 가장 좋아 보이는 음식은 모두 주문했다. 북한식 소주인 보드카도 주문했다. 박선생과의 대화는 계속되었다. 그는 남과 북이 서로 먼저 요구하지 말고 내부정리를 하며 할 일을 계속해나간다면 결과는 그후에 자연스럽게 따라올 것이라고 했다. 그리고 남한은 북이 내지르는 언행에 의연히 대처해줄 것을 당부하기도 했다. (매우 의미있는 이야기라고 생각한다.) 마지막으로, 서로 도와야 한다고 했다. 동족인 남한이 많이 도와주어야 통일의 과정이 순탄해진다는 이야기였다. 임동원 총장이 했던 말과 일맥상통했다.

벌써 술 한병을 비우고 두번째 병을 열며 나는 그때까지 매우 궁금했던 Korea-2000의 통일정책건의서에 대해 물었다. 그는 "건의서 내용에 다 동감입니다. 그리고 저 젊은이들에게 그렇게 말했습니다. 하지만 그런 일을 실행하고 안하고는 제 소관 밖의 일입니다. 저기 저 젊은이들에게 달려 있습니다"라고 하며 최승철 부국장과 신병철 국장을 가리켰다. 그들이 김정일 총비서를 가까이서 보좌하는 일꾼들이라고 했다. 남한으로 치면 청와대 비서관쯤 되는 모양이었다. 첫날 밤, 그 추운 대동강 려관 회의실에서 만났던 두 사람이 바로 '경애하는 지도자 동지' 가까이에 있는 참모들이었다니…… 깜짝 놀랐다. 비록 김용순 비서는 만나보지 못했지만, 건의서는 저 두 사람에게 제대로 전달된 모양이었다.

식당 마감시간이 될 때까지 우리 둘만의 대화는 한없이 이어졌다. 밤 10시가 넘어서야 우리는 결국 자리에서 일어날 수밖에 없었다. 호텔 현관으로 나오니 밤공기가 매섭게 차가웠다. 호텔 문지기 동무에게 택시를 불러달라고 부탁했지만, 오늘은 일요일이어서 이 시간에는 더이상 차가 운행하지 않는다고 했다. 박선생은 그냥 걸어서 가겠다고 했다. 가로등도 꺼져 있고 인적도 없는 캄캄한 평양의 거리, 2월 초의 매서운 찬바람이 몰

아치는 밤거리를 이 노학자가 혼자 걸어간다고 하니 나도 함께 동행하고 싶은 마음이 치밀었다. 하지만 어떻게 그럴 수 있겠는가? 식당에서 들고 나온 보드카병을 박선생의 외투 주머니에 넣어드렸다. 우리는 서로 두 손을 꽉 잡고 한동안 놓지 않았다. 어둠 속으로 천천히 멀어져가는 박선생의 등을 나는 망연히 바라보고만 있었다.

냉방 초대소에서의 따뜻한 대화

  2월 9일 월요일, 안내원 동무와 함께 평양시내 서북쪽 형제산구역에 넓게 자리잡은 조선예술영화촬영소를 찾았다. 남한의 영화인들이 몹시 부러워한다는 이 영화창작기지는 1947년에 문을 열었다고 여성안내원 동무가 설명해주었다. 거대한 현대식 건물이 몇동 눈에 띄었는데, 그 안의 실내촬영장에는 촬영, 녹음, 편집, 특수촬영 설비들이 자동화되어 있고 원격조정도 가능하다고 했다.

  실내로 들어가니 북한영화의 역사와 대표적인 영화작품 제작에 사용되었던 여러 소품들이 진열되어 있었다. 평양에서 보고 싶다고 적어넣었던 불후의 혁명가극 「피바다」「꽃 파는 처녀」 등도 영화로 제작되어 전국에서 되풀이해 상영되고 있다고 들었다. 모든 것이 흥미로웠지만, 특히 만화영화의 섬세함이 볼 만했다. 만화영화처럼 고도의 수작업이 집약된 예술이 유난히 발달한 것은, 생활이 제도적으로 보장된 사회에서는 한가지 일에 시간제약 없이 매진할 수 있기 때문 아닐까. 전에 보았던, 끈기있고 치밀한 수작업이 요구되는 수예작품이나 보석화가 많다는 사실과도 일맥상통한다는 생각이 들었다. 나를 비롯해 대부분의 사람들이 잘 모르지만, 몇몇 작품은 국제만화영화계에서도 여러번 인정받았다고 한다.

어느 건물이건 실내는 모두 춥고 어두웠다. 이곳도 예외없이 전시실에 들어갈 때만 한두개의 전등을 켰고, 다른 방으로 옮겨가면 바로 불을 껐다. 높고 웅장한 실내는 난방을 하지 않아 더 춥게 느껴졌는데, 이런 현실에서 영화는 어떻게 만들고 있을까 하는 생각에 우울해졌다. 이렇게 처절한 절약정책을 쓰지 않을 수 없게 된 현실을 이제는 새삼 숨길 이유도 없어 보였다. 그렇다. 허세를 부릴 필요는 없다. 며칠 전에 본 「밀림아 이야기하라」 공연도 그렇지 않았던가?

북한에서는 어떤 장르의 예술이건 사회주의혁명 완수를 목표로 창작된다. 특히 영화와 같은 대중예술이야말로 사회주의사상을 선전·선동하는 데 가장 효과적인 수단이라 보고 다른 예술보다 더 중요시해왔다. 그래서 자본주의사회의 영화가 한 개인의 창의력에 의해 만들어지는 반면, 북의 영화는 제작과정부터가 다르다. 영화는 국가적인 사업으로 기획되고 국가의 막대한

지원하에 제작된다. 영화, 연극, 가극 할 것 없이 창작집단 전원의 종합적인 기여에 의해 완성되는 집체예술이었다. 특히 영화예술의 귀재라 불리는 김정일 총비서의 영화예술론과 창작기법은 북한영화의 표본이라고 안내원 동무는 열심히 설명했다.

건물 주위에 펼쳐진 광대한 야외 자연촬영장에는 산과 들이 있고 시냇물까지 흐르고 있어 웬만한 촬영은 모두 가능해 보였다. 농촌풍경은 물론, 도시의 모습도 잘 갖춰져 있는데, 시대별로 우리나라와 외국의 거리까지 재현해놓았다. 미국 할리우드의 유니버셜스튜디오 촬영쎄트는 건물 겉모습만 재현한 반면, 여기는 내부까지 그대로 재현해놓아 쎄트 안과 밖에서 촬영하게끔 되어 있었다.

추운 날씨에 목도리를 휘감고 외투깃을 올리며 촬영소를 나왔다. 오늘이 평양의 마지막날이다. 짧은 일주일이었지만 내가 해야 할 임무는 모두 완수했다. 재미한인의사회의 방북길을 터놓았고, 통일정책건의서도 전달했다. 일행이 아니라 단신으로 왔음에도 불구하고, 북측에서는 내가 보고 싶어했던 곳들을 둘러보도록 차까지 내주며 성실하게 대접해주었다. 이산가족을 만나러 왔다가 교통사고로 골절상을 입은 일행 덕분에 계획에도 없던 친선병원을 방문할 수 있었고 그 안도 잠깐 보았다. 사적지뿐만 아니라 문화예술과 관련된 장소들도 둘러보았고, 특히 박동근 교수와 나눈 대화는 마음속 깊이 간직하고 있었다.

이번 방문에서 이루지 못한 것은 로동당 대남담당관이자 김정일 총비서의 최측근이라는 김용순 비서와의 만남이었다. 김현환 목사를 통해 거듭 부탁했으나 기다려보자는 말만 듣다가 결국 마지막날이 된 것이다. 임동원 총장이 헤어질 때 김비서를 만나면 꼭 안부를 전해달라고 했는데, 김용순 비서는 끝내 나타나지 않았다. 임동원 총장은 당시 김대중정부에서 직책을 맡기 전이었고, 나 또한 아무 직함이 없는 해외동포 의사였으니 그가 나를 만나야 할 이유는 없다고 자위했다. 다만 최승철 부국장에게 건넨 건의서가 김용순 비서에게 전달되어 김정일 총비서가 읽을 수 있기만을 바랄 뿐이었다. 박동근 선생이 최승철 부국장을 가리키며 저 젊은이들의 역할이 크다고 조용히 일러준 것이 큰 위로가 되었다.

미국의 Korea-2000 동지들에게도 좋은 소식을 전해야 하는데 이제 더이상은 어쩔 수 없었다. 그간 남녘에서는 어떤 일들이 있었는지, 아니 전세계에 무슨 일들이 일어나고 있는지 나로서는 전혀 알 수 없었다. 그렇게 보면 참 길었던 일주일이었다.

한가지 큰 자부심을 느꼈던 것은 이곳에 와서 누구를 만나건 언제나 서슴없이 당당하게 대할 수 있었다는 것이다. 나는 사회과학도가 아니었지만, 상대가 관료건 교수건 간에 모르는 것은 모른다고 솔직하게 인정하고, 대신 통일문제에 대한 열정과 문제의식은 진심을 담아 상대에게 전달했다. 나는 늘 세상 일은 사람과 사람 간의 관계라 믿었고, 이곳 북한에서도 그런 믿음으로 모든 사람을 진심으로 대했다.

고려호텔로 돌아와 내일 출국을 위해 짐을 챙겼다. 저녁에는 신병철 국장, 최승철 부국장의 만찬에 초대받았다. 컴컴해지기 시작할 무렵에 도착한 초대소는 깨끗한 단층 양옥집이었다. 여기가 어딘지는 전혀 짐작할 수 없었으나, 초대소라는 은밀한 곳의 위치를 물어보는 것도 예의가 아닌 것 같아 잠자코 있었다. 우리를 맞은 신병철 국장은 여전히 말을 아꼈다. 응접실에서 술을 한잔씩 하고 식당에 둘러앉았는데, 귀빈들만 모신다는 이 초대소에서도 에너지난은 예외가 아닌 듯했다. 신국장이 초대소 직원들에게 석유난로라도 갖고 오라고 지시했다. 금방 석유난로를 가지고 왔지만 안 쓴 지 오래되었는지 불을 당기자 고약한 냄새가 온 방안에 가득 찼다.

그래도 신국장은 이렇게 추운 데 모셔서 미안하다는 식의 이야기는 하지 않았다. 지난 일주일 동안 이곳의 어려움을 몸소 체험했던 터라 누구도 춥다는 이야기를 꺼낼 수 없었다. 평양에 도착한 첫날 대동관려관에서처럼 두꺼운 외투를 입은 채 식탁에 앉았다. 추위 속에서 정성스럽게 만든 음식들이 하나 둘씩 나왔다. 신국장의 제의로 평양 소주로 건배를 하고, 우리가 맞받아 또 한번 건배했다. 술기운이 서서히 몸으로 퍼지면서 비로소 추위를 잊게 되었다.

내가 건네준 건의서에 대해 어떤 질문이나 대답이 나오지 않을까 기대했지만, 건의서 이야기는 없었다. 다른 이산가족 일행들이 함께 있어서인지 신국장은 그저 일상적인 화제만 꺼냈다. 일행들이 이번 방문에서 받은 환대에 감사를 전했고 이곳에서 겪은 경험들을 이야기했다. 신국장은 우리의 미국생활에 관심을 갖고 물어보았다. 우리의 대화는 시간이 지날수록 더 따뜻해졌다.

나는 이번 방문에서 내가 바라던 것을 대부분 들어준 데 감사를 표했다. 그리고 앞으로 재미한인의사회 일이 잘되어 더욱 활발한 교류가 이루어지기를 바란다고 했다. 박동근 선생과 나누었던 중요한 이야기 중의 하나는 조국통일문제 회의를 우리 미주동포가 주최하자는 것이었다. 따라서 북녘학자들의 미국 입국비자는 우리가 책임지고 허가를 받아낼 테니, 학자들을 미국으로 보내줄 수 있도록 북측도 도와달라고 부탁했다. 신국장은 대답 없이 열심히 듣기만 했다. 이미 그런 태도에는 익숙해져 있었기에 나는 하고픈 이야기를 다 하고 떠날 심산으로 말을 이었다.

밤이 깊어서야 우리는 신국장과 작별인사를 하고 이름도 모르는 초대소를 나왔다. 호텔로 돌아온 나는 내일 서울에 가면 다시 만나기로 한 임동원 총장과 나눌 대화를 정리해야겠다고 생각했다. 남에서 김대중정부가 출범하면 과연 어떤 통일정책을 펴나갈지, 그리고 김정일정부는 그에 어떻게 대응하고 능동적으로 정책을 펴나갈지 지켜보리라. Korea-2000의 건의서가 잘 반영되고 있는지도 미국의 동지들과 함께 눈여겨볼 것이다.

김대중 당선자는 3년 전 인공고관절수술을 논하는 자리에서도 한평생 민족의 통일문제를 고민해왔다고 하며 그의 저서 『김대중의 3단계 통일론』(한울 1995)에 서명을 해주었다. 그리고 북에서 여러해 활동했던 영화인 신상옥·최은희가 쓴 책 『우리의 탈출은 끝나지 않았다』(월간조선사 2001)에서 그들은 그래도 통일의 희망은 김일성 주석이 아니라 젊은 김정일 장군에게 있다고 보았다. Korea-2000 또한 이번에 정상에 오른 남과 북의 두 지도자에게 민족통합의 기대를 걸고 있었다. 그래서 나는 이곳에 오지 않았는가? 이번 방문이 조국통일에 조금이라도 기여할 수 있기를 바랐다. 평양의 마지막 밤은 이렇게 깊어갔다.

평양에서 서울로, 다시 미국으로

　일주일이라는 짧은, 아니 긴 시간을 조국의 반쪽에서 보내고 떠나는 우리를 배웅하러 나온 북녘사람들의 정은 그렇게 애틋할 수가 없었다. 처음 만난 사람들과의 여운이 이렇게 진하게 남는 것은 왜일까? 우선은 그들의 순수함, 순박함, 수수함 때문일 것이다. 어려움에 처한 그들에게 어쩔 수 없이 품게 되는 연민 또한 한몫했을 것이다. 아니면 이미 그들을 이해하려는 준비가 되어 있는 마음자세 때문인지도 모른다.

　남북동포들이 하나같이 이런 마음이라면 통일은 쉽게 이루어질 것 같다. 실제로도 그럴 수 있으리라는 믿음이 든다. 내가 너무 이상적이고 감성적으로 생각하는 걸까? 하지만 반북정서에 물들어 있는 보수적인 사람들도 일단 한번 북한을 여행하고 나면 생각이 달라지리라 확신한다. 그렇다면 되도록 많은 사람들이 북을 여행할 수 있도록 해야 할 것이다. 만약 북녘동포들을 만나보고도 생각이 바뀌지 않는다면, 아니 오히려 전보다 더 북에 대한 적대감이 커진다면 그때는 내가 그들과 무엇을 다르게 보고 온 것인지 자성해야 한다. 그런데 반북을 외쳐대는 사람일수록 북한 방문을 꺼리는 것이 사실이다. 자기변화를 미리 두려워하는 것일까?

한편 남과 해외동포들은 북에서 올 수 있는 누구든 다 받아줄 준비를 갖춰야 한다. 되도록 많은 동포들이 바깥세상을 보는 것이 통일을 한 걸음 앞당겨줄 것이다. 문제는 북녘당국이 여행을 제한한다는 것이다. 그러니 남한에서 북이 마음 놓고 방문할 수 있도록 모든 편의를 마련해주어야 한다. 그렇게 우리는 서로 닮아가야 한다. 그래야 분단극복의 그날을 맞이할 수 있을 것이다.

고려항공의 자그마한 비행기 안에 앉아 방금 이륙한 북녘의 산하를 내려다보았다. 그리고 얼마 안 있어 도착할 중국의 현재를 떠올렸다. 평양에 오느라 들렀던 뻬이징은 별천지가 되어 있었다. 반면 평양은 6년이 지나도 달라진 것이 없었다. 평양이 도시를 재건하면서 뻬이징보다 일찍이 현대화를 이루었기 때문이라고 위로해볼 수도 있다. 그렇다 하더라도 평양은 6년 전의 모습에서 진보한 것이 아무것도 없었다. 누가 평양의 시계를 멈추게 했는가?

번잡한 뻬이징공항에 도착했다. 활주로에는 전세계에서 온 비행기들이 줄줄이 서 있었고, 공항 안은 사람들로 시끄럽게 북적거렸다. 방금 떠나온 평양의 한적함이 오히려 그리웠다. 서울로 가기 위해 탑승수속을 마쳤다. 비행기를 타면 한시간도 걸리지 않을 이 거리를 이렇게 돌아가야 하다니. 통일이 되면 얼마나 많은 경제적 손실과 일상의 불편함이 사라지겠는가. 크고 쾌적한 대한항공 비행기에 몸을 싣자 이내 편안한 느낌에 빠져들었다.

일주일 전에 떠난 서울은 바뀐 것이 없었지만, 정국은 사뭇 달라져 있었다. 우선 임동원 총장은 새로 탄생할 김대중정부의 외교안보 수석비서관으로 임명되었다고 한다. 평양에서 역사박물관을 둘러보고 있을 때 박선생과 나는 몰랐지만, 최승철 부국장과 신병철 국장은 임총장의 임명 소식을 이미 알고 있지 않았을까? 임수석에게 전화를 했다. 다음날 만난 우리는 많은 이야기를 주고받았다. 김용순 비서를 만나지 못한 섭섭함도 전했다. 대신 최창식 부부장과 박동근 교수의 이야기를 해주었다. 앞으로 계속 교신할 것을 약속하며 그와 헤어졌다. 이제 남북관계의 일차적 책임을 맡은 임수석이 그동안 꿈꾸어온 대북정책을 펴나가는 모습을 지켜보련다. 나에게 부과된 임무를 모두 마쳤다는 생각에 안도감과 나른한 피곤이 몰려들었다. 서울에서 며칠 쉬어가기로 했다.

마침 예술의 전당에서 창극 「눈물 젖은 두만강」이 공연되고 있었다. 제목은 달랐지만, 내용은 바로 며칠 전 평양대극장에서 보았던 가극 「밀림아 이야기하라」의 남한판이라고 해도 과언이 아니다. 남북이 서로 모르는 사이에 평양과 서울에서 같은 주제의 공연이 열리고 있었다. 묘한 우연이었다. 각층마다 박스석을 갖춘 서구식 극장은 화려하고 안온했다. 잘 차려입은 성인 관객들로 꽉 찬 극장 안은 따뜻하기만 했다. 「눈물 젖은 두만강」은 복고풍의 흘러간 유행가들을 잘 이용하여 희극과 비극의 신파적인 요소를 골고루 갖춘 현대판 창극이었다.

공연 내내, 냉장고 같은 평양극장에서 보았던 공연장면이 겹쳐왔다. 배우들의 익살에 웃으면서도 자꾸 북한배우들의 심각한 얼굴이 떠올랐고, 눈 내리는 장면에서는 추위가 느껴지기도 했다. 자꾸자꾸 겹쳐지는 그곳과 이곳의 무대장면들. 눈시울이 뜨거워졌다. 이 창극이 평양에서, 그 가극이 이곳 서울에서 공연된다면, 양측 관객의 반응은 어떨까 하는 상상도 해보았다. 그리고…… 오랜 분단이 가져온 이 문화의 간극은 언제 동질화될 것인가?

서울에서 태평양을 건너 미국으로 돌아왔다. 로스앤젤레스에서 기다리고 있던 Korea-2000의 반가운 동지들을 다시 만났다. 나의 보고를 듣고 모두들 기대에 찬 반응을 보였다. 이제 우리는, 남과 북이 우리가 제안한 통일정책을 얼마나 실천에 옮길지 조심스럽게 지켜볼 것이다. 그리고 다시 우리의 새로운 생각들을 모아 전하리라.

남북에 제안한 것처럼 우리의 뜻을 미국의 한반도정책 건의서로 작성해 워싱턴 정부와 요로(要路)에 전하기로 의견을 모았다. 또한 각종 미국 주류사회의 한국통일 관련 쎄미나에 활발히 참여하고, 『노틸러스』(www.nautilus.org) 통일논단과 『뉴욕타임즈』 『LA타임즈』 『워싱턴 포스트』에 때마다 글을 기고하기로 했다.

그리고 우리와 같이 미국에서 살고 있는 한인동포들에게도 전할 것이다. 1세기 전, 잃어버린 조국의 자주독립을 위해 헌신했던 미주한인 동포들처럼 일하자고. 조국통일을 이루는 것이 미국 내에서 한인동포의 위상을 높이는 길이라는 것도 아울러 이야기할 것이다. 2월의 로스앤젤레스는 야속하게도 따뜻하기만 했다.

3장

평양으로 떠난 수술여행

2009. 05

평양에서 접한 노대통령 서거와 북핵실험

2009년 5월 23일, 조국의 남녘에서는 노무현(盧武鉉) 전 대통령이 서거했다. 그 이틀 뒤인 25일에는, 북녘에서 제2차 핵실험을 실시했다. 그때 나는 평양의학대학병원에서 인공고관절 치환수술을 하고 있었다.

전날과 다름없이 북한 정형외과 의사들과 함께 인공고관절 재수술을 마치고 병원에서 나오는데, 나를 기다리고 있던 안내원 동무가 노무현 전 대통령이 집 근처 산꼭대기에서 투신했다는 소식을 알려주었다. 대통령으로 당선되기 전부터 청렴을 자처해왔던 그가 임기말 비리혐의로 검찰에 소환되는 등 어려운 나날을 보내더니 결국 죽음을 택했구나. 언뜻 그의 죽음으로 국민적 동요가 있으리라는 생각이 들었지만, 남녘에서 무슨 일이 일어나고 있는지 이곳 평양에서는 알 방도가 없었다.

다만 25일자 『로동신문』 1면에 큰 활자로 '김정일 동지께서 남조선 전 대통령 로무현의 유가족들에게 조전을 보내시었다'라는 제목이 실리고, 그 아래 "불상사로 서거하시었다는 소식에 접하여 심심한 애도의 뜻을 표합니다. 김정일, 주체98(2009)년 5월 25일"이라고 조전의 내용이 실린 것을 보았다. 평양시민들은 평상시와 다름없어 보였다.

문득 1994년 7월, 분단 50여년 만에 합의한 최초의 남북정상회담을 앞두고 김일성 주석이 갑자기 세상을 떠났을 때 남한에서 벌어진 일들이 떠올랐다. 비상사태는 북한에서 일어났는데, 정작 소동이 벌어진 것은 남한이었다. 국상(國喪)중에 남침이라도 일어날 것 같아서였는지 남녘정부는 국군에 경계령을 내렸고, 이어 국회에서는 조문(弔問)불가 파동이 일어났다. 뿐만 아니라 당시 김영삼 대통령은 정상회담에서 민족의 장래를 허심탄회하게 논의하기로 약속했던 상대의 죽음 앞에서 조의를 표하지는 못할망정, 만나면 6·25 남침에 대한 사과를 받아내려 했다는 발언으로 남북관계를 요동치게 만들었다.

25일, 수술을 마치고 나오니 이번에는 북이 2차 핵실험을 했다는 얘기를 들었다. 그런데 역시나 차분한 분위기였다. 흥분하거나, 신이 나서 떠드는 사람 한명 없이 병원 안은 그저 어제와 같이 조용했다. 평양에 머무는 동안 나를 돕기 위해 파견된 민족과학기술협회의 이공계 출신 젊은 관리가 "우리가 해냈습니다" 하고 조용히 힘주어 말한 것이 고작이었다. 다음날 『로동신문』에는 "또 한차례의 지하핵실험을 성과적으로 진행"했다는 기사가 실렸다.

그 기사 역시 1면에 크게 난 것이 아니라, 중간쯤에 조그맣게 실린 것이었다. "우리 과학자, 기술자 들의 요구에 따라 자위적 핵억제력을 강화하기 위해서 단행한 것이었다"며 이전보다 새롭고 높은 단계에서 안전하게 진행되어 앞으로 핵기술을 더욱 발전시켜나갈 과학기술적 문제들을 해결하게 되었다고 씌어져 있었다. "이번 핵실험의 성공은 강성대국의 대문을 열어젖히기 위한 새로운 혁명적 대고조의 불길을 세차게 지펴올리며 150일 전투에 한 사람같이 떨쳐나선 우리 군대와 인민을 크게 고무하고 있다"는 자못 흥분된 논조도 보였다. 기사는 이번 핵실험이 "나라와 민족의 자주권과 사회주의를 수호하며 조선반도와 주변지역의 평화와 안전을 보장하는 데 이바지하게 될 것"이라는 말로 끝났다.

북의 핵실험이 평화와 안전을 보장한다는 것은 말도 안되는 소리다. 그러나 북측은 핵억제력을 보유함으로써 미국의 무단 침략공격을 막을 수 있어 남한의 평화와 안전에도 이바지한다고 생각하는 모양이다. 그렇다면 북한은 남한에 핵무기를 쓰지 않을 것인가? 만약 북이 남한이나 미국의 선제공격을 받는다면 북의 장사포가 제일 먼저 고층빌딩의 숲인 서울 한복판에 쏟아질 것이다. 핵공격을 받으면 어떻게 될까? 21세기에 그런 일은 결코 일어나선 안된다. 인류의 장구한 전쟁사에 가공할 만한 핵무기를 처음 쓴 나라가 어디인가? 그것도 두번씩이나. 바로 미국이다.

마지막 수술을 하던 날에는 핵실험 경축 평양시 군중대회가 열렸는데, 병원 안이어서 그런지 모르겠지만 그곳에 간다고 떠드는 사람도 또 저희들끼리 이야기꽃을 피우는 것도 볼 수 없었다. 시범수술을 보여주러 온 외래의사 앞이라서 말을 삼가는 것이겠지. 저희들끼리는 다 말하지 않을까? 아니면 이 정도로 훈련이 잘돼 있는 것일까? 여하튼 내 주위는 평온했고, 우리는 어제처럼 일에만 열중했다.

그런데 그 다음날 신문에는 군중대회에 대한 기사가 굉장히 크게 났다. '강성대국 건설대전을 더욱 세차게 벌여나가자'는 제목과 함께 넓은 평양체육관 가득히 질서정연하게 앉은 인민군들과 각 계층 시민들의 모습을 담은 사진이 실렸다. 대회장 곳곳에는 "핵보유국의 당당한 긍지와 자부심을 안고 온갖 도전을 짓부시자!" 등의 구호와 선전화들이 나붙어 있었다.

로동당 중앙위원회 최태복 비서는 연설에서 "핵실험의 성공은 선군조선의 존엄과 위력을 온 세상에 과시했다"라면서 과학자, 기술자 들에게 열렬한 축하를 보냈다. 이어진 연설에서 변석천 국가과학원 경공업과학분원장은 과학자들을 대표해서 "우리의 지혜와 기술로 인공지구위성 광명성 2호를 발사한 데 이어 폭발력과 조종기술의 새로운 높은 단계에서 안전하게 진행된 또 한차례의 핵실험은 공화국을 군사강국과 과학기술강국의 지위에 올라서게 했다"고 강조했다. 그밖에도 기사에는 여러 사람의 연설내용이 실려 있었는데, 그중 농업근로자 대표의 연설이 포함된 것은 색다르게 느껴졌다.

며칠간『로동신문』을 들여다보니, 남녘 전직 대통령의 서거나 핵실험 같은 대형사건은 머릿기사로 나올 법한데 그렇지 않다는 게 특이했다. 1면 머릿기사는 사설 아니면 대부분 '조선인민군 최고사령관이자 위대한 령도자 김정일 동지'나 김일성 주석에 관한 기사였다. 노무현 대통령 서거와 관련해서는 북측에서 조전을 보냈다는 소식 외에 "남조선 전 대통령 로무현 사망"이란 제목 아래 '내외신들은 그의 사망동기를 검찰의 압박수사에 의한 심리적 부담과 련관시켜 보도하고 있다'고 짧게 실은 것이 전부였다. 평양을 떠나기 전까지 노대통령 서거에 관한 다른 기사를 본 적이 없으니, 당연히 평양시민들도 잠잠할 수밖에 없지 않겠나 하는 생각이 들었다. 방송에서는 어떻게 보도되었을까 궁금하기도 했다.

이처럼 평양에 체류하던 중에 일어난 두 대형사건에 대해 언론의 반응은 상반적이었다. 반면 평양시민들은 두 사건 모두에 그저 담담하게만 보인 것이 인상적이었다.

평양으로 떠난 수술여행

　2008년 금강산에서 열린 6·15민족통일대회에 참석한 이후, 나는 세번째 평양행을 결심하게 되었다. 이번에는 재미한인의 사회와 함께 가는 것도, Korea-2000 연구위원으로 가는 것도 아니었다. 인공고관절수술을 연구하는 정형외과 의사로서 평양에서 시범수술을 하기 위해 가는 것이었다.

　수술여행을 결심하게 된 데는 두가지 이유가 있었다. 첫째는 2007년 8월부터 6·15공동선언실천 민족공동위원회(이하 6·15공동위) 미국위원회 공동위원장을 맡아 개인적으로 「6·15 Corea 통신」이라는 공개칼럼을 써서 미국을 포함한 전세계의 해외위원들과 남북의 지도급 위원들까지 1천여명에게 보내왔는데, 그 수신인들과의 인연 때문이었다. 유엔 주재 조선 상임대표부도

「6·15 Corea통신」을 받고 있었는데, 대사관 직원이 어느날 북녘환자의 관절염 치료에 대해 개인적으로 자문을 청해왔다. 사연을 들어보니, 인공관절 치환 수술만 받으면 통증 없이 걸어다닐 수 있는 환자인데 수술을 받지 못하고 고생하고 있었다.

두번째 이유는 2006년 광주에서 열린 6·15민족통일축전에 참가했을 때, 그곳에서 만난 최창식 보건상(보건부 장관)과 주고받은 말이 늘 마음속에 남아 있어서였다. 당시 축전 만찬장에서 북측 대표격으로 온 최승철 아태평화위원회 부위원장과 8년 만에 재회했는데, 그의 안내로 최보건상과 같은 식탁에 앉게 되었다. 1992년 첫 평양 방문 때부터 만났으니, 그와는 세번째 만남이었다. 술잔을 나누며 스스럼없이 대화를 이어가던 중, 갑자기 최보건상이 "오선생이 조국에 기증하고 떠난 인공관절기를 따라 자체제작을 시도했는데 어려움이 많았다"라고 했다. 내가 고안한 인공관절기를 견본으로 삼아 북에서 자체제작을 시도했다는 말에 언뜻 놀랐는데, 계속해서 "그후 한번도 평양에 와서 도와주지 않았다"며 반농담조로 볼멘소리를 하는 것이었다. 반가웠지만, 나도 반농담조로 "도와달라고 초청하지도 않은 사람이 무슨 소리냐?"고 대꾸했다.

1998년 두번째로 평양을 방문했을 당시 보건성 부부장이던 그를 다시 만났을 때는 아무 이야기도 하지 않은 것으로 보아, 자체제작은 2000년대 들어 시도한 모양이었다. 하지만 그런 사실을 일언반구 내비치지 않았으니 나로서는 궁금해도 알 수가 없었다. 북한사람들의 못마땅한 특성은 좀처럼 속내를 드러내지 않는다는 점이다. 구걸하는 것처럼 보이기 싫다는 자의식 때문인지 먼저 머리 숙여 도와달라고 하지 않겠다는 자존심 때문인지, 아무튼 그 때문에 결국 자신들이 손해를 보는 경우가 많았다. 공개만찬장이라 최창식 보건상과는 더 깊은 이야기를 나누지 못하고 그렇게 헤어지고 말았다.

하지만 그 일은 내내 마음 한구석에 걸려 있었다. 그렇다, 내 일생을 바쳐온 인공관절기 고안과 수술을 우리 동족인 북녘동포들에게 나눠주는 데 인색할 이유가 어디 있겠는가? 더구나 나는 그간의 활동을 통해서 어려움에 처해 있는 북녘 의료계의 사정을 누구보다 잘 알고 있다. 생각이 여기까지 미치자 불현듯 나 자신이 몹시 부끄러워졌다. 그동안 무슨 생각을 하며 지내고 있었나 하는 자책감마저 들었다. 그리하여 2009년 초, 「6·15 Corea통신」을 통해 교신해온 유엔 주재 조선 상임대표부 박성일 참사에게 인공고관절수술을 위해 평양을 방문하겠다는 의사를 전했다. 박참사는 곧 환영과 감사의 말을 보내왔고, 대사관이 여행절차를 도와주기 시작했다.

수술여행을 결심하고 나자 일단 무엇을 얼마나 가지고 가야 할지 막막했다. 인공관절기는 당연히 가져가야겠지만, 수술기구들은 어느 범위까지 들고 가야 할지 알 수 없었다. 우선 박참사에게 북한 정형외과계가 필요로 하는 것들을 알아봐달라고 부탁해놓고 준비를 시작했다. 일반적으로 수술이라고 하면 사람들은 신체부위를 잘라내고 봉합하는 정도로만 생각한다. 대부분 맞는 이야기다. 그러나 인공고관절 치환수술은 다르다.

인공고관절 치환수술은 인체에서 가장 큰 뼈의 관절인 고관절(Hip Joint)을 열고 들어가서 관절염 때문에 못 쓰게 된 대퇴골두를 고속전기톱으로 잘라내고, 고단위동력을 이용한 특수회전기구로 골반뼈의 비구(髀臼)를 정확히 파고 갈아내야 한다. 그리고 그 안에다 크기가 딱 맞는 비구와 대퇴골부 관절기를 집어넣고 단단히 고정시키는 것이다. 이를 위해서는 손재주뿐만 아니라 특별한 수술기구들이 필요하다. 사람마다 뼈와 관절의 모양, 크기가 다르기 때문에 다양한 인공고관절기가 있어야 한다. 인공고관절 치환수술은 성공률이 매우 높아 수술받은 환자들은 대부분 아무 통증 없이 잘 걸을 수 있기 때문에 20세기에 성취한 3대 첨단의학기술의 하나로 꼽힌다.

다행히 나에게는 인공고관절기와 수술장비 쎄트가 여러벌 있었다. 인공고관절기를 고안하던 시절에 제작회사가 기념으로 준 것이었다. 이번 기회에 이것들을 모두 북녘 의료계에 기증하기로 마음먹었다. 챙기다보니 관절기가 모자라고 또 새로 나온 기구들도 있어 제조회사들에 기증을 요청했다. 회사가 요구하는 기증조건은 수술을 집도하는 의사가 수술비를 받지 않는다는 것과 병원 또한 환자로부터 인공관절기 값을 받아서는 안된다는 것이었다. 여행경비까지 부담하면서 봉사하러 가는 내가 그곳에서 수술비를 받는다는 것은 말도 안되는 일이었다.

북녘의 병원도 인공고관절기에 돈을 들이지 않으니 환자에게 수술비를 부과할 수는 없었다. 게다가 북한은 무상의료제도를 실시하고 있으니 위의 조건을 따질 필요조차 없었지만, 그래도 환자에게 돈을 부과하지 않는다는 공식서한을 북한 정부기관에서 보내주었다.

기증을 요청한 품목들이 속속 도착하면서 서서히 준비가 갖춰졌다. 하지만 애초에 다 보내줄 것처럼 말하던 몇몇 회사는 의료품이 북한으로 간다는 말에 거절하기도 했다. 한편 북녘 의료계에 무엇이 필요한지 알아봐달라고 한 요청에는 답이 없었다. 새삼스러운 일은 아니었다.

평양에 간다는 것을 알게 된 주위사람들은 나의 신변을 걱정하며 왜 하필 지금 가는지 의아해했다. 때가 때이니만큼 그분들의 우려가 이해 못할 일은 아니었다. 2008년 초 남한에 이명박(李明博)정부가 출범한 이래 남북관계는 전에 없이 악화되어 있었다. 설상가상으로 2008년 7월 금강산 관광객 피격사건까지 터지면서 남한에서는 금강산관광을 중지시켰고, 그해 12월 북한도 개성관광을 중단했다. 금방이라도 무력충돌이 일어날 것만 같은 일촉즉발의 시기였다. 한편 2009년 초, 미국에 오바마정부가 출범하고 여러 사건들이 발생하면서 북미관계 또한 대결적으로 변해가고 있었다. 당시 북한은 한미합동 군사훈련에 맞서 인공위성 로켓을 발사했고, 유엔은 북한을 압박제재하는 유엔 안보리 결의안을 채택했다. 이런 상황에서 허가 없이 북한 국경선을 넘은 미국의 두 여기자가 억류되는 일까지 벌어졌다.

나의 방북 소식을 접한 미국의 한반도 전문가 해리슨(S. Harrison)은 수술여행의 성공을 빌어주며 억류된 두 기자의 재판에 대한 우려를 전해왔고, 북핵문제 전문가 씨걸(L. Sigal)은 아직도 미국정부에 대북정책팀이 자리잡지 못한 채 북미관계가 경색되어가는 것을 안타까워했다. 그레그(D. Gregg) 전 주한 미국대사는 북미관계가 이렇게 어려워진 때 미국의사의 수술여행이 이루어지고 있다는 소식을 반가워하면서도, 북한이 오바마 대통령에게 너무 일찍 너무 많이 기대했고 오바마는 북한에 충분한 주의를 기울이지 못했음을 지적했다. 그들 모두 나와는 오랫동안 알고 지낸 사이라 진심으로 이번 수술여행의 성공을 빌어주었다.

반면 한인동포들은 이번 방북이 위험하지 않을지 걱정이 많았다. 그들의 우정어린 심려는 감사했지만, 나에게는 기우일 뿐이었고 조금도 주춤할 이유가 없었다. 지난시절 세번의 북한방문으로 인해 나는 그들을 알 만큼 알고 있었다. 그리고 꼭 인도적인 의료행위 때문에 가는 것이 아니라 해도, 북한당국이 허락한 방문인데 지레 부정적인 상상부터 한다는 것 자체가 우스운 일이 아닌가? 나의 걱정은 오히려 중량제한을 훨씬 초과한 인공고관절기와 기구들을 어떻게 하면 더 많이 가져갈 수 있을까 하는 것뿐이었다.

고난의 행군은 끝난 것인가

2009년 5월 18일 늦은 밤 로스앤젤레스를 떠나 20일 새벽에 인천공항에 도착했다. 거기서 다시 대한항공을 타고 중국 션양 (瀋陽)에 도착했다. 상임대표부의 박참사가 알려준 대로 황철호 조선국제려행사 대표가 공항에 나와 있었다. 조국으로 입국하는 해외동포들의 여행을 돕기 위해 평양에서 파견 나와 근무하고 있다고 했다. 공항 식당에서 점심을 같이하고, 오후에 그의 도움으로 무거운 짐가방을 부치고 평양행 고려항공기에 올랐다.

독특한 말씨의 안내방송이 나오자 11년 전 매섭게 춥던 겨울, 같은 비행기에 홀로 앉아 있었던 때가 생각났다. 1998년 1월 말이었다. 북녘에서는 '고난의 행군'이 한창 진행되고 있었다. 새로운 지도자들의 등장으로 남북관계에 대한 기대가 높아지던 그때, 나는 재미동포 통일연구기구인 Korea-2000 위원들과 함께 마련한 통일정책건의서를 남과 북에 전달했다. 또한 평양에서 최창식 보건성 부부장을 6년 만에 다시 만나 재미한인의사회 이상철 회장의 편지를 전하며 의학교류 재개를 타결했다. 당시의 이런저런 기억들이 떠올라 상념에 젖어 있는데, 얼마 안 있어 평양에 착륙할 예정이니 조국의 산하를 내려다보시라는 안내방송이 들려왔다.

늦은 오후, 순안공항의 한산한 모습은 그대로였다. 나를 마중 나온 분은 놀랍게도 자그마한 몸매에 곱고 이지적으로 보이는 50대 여성안내원이었다. 이름은 리화일, 해외동포원호위원회 소속으로 방문기간 동안 나의 모든 일정을 도울 것이라고 했다. 우리는 그녀가 타고 온 승용차에 짐을 싣고 평양시내로 향했다. 도로변의 가로수들은 그새 크게 자라 있었고, 푸르게 우거진 나뭇잎은 5월의 신록을 자랑했다. 도로에는 전보다 차량이 훨씬 많아 보였지만, 절도있는 손동작으로 교통정리를 하는 여성 교통안전원의 모습은 그대로였다.

도로변 살림집 벽에 붙어 있던 낡고 비뚤어진 타일들을 모조리 긁어내며 새 단장을 하는 모습을 보니, 11년 전 매서운 추위를 뚫고 평양에 도착했을 때 보았던 회색 풍경이 떠올랐다. 1960년대에 말끔한 타일벽으로 지었다는 5, 6층짜리 살림집들은 당시 북의 경제력이 남한을 앞섰다는 자랑스러운 과거를 증

공사가 재개된 류경호텔 ⓒyeowatzup

명해주었지만, 40년 세월을 겪으며 많이 낡아 오늘의 눈에는 을씨년스럽게만 보였다.

한편 시내 한복판에 거대한 콘크리트 유령처럼 서 있던 류경호텔도 유리창과 외벽 공사가 한창 진행되고 있어 보기 좋았다. 그런데 그 공사를 맡은 건 어느 외국회사란다. 전세계를 누비며 초고층빌딩을 도맡아 건설하고 있는 남한의 기업들이 북한 노동자들과 함께 해야 할 일이 아닌가? 그뿐이랴. 북녘에도 손전화기 사용이 늘고 있다는 말을 들었고 실제로 호텔 주변에서 손전화기를 든 사람들이 보였는데, 이 또한 이집트 회사인 오라스컴(Orascom)이 맡고 있다니, 휴대전화 왕국이라는 남녘은 대체 무엇을 하고 있단 말인가?

북에서 들은 이야기에 따르면, 일찍이 제3세계 국가들, 특히 중동, 아프리카와 가깝게 지내온 북한은 2008년 12월부터 이동통신 분야의 대기업인 오라스컴과 합작으로 손전화기 사업을 시작했다고 한다. 사용자 수가 벌써 5만여명에 달했다는 언론보도를 본 기억도 났다. 사실 손전화기는 2002년 11월부터 쓰기 시작했지만, 2004년 룡천역 폭발사고—평안북도 룡천역에서 질산암모늄을 실은 화물차량과 유조차량 교체작업을 하던 중에 일어난 대규모 폭발사고—이후 사용이 전면금지되었다. 당시 폭발현장에서 손전화기 잔해가 발견되자 손전화기가 기폭장치로 사용되었을 것이라 판단한 것이다. 그후 북한에 투자한 첫 외국계 통신사인 오라스컴은 3년간 4억달러를 투자할 예정이라고 했다. 그 규모도 개성공단 투자비용을 뛰어넘는다고 하니, 그동안 개성공단 사업을 두고 '퍼주기'라 비난해온 남녘 사람들이 속으로 뜨끔하지 않겠나 하는 생각도 들었다. 남북관계가 지난 10년처럼 계속 우호적으로 유지되었더라면, 남한은 지금 이런 사업에서 북한과 합작하여 공익을 누리고 있지 않겠는가 하는 안타까움이 밀려왔다.

시커멓던 횡단보도에도 밝은 색깔의 보도블록이 깔린 것을 보니 평양이 정말 많이 변하고 있음을 느낄 수 있었다. 화창한 봄날이라 그런지 시민들의 옷차림도 화사했다. 고려호텔 주변에 즉석에서 여러가지 음식을 만들어 파는 가게가 늘어선 것도 전에는 보지 못한 풍경이었다. 그 앞에서 간식거리를 사먹는 사람들의 표정에는 생기가 돌았고 발걸음도 활발하고 가벼워 보였다. 고난의 행군은 이제 끝난 것일까?

어느덧 북에서 '쌍통묶음식 건축'이라 부르는 쌍둥이탑 모양의 낯익은 고려호텔에 도착했다. 금속덩어리로 가득 찬 무거운 대형가방 두개를 운전사와 마주 들어 겨우 나르고 호텔에 들었다. 방에서 쉬고 계시면 식사할 때 연락드리겠다고 리화일 동무가 말했다. 19층 방에서 오뚝오뚝하게 높이 솟은 수많은 살림집들을 내려다보았다. 어둠이 깃들면서 하나 둘씩 전등불이 켜지고 있었다. 11년 전 겨울, 어둡고 추웠던 평양의 모습과는 전혀 다른 야경이었다. 정말 나아진 것일까? 저 높은 살림집 속 승강기는 지금 작동되고 있을까?

고려호텔 주변 길거리의 풍경 ©Ray Cunningham

밤이 되어 호텔 안 2층 식당 특실로 안내되어 들어가니, 민족
과학기술협회 홍종휘 사무국장이 기다리고 있었다. 민족과학
기술협회는 남한을 포함해 다른 나라와 북한 사이의 과학기술
교류를 총괄하는 부서라고 했다. 또한 해외 방문객들과의 원활
한 교류를 이끌고 방문기간 동안 그들의 편의를 돕기 위해 일
한다고 했다. 북녘의 학자나 관료들이 모두 그렇듯 그 또한 현
장 노력봉사 복무로 얼굴이 갈색으로 그을려 있었고 몸도 마른
편이었다. 수수해 보이는 중년인 홍국장은 외국도 여러번 다녀
왔다고 했다.

그 자리에는 리화일 동무 말고도 민족과학기술협회의 리규
섭 과장이 함께했다. 북한의 대표적 이공계대학인 김책공업종

합대학 출신의 총명해 보이는 젊은이였다. 리화일 동무 또한 김일성종합대학 어문학과 출신의 재원으로 영어도 잘했다. 두 분 모두 체류기간 동안 나와 일정을 함께하며 무슨 일이든 도 와준다고 했다.

한복을 곱게 차려입은 여성접대원—남한에서는 부정적인 뉘앙스를 띠는 단어지만 여기선 통상적으로 쓰인다—동무들 이 적당한 시간차를 두고 차례대로 전통음식들을 내왔다. 요즘 은 누구를 만나든 대개 내가 연상이라는 사실이 서글프지만, 한편 쉽게 좌중을 편하게 해주는 여유도 지니게 되었다. 젊은 시절 DMZ에서 군의관으로 복무했던 이야기를 해주니, 홍국장 도 훨씬 나중이었지만 같은 지역에서 인민군으로 근무했던 이 야기를 꺼냈다. 비슷한 경험을 공유하고 있다는 것만으로도 우 리는 스스럼없이 친해질 수 있었다. 남이나 북이나 우리 겨레 는 나이, 고향, 출신, 가계 등 소위 족보를 캐내야 쉽게 친해지 는 속성이 있다. 내가 이들에 대해 궁금해하듯 이들 또한 내가 어떤 사람인지 궁금할 것이란 생각에 1970년에 미국에 유학 와 서 정형외과 수련을 마치고 인공고관절수술에 전념해온 이야 기를 들려주었다. 대화의 물꼬가 터지자, 밤이 이슥해지도록 서 로 가정과 자식들 이야기까지 나누었다.

특히 홍종휘 국장은 북녘 과학기술계의 현실을 과장하지도 숨기려 하지도 않고 솔직하게 들려주었다. 미국 디트로이트의 박문재 내과교수가 10년 넘게 주도해온 '국내외동포들의 의학과학토론회'가 지난 5월 초 평양 인민문화궁전에서 열렸다고 했다. 미국 한인동포 의사들과 북녘의사들이 함께 모여 논문발표와 토론을 하고 환자 치료에도 참여하는 종합의학 토론회였다. 국제정치적 여건이 때로 남북, 북미 교류를 힘들게 하지만, 해외동포들과의 과학기술 교류는 언제든 환영한다는 홍국장의 이야기까지 듣고 식당에서 나왔다.

헤어지기 전 리화일 동무가 내일 아침에는 평양의학대학병원에 가기로 되어 있다고 말했다. 방에 들어와 침대 위에 누웠다. 몸은 피곤했지만 잠은 쉽게 오지 않았다. 그러나 17년 전의 설렘도, 11년 전의 추위 때문도 아니었다. 시차 때문이었으리라.

17년 만에 다시 만난 정형외과 의사들

　북한 의학계의 중추인 평양의학대학병원에서 만난 정형외과 의사들은 나를 놀라게 했다. 현관 앞에서 나를 맞은 병원장이 자기소개를 하는데, 17년 전 고려호텔에서 내 강의를 들었던 문상민 과장이라고 했다. 희미한 기억 속에서 그의 얼굴을 찾아내려 애쓰며 반갑게 악수를 하고 있는데, 그 옆에 서 있는 분의 미소 띤 얼굴이 낯익었다. 이름을 들어보니 장창호라고 했다. 그렇지, 장창호 선생! 동료와 함께 호텔로 찾아와 밤늦도록 온갖 질문을 하며 부지런히 수첩에 메모하던 그를 어떻게 잊을 수 있겠는가? 그동안 평양의학대학 하면 곧바로 떠오르던 선배선생이었다.

　문상민 병원장은 현관에 전시된 병원 전경도를 가리키며 평양의학대학은 1948년에 김일성종합대학에서 분리되어 독립적으로 병원과 학교를 갖추고 있다고 설명했다. 1300여개의 병상을 갖추고 있는 병원에는 50여개 전문진료과목에 600명에 달하는 의사가 근무하고 있다고 했다. 문원장을 따라 2층 회의실 안으로 들어서니 의사들이 가득 모여 나를 기다리고 있었다. 김희만 연구실장, 문성삼 정형외과 과장, 박송철 외상외과 과장…… 모두 1992년 고려호텔 강연장에 있었다고 한다. 이들이 바로 북한 정형외과학계를 이끌어가는 주역들이리라.

들어보니 함흥 정형외과 병원장인 신성호 선생만이 타계했고, 연로하지만 지금도 적십자병원의 원로로 근무하고 있는 리영구 원사를 비롯해 모두들 같은 자리에서 근무하고 있었다. 외부세계와의 교류가 처음 시작되던 그때, 미국에서 인공고관절기를 들고 나타나 부끄럽게도 팔팔하게 오만을 부렸던 나를 그들은 기억하고 있었다. 17년 만의 재회였지만, 우리는 오랜 친구처럼 전혀 어색하지 않았다. 더군다나 동년배인 문상민 선생이 같은 정형외과 의사로서 북한의 대표격인 평의대의 병원장이 된 것이 한없이 자랑스러웠다.

문원장을 보좌하며 병원의 대외업무를 총괄하고 있다는 내과의사 정광훈 외사지도원은 어느새 내가 가져온 인공고관절기와 부속품, 기구들을 회의실의 넓은 탁자 위에 풀어놓았다. 품목별로 설명하니 모두들 둘러서서 자세히 살펴보고 만져보았다. 중량 초과로 갖고 오지 못한 품목들은 다음 기회에 보내

인공고관절기를 살펴보는 의사들

거나 가져오기로 했다. 내가 쓴 인공고관절수술법 교재와 교육
용 슬라이드 파일은 박사원(레지던트) 의사들의 교육에 써달라
고 당부했고, 인공고관절기 고안과 관련된 나의 연구논문들과
저서들도 기증했다. 1992년 강연 때 환등기를 쓸 수 없어 안타
까웠던 기억 때문에 이번에 빼놓지 않고 갖고 온 환등기도 더
불어 기증했다.

　모두들 자리에 앉자 문원장은 젊은 의사들로 하여금 앞으로
내가 수술하게 될 환자들의 병력과 현 병리상태를 엑스레이 필
름을 보여주면서 설명하도록 했다. 그들은 환자들의 상태를 설
명하면서 그에 대한 치료와 수술방침을 내가 결정해주기를 바
랐다. 그러나 나는 그렇게 하지 않았다. 대신 환자의 상태를 설

명하는 의사에게 그가 생각하는 치료방침이나 계획이 무엇인지를 물었다. 순간 그는 당황했고 내 앞이라 어려운 듯 대답을 못했다. 나는 그를 안심시키면서, 내가 곧바로 답을 주면 이것이야말로 마치 어린아이에게 밥을 씹어서 먹여주는 것과 같다, 박사원생들은 얼마든지 틀린 답을 말할 권리가 있으니 이런 식으로 토론해나가면서 결론에 도달하자고 제안했다. 과장선생들도 그렇게 하라며 그를 격려해주었다.

발표자가 의견을 말하면 왜 그렇게 생각하느냐고 되물었다. 맞는 답을 말하면 칭찬해주고, 틀린 답을 말하면 좌중의 다른 의사들도 끼어들어 의견을 말하도록 유도하면서 토론을 진행하다보니 곧 긴장이 풀려나가기 시작했다. 내 앞에서 긴장하는 그들에게 일부러 재밌는 질문도 던지고 이런저런 의견을 제시해가며 부드럽게 인도하니, 모두가 적극적으로 참여하는 흥미로운 토론회가 되었다. 말을 아껴서 그렇지, 그들도 알 것은 다 알고 있었다.

그런데 문제가 생겼다. 언어였다. 정확히 말하면 우리말이 아니라 해부학적 용어의 문제였다. 미국에서 영어로 말하던 내가 우리말로 설명하자니 용어가 잘 떠오르질 않고, 또 북녘에서 사용하는 학술용어와도 차이가 있어서 토론이 자주 중단될 수밖에 없었다. 용어문제로 우왕좌왕하느라 여러번 웃음바다가 되기도 했다. 그래서 앞으로 우리말로 의학용어를 정리해야겠다고 의견을 모았다.

시범수술은 전형적인 퇴행성관절염 환자를 대상으로 하는 것이 보통인데, 여기서는 그렇지 않았다. 수술대상으로 올라온 환자들은 이미 수술을 받았지만 후유증 때문에 재수술 내지는 3차수술을 해야 할 어려운 상태였다. 재수술의 경우 발생 가능한 상황과 대안을 충분히 검토하고 수술에 들어간다 해도 실제 상황은 예측과 다르기 때문에 즉석에서 방법을 달리하거나 아예 계획을 바꾸는 융통성과 창의성이 요구된다. 때문에 우리는 환자 한 사람 한 사람의 상태를 보면서 어떻게 수술할 것인가를 토론하고 결정해나갔다.

그전까지는 이곳에서 어떤 방식으로 수술을 하고 있는지 알 수가 없었는데, 환자들의 엑스레이 필름을 보고 나니 짐작이 갔다. 그들 나름대로 인공고관절수술을 하고 있었지만, 그들이 사용하는 관절기는 아주 낯선 것이었다. 북녘 의료계에서 자체 제작한 것이라고 했다. 최보건상이 털어놓았던 자체제작 관절기의 문제점을 곧 수술실에서 보게 될 것이다.

그들은 외래의사가 북한에 와서 인공고관절 치환수술을 집도하는 것은 처음이라고 했다. 이곳 의사들과 함께 수술하면서 기술을 전수해주는 것이 가장 필요하다는 것을 알게 되었다. 떠나오기 전, 박성일 참사가 "오박사님께서 조국의 의사선생들에게 기술 전수를 해주셔서 공화국 의사들도 혼자 수술할 수 있도록 해주셔야 한다"고 했던 말이 떠올랐다. 내일부터 바로 수술을 시작한다기에 먼저 인공고관절수술법에 대한 강의부터

하는 것이 좋지 않겠느냐고 제안했다. 문상민 병원장이 강의는 관련 의료인들이 모두 참여할 수 있는 일요일에 해줬으면 좋겠다고 해서 그들이 원하는 대로 하기로 했다.

만경대 학생소년궁전의 어린이들

병원에서 나와 리화일 동무를 따라 고려호텔 옆 고려식당에서 늦은 점심을 먹었다. 작고 깔끔한 식당인데 메뉴 중에 '단고기'도 있었다. 미국에서는 맛볼 수 없는 개고기 요리다. 때문에 우리 세대 남자들 대부분은 북녘에 오면 빼놓지 않고 먹는다. 나 또한 군의관으로 DMZ에서 복무하던 시절 이후에는 먹을 기회가 없었던 터라, 주식 외에 간단한 단고기 요리를 주문했다. 다른 고기에 비할 수 없는 별미였다.

어젯밤 헤어지기 전, 리동무는 평양에서 보고 싶은 곳이 있으면 틈나는 대로 안내하겠다고 했다. 오늘 오후는 여독도 풀 겸 별다른 일정 없이 쉬기로 되어 있단다. 하지만 대낮에 잠을 잘 수도 없기에 한 바퀴 돌아보자고 했다. 그러자 리동무가 "선생님께서 못 보신 '조국통일 3대헌장기념탑'으로 안내하겠다"고 말했다. 내가 마지막으로 다녀간 것이 1998년이니 2001년 8월에 준공된 기념탑을 본 적 없다는 것을 아는 영민한 그녀였다.

우리는 기념탑이 서 있는 넓디넓은 통일거리로 갔다. 3대헌장이란 1972년 7·4남북공동성명의 조국통일 3대원칙(자주·평화·민족대단결), 1980년 북이 제안한 고려민주연방공화국 창립방안, 1993년 최고인민회의에서 제시된 전민족대단결 10대강령을 말하는 것이다. 이 세가지 원칙은 김일성 주석 생전에 제시되었지만, 김정일 위원장이 '3대헌장'이라 명명하여 1997년 신년공동사설에서 발표했다.

첫번째 조국통일 3대원칙에는 반대할 이유가 없다고 생각하는데, 남측에서는 '자주'라는 구호에 자신이 없거나 주눅이 들어서인지, 아니면 북한에는 자유가 없다고 생각해서인지 간혹 자주 대신 자유를 내세우거나 3대원칙에 자유를 덧붙이는 사람들이 있다.

두번째 연방공화국 창립방안은 정치, 군사, 외교적 권한을 갖는 연방정부 밑에 남과 북이 각각 지역자치제를 실시하는 '1민족 1국가 2정부' 형태를 말한다. 반면 남한에서는 1989년 노태우정권이 자주·평화·민주의 원칙에 따라 '남북연합' 과정을 거쳐 통일을 이루자는 방안을 발표한 뒤, 김영삼정부가 서로 화해·협력하는 단계에서 남과 북의 국방·외교권을 따로 보유하는 '1민족 2국가 2정부'의 남북연합제를 거친 뒤 완전통일을 이루자는 3단계 민족공동체 통일방안을 내놓았다.

연합과 연방이라는 남북의 입장 차이는 1991년 김일성 주석이 국방권과 외교권을 지역정부가 갖는 '느슨한 연방제(Loose Confederation)'를 제안함으로써 크게 줄어들었다. 2000년 남북정상회담에서는 김대중 대통령과 김정일 국방위원장이 '낮은 단계의 연방제'를 제안함으로써, "남측의 연합제 안과 북측의 낮은 단계의 연방제 안이 서로 공통성이 있다고 인정하고 앞으로 이 방향에서 통일을 지향시켜나가기로 하였다"는 6·15남북공동선언을 발표하게 되었다.

남측의 보수진영은 이 선언에 대해 북한의 연방제 통일에 동조했다고 비판했지만, 실질적으로 표현만 '연방'이라고 했을 뿐, 내용면에서는 북한이 남한의 연합제 안을 받아들인 것이다. 앞으로 남북이 선언의 방향을 따라 성숙한 자세로 의견을 조율해간다면 지금과 같은 연합(낮은 단계의 연방)제 과정에서 국방·외교권을 중앙정부가 관할하는 '1국가 2정부'를 거쳐 '1국가 1정부'의 통일국가로 나아갈 수 있다고 생각한다.

세번째 전민족대단결 10대강령은 1993년 북한이 김영삼정부 출범에 맞춰 발표한 것으로, 남북이 상호존중과 양보의 정신으로 모든 문제를 민족적 견지에서 해결해 전민족의 폭넓은 단합을 실현하자는 내용을 담고 있는 보편 타당한 조목들이다.

조국통일 3대헌장의 정신을 형상화한 기념탑은 평양과 개성을 잇는 통일거리 양쪽에서 남과 북의 두 여성이 '한반도기'를 마주 들고 있는 높은 석탑이자 석문이다. 한반도기는 한반도 지도가 그려진 깃발로, 1991년 일본 치바현(千葉縣)에서 열린 세계탁구선수권대회에서 처음 쓰였다고 한다. 당시 그 대회에서는 남북 단일팀이 구성되었는데, 대회 공식기로 태극기나 인공기를 쓸 수 없으니 합의 끝에 남북 단일팀의 상징으로 한반도기를 만든 것이다. 이후 각종 국제경기뿐만 아니라 6·15공동선언기념 민족통일축전, 8·15남북공동축전 등 국내외의 남북공동행사에서 널리 쓰이면서 통일을 지향하는 남북의 깃발이 되었다.

그러나 한반도기가 통일한국을 상징한다는 것을 알고 있는 외국인은 거의 없다. 이 깃발이 남과 북이 통일을 지향하며 잠정적으로 함께 쓰고 있는 단일기라는 사실을 국제사회에 알려야 할 때다. 그동안 우리나라 로마자 국호의 역사를 연구해온 나는 한반도기에 'Corea'라는 로마자 국호를 써넣자고 제안해왔다. 'Corea'는 2002년 월드컵 당시 한민족 모두가 뜨겁게 외쳤던 구호 "오! 필승 꼬레아"와 함께 경기장에 물결치던 Corea 플래카드를 통해 이미 우리에게 가까워진 또다른 국호다. 통일로 가는 과정에서 써야 할 한반도기에 한반도를 알리는 국호 Corea를 써넣는다면 이 깃발이 우리 민족의 것임을 외국인들에게 알릴 수 있지 않겠는가?

거대한 기념탑을 돌아보고 그 아래 지하전시관에 들어가니, 탑을 이루는 돌을 후원한 남한과 해외 동포들 및 여러 단체들

만경대 학생소년궁전

의 이름이 새겨져 있었다. 내가 아는 재미동포들의 이름도 여럿 보였다. 웬만한 의지와 신념 없이는 자신의 이름을 여기 걸지 못했으리라. 다시 거리로 올라와 탑을 올려다보는데 봄비가 부슬부슬 내렸다. 리동무는 어디서 그렇게 빨리 구했는지 밝은 색 우산을 씌워주었다. 배려가 고마웠으나 나는 이 봄비를 맞고 싶었다. 우산을 그녀 머리 위로 옮겨주었다.

두번이나 평양에 왔으면서도 보지 못한 곳이 1989년에 준공한 만경대 학생소년궁전이었다. 그동안 1963년에 건립되었다는 평양 학생소년궁전의 사진은 많이 봐왔는데, 만경대 학생소년궁전은 처음 보는 것이었다. 둘 다 소학교, 중학교 학생들이 예능과외활동을 하는 곳이었다. 건물 앞 넓은 정원에는 아담한 분수대가 대칭으로 늘어서 있었고, 그 뒤로 층계가 완만하게 퍼져올라갔다. 주체건축예술론에 따라 '양팔을 뻗어 어린이를 감싸안는' 형상으로 건축되었다고 한다. 남한에도 이와 비슷한 시설이 있는지 모르겠다. 각 학교별 혹은 개인적으로 과외활동을 하는 것으로 알고 있다.

안으로 들어가니 붉은 수건을 목에 두른 소녀단 어린이가 우리를 맞이했다. 어느 나라나 어린 학생들은 귀엽고 예쁘다. 멜빵치마에 밝은색 셔츠 제복을 입은 이 소녀도 예외가 아니었다. 똘망똘망한 목소리로 궁전을 소개하는 소녀를 따라 대리석 복도를 걷고 있는데, 뜻밖에 남녘의 '우리민족서로돕기운동' 대표단으로 온 최완규 북한대학원대학교 부총장 일행을 만났다. 이틀 전 션양공항에서도 우연히 마주쳤는데, 평양에 와서 다시 만난 것이다. 남한에서는 북한 방문을 허락하지 않는다고 알고 있었는데, 대표단을 구성해서 평양을 방문한다는 말에 놀라고 반가웠다. 하기야 놀라기로는, 수술하러 간다는 나를 만난 그들도 마찬가지였을 것이다.

우리민족서로돕기운동은 전세계에 흩어져 있는 우리 민족이 서로 돕고 교류하여 공동의 번영을 이루자는 취지로 1996년 6개 종단(개신교, 불교, 원불교, 유교, 천도교, 천주교)과 시민사회단체가 창립한 민간운동단체다. 그들은 지난 13년간 벌여온 북한지원사업 현장을 둘러보고 북측 민화협과 함께 새로운 사업을 논의하기 위해 평양을 방문했다고 한다. 들어보니 이미 조선적십자종합병원 등 북녘 의료계와도 협력사업을 진행하고 있었다.

언론에 잘 소개되지 않아 그렇지, 그동안 이름 모를 수많은 단체와 기구가 남북교류를 이어온 것을 보며 적이 놀랄 때가 많다. 최교수와는 「6·15 Corea통신」 외에도 종종 교신하며 지내는 사이였다. 일행 중에는 보스턴 시절에 알고 지내던 이일영 재활의학박사 외에도 인명진 목사, 홍상영 사무국장, 최대석 이화여대 통일학연구원 원장, 노무현정부에서 법무장관을 지낸 천정배 의원도 있었다.

궁전 안에는 양면(兩面)수예를 연습하는 수예방, 우리 전통악기를 개량한 악기를 다루는 전통음악방, 서예방, 무용방 등 없는 게 없었다. 방마다 들어가 학습과정을 참관하는 여행객들의 모습은 대체로 매우 조심스러워 보였다. 학습과정을 방해하지 않으려는 예의이리라. 헌데 연습하는 어린이들을 가까이서 살펴보며 학생들에게 질문을 던지고 훌륭한 공연에는 방문객들의 박수를 유도하는 등 거침없이 행동하는 내 모습을 보면서 리동무는 조금 놀라는 듯했다.

북녘에서는 누구나 악기 하나는 다룰 수 있도록 어릴 적부터 교육을 받는다고 한다. 아닌게 아니라 모내기철의 농촌이나 건설공사장 등의 노동현장에서 음악을 연주하는 선무대 사진을 흔히 볼 수 있다. 일꾼들의 흥을 돋우고 노동효율을 높이려는 방법일 것이다. 모든 게 집체적으로 이루어지는 북녘사회에서나 볼 수 있는 모습이다. 연주자들은 어릴 적부터 이런 기초과정을 거쳐 제 기량을 쌓았을 것이다.

다들 솜씨가 뛰어났지만, 특히 깜찍하고 예쁜 유치원생들의 아코디언 연주는 놀랄 만했다. 그런데 텔레비전에서 보아온, 모두가 똑같이 고개를 갸우뚱한 채로 환한 미소를 짓는 앙증맞은 모습은 한편으로 나를 질리게 했다. 어쩌면 저렇게 한치의 틀림없이 똑같은 표정을 지을 수 있을까. "하나는 전체를 위해, 전체는 하나를 위해"라는 구호가 말해주듯이 집단성·획일성을 강조하는 북한의 사회주의체제에서는 이런 모습이 매우 자연스러울 것이나, 개인, 자유, 다양성을 중시하는 미국이나 남한 사람들에게는 부자연스러워 보이는 것이 사실이다. 가치기준이 다른 두 세계의 차이를 두고 옳고 그름을 따질 수는 없다.

다만 어린아이라면 어느정도 제멋대로에다 실수도 좀 해야지 아이답지 않겠는가 하는 생각이 들었다. 기막힌 연주에 감탄하다가도, 저렇게 기계적으로 훈련된 표정과 자세를 보면 그만 질려서 고개를 돌리게 되는 것이다. 한편 서양 어린이들이 이런 식으로 공연하는 모습을 보면 잘한다고 감탄하다가, 북한 아이들의 공연을 보면서는 반사적으로 '애들을 얼마나 혹사했으면 저렇게나……' 하는 편향된 선입견을 가지고 생각하지는 않았는지 스스로 돌이켜보았다.

늦은 오후에는 궁전 안 커다란 극장에서 종합공연이 열렸다. 다들 훌륭했지만, 특히 체조는 곡예 수준으로 뛰어났다. 하지만 보통 이상으로 숙달된 어린 학생들의 종합공연을 보고 나오는 마음은 마냥 즐겁고 가볍지만은 않았다. 저녁 식탁에서 이런 생각을 리동무에게 말했더니, 아무 말 없이 듣기만 했다. 나 역시 답하지 말라며, 그저 이렇게 느끼는 사람도 있다는 것을 북녘사람들도 아는 게 좋을 것 같아 청하지 않은 의견을 말했을 뿐이라고 덧붙였다. 어디든 그 나라의 문화에 걸맞은 예술활동이 있는 법이 아니겠는가.

호텔로 돌아와 헤어지기 전, 리동무가 오늘 밤부터는 그녀도 고려호텔에서 머물며 일하게 되었다면서 기뻐했다. 듣고 보니 어젯밤 그녀가 밤늦게 집으로 갔다가 오늘 새벽같이 호텔로 달려온 것을 미처 생각지도 못한 것이 부끄러웠다. 부끄러움을 씻어버리려고 "오늘 밤은 편히 쉬세요" 인사하고 헤어졌다.

인공고관절수술을 집도한 첫 외래의사

첫 수술을 하는 날, 봄비가 촉촉히 내렸다. 병원에 도착하니 장창호 선생을 비롯해 김희만 연구실장, 박송철 과장 등이 수술병동 앞에서 기다리고 있었다. 이처럼 그들이 손님을 대하는 태도는 상대편이 미안해질 정도로 극진하다. 오랫동안 미국 생활에 젖어 살다보니 이런 대접은 오히려 부담으로 느껴졌다. 더구나 손아랫사람도 아니고 연상의 장선생을 비롯해 비슷한 연배의 의사들이 이렇게 대해주니, 나도 이들에게 내가 할 수 있는 것은 모두 해줘야겠다는 생각이 절로 샘솟았다.

진료실에서 옷을 갈아입고 수술실로 따라 들어가니 손 씻고 소독하는 방법이 미국과는 무척 달랐다. 미국에서는 소독약이 묻어 있는 스펀지 뒤에 달린 솔로 손을 닦고 발로 페달을 밟으면 자동으로 나오는 온수에 손을 씻어내는데, 여기서는 집도의가 손을 더럽히지 않도록 간호원이 직접 수돗물을 틀어주었다. 소독비누로 손을 씻고 나면 다시 간호원이 소독수를 부어주고 손을 닦을 마른 수건을 건네주었다. 미국에서는 이 수건도 한 번 쓰고 버리는 일회용이다. 수건뿐만 아니라 뭐든지 일회용이 대부분이다. 버려야 경제가 돌아간다며, 수건을 소독해 재활용하는 것이 더 비용이 들어간다고 한다. 하지만 이곳에서는 무엇이든 쓰고 또 써야 할 것이다. 어쨌거나 그 방법만 다르다뿐, 원칙은 똑같았다. 남한에 있을 때도 그랬지만, 오히려 사람의 따뜻한 손길이 느껴지는 인간적인 모습이었다.

수술실로 들어가니 환자는 이미 마취되어 있었다. 나를 포함해 네명의 의사가 수술에 참여했고, 비디오카메라로 수술과정을 촬영하는 한편 여러 의사들이 참관하여 수술을 지켜보았다. 수술이 진행되면서 수술기구의 명칭이 달라 내가 원하는 기구가 제때 전달되지 못하는 문제가 발생했다. 전날 토론회에서도 의학용어가 달라 애를 먹었듯 수술중에도 기구의 명칭이 문제가 된 것이다. 북한의사들 사이에서도 어떤 것은 우리말로, 어떤 것은 러시아나 동유럽식으로 다르게 불러 더욱 혼란스러웠다. 다시 한번 용어 통일의 필요성을 절실히 느꼈다. 북한 의학계의 중심인 평양의학대학이 앞장서서 통일의 그날, 남북이 함께 사용할 수술기구의 우리말 이름을 지어야 할 것이라고 말했다.

무엇이 필요한지 전혀 모르는 상태에서 수술기구를 챙겨온

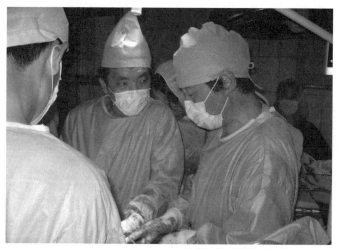

북녘의사들과 함께한 인공고관절수술

터라 모든 것이 충분치 않았다. 당연히 있으리라 여겼던 수술
기구가 없는 경우가 많았다. 부족한 대로 다른 기구를 응용해
가며 쉬지 않고 수술을 진행했다. 정작 문제는 부족한 수술기
구보다 낮은 전압이었다. 앞서도 잠깐 얘기했지만, 인공고관절
수술은 두껍고 단단한 뼈를 다루기 때문에 고도의 동력을 이용
한 기구를 써야 한다. 그런데 동력기구 자체도 부실하지만, 수
술 도중 전압이 떨어지는 경우가 왕왕 발생해서 수술을 어렵게
했다. 그렇다고 전압이 돌아올 때까지 기다릴 수는 없었기에
손으로 힘을 주어 작업을 이어가야 했다.

이렇게 네명의 의사가 한마음이 되어 무사히 첫 수술을 마
쳤다. 얼굴에 흐르는 땀을 닦으며 진료실로 돌아와 점심을 먹

으면서 여러 문제와 대책에 대해 하나씩 논의했다. 수술기구의 부족이나 동력 문제가 아니었다. 부족하다는 이야기를 꺼내봤자 실질적으로 무슨 도움이 되겠는가. 이곳에 있는 것들을 새로운 방식으로 응용하고 융통성있게 바꿔나갈 방안을 모색했다. 모두들 내 이야기를 진중하게 들으며 동의했다.

그렇다면 하나씩 실행에 옮겨보자고 했다. 사실 알고 보면 별것 아닌 제안이었다. 예컨대 소독한 환자의 다리를 붕대로 감다보면 시간이 걸리므로 아예 스타킹 모양의 방포를 만들어 다리에 끼우자거나, 집도의나 조수가 자주 쓰는 수술기구들은 간호원이 매번 건네주는 것보다 수술부 주위에 조그만 주머니를 만들어 기구를 넣어두고 직접 꺼내쓰자는 것이다. 그동안 나는 미국 발명특허를 11종이나 획득했지만, 모두 이처럼 콜럼버스의 달걀 세우기 같은 것이었다. 별것 아닌 듯 보이지만 아무도 생각지 못했기에 '발명'인 것이다. 일단 새로운 아이디어가 나오면 과감하고 빠르게 실행하는 것이 중요하다. 그래서 젊은 의사들에게 창의적인 자세를 요구하며, 무엇이든 지금 하고 있는 것보다 더 쉽고 빠르게 잘할 수 있는 방법이 있다는 전제하에 생각하고 고민해야 한다는 평범한 진리를 강조했다.

나의 제안은 곧바로 받아들여져서 간호원들은 바로 다음날 수술에 여러개의 기구주머니를 만들어 왔다. 의사들뿐만 아니라 간호원들까지 내가 제안한 방법들이 제때 실행될 수 있도록 열성을 다했다. 그 효과가 곧 나타나자 우리 모두 한판 신이 나기 시작했다. 특히 수술팀으로 참여해 줄곧 함께한 정애란 간호원이 민첩하게 움직여줘서 수술 진행이 수월해졌다. 참으로 고마운 일이었다. 이렇게 수술을 거듭하며 하나씩 개선해나갔다. 젊은 의사들도 각자 이런저런 의견을 내놓기 시작했고, 나 또한 그들을 적극 독려했다.

한두 건의 수술을 치르고 난 후부터는 더이상 혼자 집도하지 않고 대부분의 집도를 과장선생들이 하도록 했다. 대신 중요한 단계마다 옆에서 설명해주며 그들의 수술을 도왔다. 인공고관절수술 경험이 부족해서 미숙했지만, 그들의 수술 실력은 결코 뒤떨어지지 않았다. 젓가락으로 밥알을 집어내는 우리 겨레 특유의 손재주는 오히려 여기 의사들에게 더욱 두드러진 것 같았다. 무엇이든 물자가 풍부한 미국에서는 손재주가 상대적으로 덜 중요하지만, 모든 여건이 부족한 이곳에서는 의사들의 손재주가 더 요긴했고 그래서인지 솜씨가 좋았다.

동유럽에서 유학했다는 의사들의 경험도 들었다. 우리가 미국에 와서 겪었던 어려움과 별반 다를 게 없었다. 특히 언어장벽을 극복하기가 힘들었다고 한다. 그런데 지금 유럽의사들의 어깨 너머가 아니라, 같은 언어와 정서를 타고난 동포의사와 함께 수술을 하고 있으니 하는 말마다 쏙쏙 귀에 들어오는 이 편안함과 친근함을 어찌 비교할 수 있겠느냐며 그들은 거듭 고마워했다. 우리는 나날이 형제처럼 친해져갔다. 수술은 하루에 두번만 할 수 있었다. 수술기구 쎄트가 제한된데다 중앙소독실에서 하루에 한번밖에 소독할 수 없었던 탓이다.

다음날도 아침부터 수술을 하기로 예정되어 있었다. 미국에서는 아침을 거의 먹지 않았지만, 여행중에 이런 습관은 잘 지켜지지 않았다. 아침식사가 호텔비에 포함되어 있어 여기서는 어떤 음식이 나오는지 볼 겸 식당에 들렀다. 매일 혼자 먹기는 쑥스러워 어젯밤 리화일 동무에게 내일부터 호텔 아침식사를 대접할 테니 7시에 내려오라고 말했다. 리동무가 자신은 다른 곳에서 따로 식사를 한다며 거절하기에 일부러 엄한 목소리로 "조국에 봉사하러 멀리 외국에서 오신 이 귀한 손님을 잘 돌봐드리라는 임무를 당에서 부여받은 화일 동무가 손님의 청을 마다하다니, 이건 공화국 복무태만죄에 해당한다"고 넙다 일갈했다. 그녀는 대답은 하지 않고 웃음을 참는 듯하면서 제 방으로 올라가버렸다. 내 공갈이 안 통한 모양이다.

시차가 있어도 아침은 늘 상쾌한 기분이었다. 일주일 동안 아침 식당에는 손님이 많지 않았지만, 접대원들은 모두 예의 바르고 상냥했다. 아침식사는 몇가지 반찬에 죽과 국이 나오는 한식과 계란프라이와 토스트, 베이컨이나 쏘시지가 나오는 양식, 두가지였다. 늘 앉는 앞쪽 식탁에 앉아 커피를 마시는데, 저쪽에서 화일 동무가 들어오는 것이 보였다. 내 공갈이 통했나? 가볍고 환한 봄옷을 입은 그녀의 입에 야릇한 미소가 번지고 있었다. 그날부터 아침식사는 리동무와 전날의 일을 정리하고 그날 일과에 대해 의논하는 귀한 시간이 되었다.

두 여성이 불러준 통일 아리랑

전날과 마찬가지로 어렵고 긴 재수술을 마치고 나왔는데, 리 동무가 휴식을 취할 겸 평양 교외에 있는 룡악산(龍岳山)에 다녀 오자고 권했다. 나를 위한 특별한 배려였다. 룡악산은 처음 들어보는 이름이었다. 차를 타고 시내를 빠져나오는데 거리마다 "혁명적 대고조 ― 금속, 전력, 석탄, 농업 ― 모두 다 150일 전투에로!"라고 씌어진 입간판이 보였다. 수술실에서 직접 경험해보니, 정말 모든 분야에 자원공급이 원활해지기 위해서는 그런 정신이 필요하다는 데 공감하게 되었다.

북은 외부세계의 봉쇄에 맞서 전투적으로 자력갱생 경제발전에 총진군하는 모습이었다. 5월 초에 시작된 이 전투적 운동은, 오는 10월 10일 로동당 창건일 전까지 5개월 동안 모든 분야에서 생산성을 높여야 하기에 '150일 전투'라고 이름했단다. '전투'는 어떤 일에든 전투적 결의로 임하자는 절박한 뜻으로 북에서 자주 쓰는 용어였다. 단기적인 경제성과를 내고 사회 분위기를 새롭게 한다는 점에서 장점이 있을 것이다. 시골길에 들어서자 물이 찬 논에서는 모심기가 한창이었다. 식량 자급자족을 위해 올해는 알곡생산 600만톤 달성을 목표로 세웠다고 한다. 북녘은 변했고, 또 변하려고 끊임없이 몸부림치고 있었다. 이런 기세를 주위에서 동포들이 더 북돋워줘야 할 텐데.

용이 일어선 모습이라 룡악산이라 했다던가. 꼬불꼬불 경사진 일방통행로를 따라 올라가다 계곡을 지나자 정말 입을 딱 벌린 두마리 용이 나타났다. 대형 콘크리트 조각상이 매우 사실적이고 웅장했다. 북녘에서는 모든 것이 사실적이다. 무엇이든 추상적인 것은 없다. 그래서 모든 것이 전투적인 상황으로 보인다.

좀더 올라가니 가파른 산비탈에 옛날 성처럼 투박한 돌담을 높이 쌓아올린 절이 나타났다. 고구려 때 창건되었다는 법운암(法雲庵)이다. 짙은 회색 승복에 빨간 덮개를 한쪽 어깨에 걸친 스님 한분이 나와 우리를 맞았다. 1992년에 방문했던 묘향산 보현사에서는 스님을 만나지 못했는데, 이곳에서 처음 보게 되었다.

경내에는 고려시대 유적이라는 5층석탑이 법운암의 연륜을 말해주고 있었다. 뒤뜰에는 몇백년 되었다는, 천연기념물로 지

법운암에서 안내해준 스님

정된 은행나무가 우람하게 서 있었다. 이곳에도 김일성 김정일 부자의 교시표가 있었다. 북녘에는 종교의 자유가 없다고 들어왔는데, 그것도 이미 옛이야기가 되었나보다. 사찰과 문화유적들은 지극히 잘 보존되어 있었다.

스님은 나를 안내하며 산벼랑에 붙어 있는 세개의 암자를 보여주었고, 정확한 연대를 알 수 없는 돌기둥과 주춧돌에 대해서도 설명해주었다. 갖고 있던 달러로 절에 작은 시주를 한 뒤 다시 차를 타고 산 정상으로 올라갔다. 깨끗한 모습의 정자에는 독일에서 왔다는 여행객들이 그 아래 펼쳐진 장관을 내려다보며 담소를 나누고 있었다. 평양시민의 모습은 보이지 않았다.

좀더 걸어서 정상에 오르니 저 멀리 서편으로 평양시내 모습이 한눈에 들어왔다. 시내와 가까운 곳에 이런 산이 있다니, 이 또한 천혜의 복이라는 생각이 들었다. 모란봉이 서울의 남산과 같다면, 룡악산은 북한산이나 도봉산과 비슷한 느낌이었다. 정상 동쪽에 있는 바위에 서니 그 아래는 절벽이었다. 젊었을 때라면 "야호" 소리라도 질렀겠지만, 입이 열리질 않았다. 자동차 매연이 없어서인지 공기가 참 맑고 깨끗했다. 화일 동무가 '깊은 숨쉬기'를 하자고 했다. 깨끗한 평양의 공기를 깊이 들이마시고 내 속의 탁한 공기를 다 뱉어냈다.

어두워지기 전에 산에서 내려가기로 하고 가파른 돌계단을 내려가다가 그만 발을 헛디뎠다. 그때부터 화일 동무는 나를 노인 취급하며 조금이라도 위험해 보이는 길이 나오면 옆에 바짝 붙어 보호해주었다. 아니, 사내대장부가 이 여린 여인에게 보호를 받다니 도저히 자존심이 허락하지 않았지만, 한편 그 보살핌이 따뜻하게 다가왔다.

시내로 돌아오는 차에서 관절기를 기증해준 회사 사람들과 다음 수술여행에는 꼭 따라오고 싶다고 했던 수술팀 간호원들, 수술보조원들에게 줄 선물을 사야겠다고 말했더니, 개선문 근처 '월향'이라는 기념품점으로 안내했다. 임진왜란 때 순절한 평양 명기 계월향(桂月香)의 이름을 딴 것이 아닌가 하고 물었더니, 그렇다고 했다. 평양성이 함락되었을 당시, 계월향은 평소 사모하던 평안도 방어사 김응서와 모의하여 왜장 코니시 유끼나가(小西行長)의 부장 코니시 히(小西飛)를 만취케 한 뒤 주살(誅殺)했다. 이때 부상을 당한 월향은 김응서를 안전하게 탈출시키고 스스로 목숨을 끊어 남녘의 진주 명기 논개에 버금가는 애국명기로 추앙받고 있다.

진열품들을 이것저것 둘러보는데, 품목이 다양하지 않아 언뜻 마음에 드는 게 없었다. 무엇이든 북한을 기억할 만한 물건이면 좋겠다고 생각하며 민속수제품들을 둘러보는데, 색깔이 잘 조화된 꽃병과 거북상이 눈에 들어왔다. 하나를 집어들고 리동무에게 이것이 어떻겠느냐고 물었더니 좋다고 고개를 끄덕이면서 무엇으로 만들었는지 한번 자세히 들여다보라고 했다. 다시 들여다보다가 너무 놀라서 "와아!" 하고 탄성을 내지르고 말았다. 그래, 바로 이거다!

그 은은한 색깔은 쌀알같이 자잘한 여러 색깔의 소라와 조가비가 내는 것이었다. 이 작은 것들을 어떻게 이렇게 촘촘하게 박아놓았는지 절로 감탄이 튀어나왔다. 참으로 기막힌 세공품이었다. 이것이야말로 북녘에서만 구할 수 있는 게 아닌가? 구슬꽃병, 거북이, 강아지 등 세공품을 완성해내는 그 손재주와 정성은 소년학생궁전에서 양면수예를 익히던 소녀들에게서 비롯된 것이 아닐까. 세공품을 점원에게 포장하게 하는 리동무에게도 하나 선물하겠다고 했다. 그녀는 "일없이요(괜찮아요)"라고 했지만, 우겨서 가장 예쁘게 생긴 노란 강아지를 따로 싸주었다. 나는 속으로 쾌재를 부르며 이 보배 같은 선물꾸러미를 자랑스레 들고 월향에서 나왔다.

어느새 어둠이 깔리고 있었다. 차를 타고 모란이라는 식당으로 들어갔더니 매니저로 보이는 여성이 반갑게 리동무를 맞이하며 방으로 안내했다. 잘 아는 사이인 것 같았다. 손님은 별로 없었다. 5월 하순인데 평양은 더웠다. 그래서인지 맥주가 더 시원하게 느껴졌다. 마음에 드는 선물을 샀다는 흐뭇함에 화일동무가 주문해준 음식을 맛있게 먹고 마셨다. 후식을 들고 있는데, 아까 그 여성이 기타를 들고 들어와 의자에 앉더니 조국 방문을 환영하는 뜻으로 노래를 선사해드리겠다고 씩씩하게 말했다. 과연 일찍부터 남성과 동등하게 직업전선에서 일해온 북녀(北女)다웠다.

그녀는 능숙하게 기타를 치며 아일랜드 민요 「아, 목동아」를

「그리운 강남」을 불러주는 식당 매니저

멋지게 불렀다. 박수에 이어 남한노래「만남」을 부르기에 나도 따라서 흥얼거려보았다. 다음에는「번지 없는 주막」「목포의 눈물」같은 꽤 오래된 유행가들을 불렀다. 그들은 남한의 흘러간 노래들을 '계몽기가요'라고 했다. 어찌 이리 남한의 유행가를 잘 아느냐고 물었더니, 지난 10년간 빈번한 남북교류로 인해 많은 남녘동포들이 평양을 방문하면서 노래를 익히게 되었다고 했다. 그래, 동질성 회복은 이렇게 민간인들 사이에서 자연스럽게 이루어지는 것이다. 내친김에 리동무에게「그리운 강남」을 아느냐 물었더니 고개를 끄덕였다. 불러달라고 청하자, 어릴 적 고무줄하던 소녀처럼 두 여성이 함께 기타 반주에 맞춰 노래를 불렀다.

"정이월 다 가고 삼월이라네, 강남 갔던 제비가 돌아오면은 이 땅에도 또다시 봄이 온다네……"

일찍이 미국에서 유학했던 안기영(安基永)이 일제강점기에 작곡한 이 노래와 나는 남다른 인연이 있다. 이 노래는 그가 6·25전쟁때 월북한 사실 때문에 남한에서는 금지곡이 되었다가 80년대 말에야 해금되었다. 나는 이 노래를 2003년 서울에서 열린 남북통일축구대회 중계를 통해 소리꾼 장사익(張思翼)의 독특한 창법으로 다시 들을 수 있었다. 2007년 그가 로스앤젤레스에서 공연했을 때 마지막 앙코르곡으로 부른 이 노래에 3천여 관객이 열광하며 따라 불렀다. 그날 밤, 뒤풀이에서 만난 장사익에게 10여년 전 미국의 한 통일운동가에게서 들은 일화를 들려주었다.

남한 군사정권의 서슬이 시퍼렇던 1981년, 비엔나에서 열린 '조국통일에 관한 북한과 해외동포 기독자의 대화'에서 재미동포와 북녘사람들이 처음으로 만났다. 떨리고 서먹하고 어색한 분위기였다. 쎄미나를 마치고 만찬자리에서 축배를 들고 난후에도 서로 속 시원히 말문을 열지 못하고 머뭇거리고만 있었다. 그때 좌중의 한 부인이 조용히 이 노래를 부르기 시작했다. 한 사람 두 사람 따라 부르다가 합창이 되었고, 끝내는 모두 눈물을 머금고 서로를 끌어안았다고 한다. 이렇게 아리랑 노래를 부르다보면 목이 메이고, 어느새 남북의 경계가 허물어진다. 그날 밤, 나는 장사익의 소리판 공연을 본 감흥을 써서 신문에 기고했다.

"아리랑 아리랑 아라리요, 조국의 통일을 어서 이루세."

그후 6·15미주서부위원회에서는 노래의 마지막 연을 이렇게 고쳐서 '통일 아리랑'으로 불렀다. 부르다보면 늘어지고 슬퍼지는 「우리의 소원은 통일」보다 훨씬 부르기 쉽고 가슴에 와 닿는 노래다. 분위기 좋게 기타를 치며 노래 부르는 이 북한여성 또한 만경대 학생소년궁전에서 예능특기를 학습하던 시절을 보냈을 것이다. 그녀는 「김정일 장군의 노래」를 부르는 것도 잊지 않았다.

도착하자마자 시차도 아랑곳하지 않고 연거푸 수술을 하며 과로했던 모양이다. 노래에 취하고 맥주에 느슨해져서 피로감이 몰려왔던 걸까? 무슨 소리에 눈을 떠보니 옆에 앉아 있는 리 동무가 잘 주무셨느냐고 물었다. 의자에 앉은 채 40분을 잤다고 했다.

강연장을 꽉 메운 의료인들

강연을 하기로 한 일요일이 되었다. 아침식사를 하러 내려가다 승강기 안에서 서양인들을 만났다. 놀랍게도 브라질에서 온 사업가들이라고 했다. 무슨 사업인지는 알 수 없었으나, 외부세계와의 교류가 끊겼다고 알려진 지금 같은 시기에 남미사람들이 평양에 와 있다니 이런저런 사업들이 이루어지고 있는 모양이었다. 하기야 미국인의 왕래가 없다고 해서 세계 150여개국과 정상적인 외교관계를 맺고 있는 북한이 단절되었다고 생각하는 것은 오산이다. 매일 아침 식당에서는 사업차 온 것처럼 보이는 중국인들을 볼 수 있었다. 저들이 중국인이 아니라 남녘사람들이어야 하는데……

늦은 봄, 화창한 아침이었다. 병원이 가까우니 모처럼 걸어가자고 했다. 일요일이라 거리에는 사람들이 별로 없었다. 강연에 쓸 슬라이드 파일을 옆구리에 끼고 가는데 몇 걸음 앞에 인민복 차림의 한 남자가 작은 가방을 들고 걸어가고 있었다. 같이 걷던 리동무가 옆구리를 쿡 찌르며 강능수 문화상이라고 조용히 일러주었다. 문화상? 문화부 장관이란 말인가? 그렇잖아도 그 이름은 신문에서 본 기억이 있었다. 문화부 장관이 비서도 없이 혼자 걸어가는 것을 보니 의아했다.

그에게 다가가려 했더니 리동무가 만류했다. "괜찮아요" 하며 그의 옆으로 다가가 인사를 청했다. "저, 강문화상 아니십니까?" 하고 묻자, 그가 돌아서며 "예, 그런데요?" 하고 답했다. "저는 미국 로스앤젤레스에서 온 정형외과 의사 오인동입니다"라고 인사하며, 며칠 전부터 평양의학대학병원에서 인공고관절수술을 하고 있으며 오늘은 강연을 하러 가는 길이라고 했더니 매우 반가워했다. 할 수 없이 나를 따라 걷던 리동무를 그에게 소개하고, 함께 걸으면서 얘기를 나눴다.

일요일에 어딜 가시냐 물었더니, 사무실에 할 일이 좀 있어서 나가는 중이라고 했다. 말이 나온 김에 최창식 보건상을 잘 아는데 아직 못 만났다고 했더니, 그는 지금 현지지도차 원산에 나가 있다며 며칠 더 있어야 돌아올 것이라고까지 답해주었다. 그제야 최보건상이 150일 전투 지도·독려차 출장 갔다는 것을 확인할 수 있었다. "그러면 제가 못 뵙고 가게 될 터이니 만나시면 오인동이 다녀갔다고 전해달라"며 명함을 건넸다. 그는 조국에 오셔서 이런 훌륭한 일을 해주시니 고맙다는 인사를 빼놓지 않았다.

한창 대화를 나누는데 아쉽게도 병원 정문 앞에 이르렀다. 강연에 늦을 수 없어 할 수 없이 작별인사를 하고 악수를 나눴다. 저편으로 저벅저벅 혼자 걸어가고 있는 그의 등을 잠시 바라보았다. 그제야 오늘 오후 만나기로 예정된 사회과학원 학자들과 논할 국호 'Corea' 이야기, 2008년 2월에 있었던 뉴욕 필하모닉의 첫 평양공연 답례로 조선국립교향악단의 미국공연이 가능하느냐는 이야기 등, 문화상과 관련된 이야기를 더 하지 못한 것이 후회스러웠다. 그렇다고 그를 찾아가 다시 만날 수 있는 것도 아니었다. 그래서 그날 호텔로 돌아와 나의 저서 『꼬레아Corea, 코리아Korea: 서양인이 부른 우리나라 국호의 역사』(책과함께 2008)에 "강능수 문화상님, 남북을 하나로 하는 Corea. 오인동, 2009년 5월, 평양"이라고 써서 리동무에게 전해달라고 부탁했다.

병원 앞뜰에 들어서니 김희만 연구실장, 정광훈 외사지도원이 기다리고 있었다. 강연장은 문상민 병원장, 장창호 선생, 박송철 과장, 문성삼 과장과 부과장들을 비롯해 박사원생들, 간호원들로 꽉 차 있었다. 일요일임에도 불구하고 그들의 복장은 대개 정장이었다. 나는 여러분에게 편한 느낌을 주려고 일부러 티셔츠를 입고 나왔다고 강연 초두에 양해를 구했다.

1부 강연에서는 인공고관절기 고안원리에 대해 슬라이드를 보여주며 강의했다. 관절기가 왜 이렇게 고안되었는지를 설명하고, 이런 원리가 머릿속 생각에서만 나온 것이 아니라 여러 비슷비슷한 대안들을 놓고 비교·실험연구를 거쳐서 가장 좋은 대안으로 채택된 것이 제품으로 나온다는 것을 알려주었다. 인공관절기 한벌은 미국에서 5~6천달러나 되니 북녘에서 수입해서 쓰기는 쉽지 않을 것이다. 따라서 자체 개발과 제조에 힘써야 하는데, 인체에 부작용이 없는 특수합성금속과 마모가 적은 고단위 폴리에틸렌으로 만들어야 하고, 더불어 정교한 공정기술을 요한다고 설명했다. 인공위성 발사까지 하는 과학기술이라면 자체제작은 어렵지 않을 것이나, 문제는 국가에서 얼마나 지원해주느냐에 달려 있다고 덧붙였다.

시장경제체제인 남녘에서도 인공관절기를 자체생산하는 것은 쉽지 않다. 관절기에 대한 지식과 고도의 과학기술이 구비되어 있다 해도 그것만이 다는 아니다. 견본이나 실험용으로 훌륭한 관절기 한두개쯤은 만들어낼 수 있겠지만, 그것을 팔 수 있는 시장이 확보되지 않으면 어떤 기업도 생산에 투자하지 않는다. 또한 아무리 뛰어난 고안이라 해도 국제적으로 인정받기 전까지는 판매가 쉽지 않다.

반면 사회주의체제인 북한에서는 이러한 제한이 없으니 자체개발에 착수하는 데는 문제가 없겠으나, 중국처럼 개발 초기의 어려움을 거치지 않을까 걱정되었다. 1985년 중국의 대표적 의과대학병원인 뻬이징수도병원에서 강연을 한 적이 있는데,

당시 중국에서는 인공관절기를 수입해 쓰면서 많은 인민들에게 혜택을 주기 위해 자체제작을 시도하고 있었다. 하지만 개발 초기의 어려움은 90년대까지 이어졌다. 이러한 초기단계의 실수는 인공관절기 개발의 원조국인 영국에서 처음 일어났다. 인공관절기 최초고안으로 영국왕실로부터 작위까지 받은 존 찬리(John Charnley)가 처음 사용했던 플라스틱 제품은 마모가 심해서 많은 환자들이 재수술을 받아야 했던 것이다.

2부 강연에서는 이렇게 고안된 관절기를 가지고 어떻게 수술할 것인지를 보여주었다. 특히 지난 며칠간 우리가 함께 집도했던 수술을 돌아보며, 부족한 조건에서 가장 이상적인 수술을 할 수는 없지만 원칙에 가까이 가려는 노력을 꾸준히 기울여야 한다는 점을 역설했다. 특히 간호원들의 역할에 대해 강조했다. 수술은 완전한 팀워크다.

인공고관절수술은 뼈에 고정된 관절기가 몸무게의 3~5배나 되는 하중을 받으면서 1년에 평균 1백만번 정도의 걸음을 걸어도 헐거워지지 않고 수십년을 견디게 하는 일이니, 힘들더라도 보람찬 작업이라는 자부심을 가져야 한다는 말로 강연을 끝냈다. 모두 열심히 경청했다. 질문·토론시간이 이어졌으나, 역시나 장내는 잠잠했다. 부과장급 한두명만이 질문했을 뿐이다. 이런 점에서는 남과 북이 어쩌면 그리 똑같은지 모르겠다. 우리 겨레 특유의 겸양의 미덕인가? 미국에서처럼 강연자와 청중이 문답을 주고받는 생동감있는 토론은 없었지만, 그러나 나는 여러번의 경험에 의해 알 수 있었다. 모두들 깊이 새겨듣고 보았다는 것을.

사회과학자들과 논한 통일국호 Corea

　강연을 마치고 호텔로 돌아오니 사회과학원 학자들이 이미
와 있었다. 호텔 2층 면담실에서 언어학연구소 문영호 소장, 리
영호 연구사, 역사연구소의 위광남 연구사와 인사를 나눴다. 그
들은 2003년 서울에서 열린 3·1민족대회 때 임헌영(任軒永) 교
수가 주관한 남북공동학술토론회에 참여해 영문국호 Korea에
대한 일본의 역사왜곡 진상을 밝히고, Corea 연구에 대해 발표
토론한 북녘의 대표학자들이다. 겸손해 보이는 이 학자들과 만
나게 된 것은 로마자 국호 Corea를 함께 논하기 위해서였다.

　2008년 여름, 지난 6년간의 고달프면서도 즐거웠던 역사탐
구의 결과물을 모아 『꼬레아, 코리아: 서양인이 부른 우리나라
국호의 역사』라는 역사서를 서울에서 출간했다. 그동안 써온

수많은 의학논문과 저서가 아니라 인문역사서를 출간했다는 사실이 나에겐 여간 대견하고 기쁜 일이 아니었다. 뿐만 아니라 그 책은 그해 문화체육관광부가 선정한 역사분야 우수도서로 뽑히는 영예까지 누렸다.

역사학자가 아닌 내가 로마자 국호를 연구하게 된 계기는 당연히 92년의 첫 평양 방문이었다. 그때 평양에서 인공고관절수술 강연을 하고 북녘을 돌아본 뒤 우리 동포가 왜 이렇게 나뉘어 살아야 하는지 좀더 심각하게 고민하게 되었다. 그리고 조국의 근현대사를 다시 공부하면서 여러 통일쎄미나에 참석해 글을 쓰고 발표도 했다. 1998년 Korea-2000 위원들이 마련한 통일정책건의서를 남과 북에 전달했을 때도 통일로 가는 과정에서 남북이 함께 써야 할 국호, 국기, 국가(國歌)에 대해 쓴 글이 포함된 나의 논문집을 함께 건넸다.

당시는 남과 북이 그때까지 써온 대로 'Korea'를 쓰자고 제안했는데, 2002년 월드컵 때 온 경기장에 물결치던 'Corea'를 보고는 번뜩 우리의 통일국호는 Korea가 아니라 원래의 이름인 Corea여야 한다고 생각하게 되었다. 그때부터 Corea 연구가 시작된 셈이다. 남녘 역사학계의 논문이나 서적을 찾아보면서 이 분야에 대한 체계적인 연구가 없다는 것을 알게 된 뒤로는 더욱 연구에 박차를 가했고, 초기 연구결과를 정리해 2003년 4월 독일 베를린에서 열린 세계한민족포럼에서 발표했다. 그뒤에도 여러 쎄미나에서 Corea 연구논문을 발표했고, 첫번째 논문은 『신동아』 2003년 11월호에 실리기도 했다. 그리고 「통일국호는 'Corea'로」라는 논문이 『역사비평』 2003년 겨울 호에 실렸고, 이 주제를 좀더 심도 깊게 연구한 논문 「초기 서 양지도와 문헌에 나타난 우리나라 표시와 표기」가 『내일을여 는역사』 2004년 겨울호 등에 발표되었다.

연구과정에서 마주친 논문들 중에는 북녘의 학자와 연구사 들의 것도 다수 있었다. 『꼬레아, 코리아』를 쓸 때 나는 그들의 가치있는 연구논문을 여럿 인용했다. 책은 출판된 지 3개월 만 에 2쇄를 찍게 되었고, 그 직후인 2008년 10월 워싱턴에서 열 린 6·15해외동포대회에서 관련내용을 발표하게 되었다. 회의 가 끝난 뒤 각국에서 온 해외동포 대표들과 함께 뉴욕으로 가 서 신선호 유엔 주재 북한대사를 방문했다. 그때 『꼬레아, 코리 아』 몇권을 건네며 논문을 인용한 북녘학자들에게 전해달라고 부탁했는데, 책을 받아본 분들이 오늘 나를 만나러 온 것이다.

서로 간단한 소개를 마치자 문영호 소장이 책을 받아보기 전 부터 이미 나를 알고 있었다고 말했다. 2003년 8월 김일성종합 대학에서 열린 남북공동학술대회 때 남측 강만길(姜萬吉) 대표 가 건네준 내 논문을 보았다는 것이다. 그때도 놀랐는데, 유엔 대사관에서 내 책을 보내주어 또 한번 놀랐다고 한다. 그런데 이번에는 정형외과 의사로 인공고관절수술을 하러 왔다고 해 서 도대체 어떤 분인지 궁금했다며 과찬을 해주었다. 처음 만 나는 사이지만 이미 논문을 통해 서로 알고 있었기에 어색함

없이 곧바로 국호문제에 대해 대화를 나누었다.

로마자 국호에 관한 북녘학자들의 연구는 주로 1900년대 전후, 조선을 병탄하려던 일본의 의도를 여러 외교문건을 통해 상세하게 밝히는 데 집중되어 있다. 하지만 'Corea'의 연원과 'Korea'로 변천된 과정을 이미 살펴본 나의 관심은 그 어원에 가 있었다. Corea는 물론 고려(高麗)에서 비롯되었지만, 당시 고려사람들이 '高麗'를 어떻게 발음했는가에 대한 의문은 아직 풀리지 않고 있다. 서양문헌에도 Corea뿐 아니라 Cory, Gory, Corie, Core 등으로 표기한 경우가 발견되었다. 그래서 나는 먼저 고려사람들이 '高麗'를 '고리'로 발음했다는 남녘의 고구려학자 서길수의 주장을 함께 연구해보자고 제안했다.

북한의 대표급 언어학자인 문소장은 음운학적으로 볼 때 딱히 '고려'라고 발음하지는 않았을 것이라는 견해를 밝혔다. 우리가 말하는 '고려'가 당시 '고리'로 발음되었다는 주장을 증명해낸다면, 이것이야말로 대단한 연구업적으로 남을 것이며 한글로 '고려'라고 표기하고 있는 역사교과서도 이를 바로잡아야 할 것이다. 'Corea'의 우리말 이름에 대해서도 신중한 연구가 필요하다는 데 우리는 공감했다.

위광남, 리영호 연구사는 국호문제 연구를 계속하고 있다며 아직 발표되지 않은 새 논문 초안을 보여주기에 한부 달라고 했다. 북의 역사연구소와 언어학연구소에서는 다양한 연구들을 진행하고 있었다. 정치문제로 남북관계가 어렵긴 하지만 학문적 교류는 계속 이어져야 한다는 데 뜻을 모았다. 또한 문소장은 남녘 언어학자들과 함께 연구해온 『겨레말 큰사전』을 2013년에 발간할 예정이라는 가슴 벅찬 얘기도 들려주었다. 경색된 관계로 인해 인문학 교류가 어려워지는 것은 민족문화의 발굴과 창달에 역행하는 일이다. 겨레가 힘을 합해 분단국의 멍에를 벗고 문화강국을 향해 매진해야 할 때가 아닌가?

정치적인 문제는 일절 나오지도 꺼내지도 않았다. 나는 남북이 통일로 가는 과정에서 'Corea'를 국호로 쓰는 것에 대한 그들의 견해를 물었다. 그들 역시 외세의 침탈과 분단, 대립으로 얼룩진 치욕의 과거를 청산하고, 21세기에는 수백년 동안 우리 역사 속에서 쓰였던 국호 Corea를 되찾아 통일국호로 쓰는 데 동의한다고 했다. 우리 모두 학문적 근거를 함께 마련해나갈 것을 다짐했다. 끝으로 북한이 주장하면 남한의 보수세력이 무조건 반대하기 때문에 북이 먼저 나서서 Corea를 쓰자고 주장하는 것은 삼가해주었으면 한다는 옹졸한 부탁도 덧붙였다. 내 말뜻을 아는 그들은 잔잔한 미소로 수긍했다.

여기서 우리는 일단의 논의를 마쳤다. 나는 호텔 꼭대기 회전전망식당에 올라가 맥주를 마시며 얘기를 더 나누자고 청했으나, 그들은 사양했다. 모처럼의 주말 오후를 나와 함께 보낸 그들이었다. 아쉽지만 마지막으로 리동무의 카메라 앞에 섰다. 작별의 악수를 나누며 나는 특히 위광남, 리성호 두 젊은 연구사의 손을 굳게 잡고 격려했다.

그들을 떠나보내고 리화일 동무와 함께 회전전망식당의 창 앞에 앉았다. 손님은 한명도 없었다. 17년 전 바로 이곳에서 「우리의 소원은 통일」이 흘러나오는 것을 듣고는 화들짝 놀라 뒤돌아보았던 기억이 떠올랐다. 우리 민족 모두가 원하는 통일을 노래한 곡인데 북에서 작곡했든 남에서 했든 그게 무슨 상관이냐고 천연덕스럽게 대답하던 리정호 동무도 생각났다. 남녘이 형편없다고 무시하는 북녘은 오히려 대범하고, 남녘은 더 자신없고 옹졸한 이유는 무엇일까? 좀전에 문소장에게 통일국호로 'Corea'를 쓰자는 주장을 북이 먼저 꺼내지 말아달라고 부탁한 나 자신이 초라하게 느껴졌다. 이것이 다 어처구니없는 분단의 모순이 아니겠는가.

리동무는 눈앞에 보이는 여러 건축물들을 하나하나 설명해주었다. 뉴욕 필하모닉이 공연한 동평양대극장, 조국통일 3대 헌장기념탑, 우리가 올랐던 룡악산, 여러번 지나치면서도 한번도 들어가보지 못한 인민대학습당, 이제는 정들어버린 평양의학대학병원, 남북교류가 활성화되어 왕래가 빈번해지길 기다리고 있는 평양역, 그 너머 만경대 학생소년궁전, 북쪽으로 모습을 드러낸 류경호텔…… 그 사이로 평양의 낙조가 펼쳐지고 있었다.

손가락 걸고 약속한 재회

　수술은 매일 계속되었다. 수술을 마치면 진료실에 둘러앉아 점심을 먹으며 수술에 관한 이야기를 나눴다. 점심메뉴로는 두세가지의 속이 들어간 조촐한 김밥이 나왔다. 로스앤젤레스에서 먹던 김밥은 갖가지 속이 너무 푸짐해서 흰밥이 잘 보이지 않을 정도였다. 그러나 손님이라고 해서 여기서 늘상 먹는 것 이상으로 대접받고 싶은 생각은 없다. 남북 할 것 없이 우리 모두 어려운 시절을 지내왔으니 부끄러워할 것도 없다. 있는 그대로가 좋다.

　내친김에 얘기하지만, 가끔 텔레비전이나 사진에서 남북고위급회담 때 북이 내오는 식탁을 보면 마음이 편치 않다. 손님에게 최고의 대접을 하려는 성의는 이해하지만 과유불급이라

하지 않는가. 북녘관리들이 너나 할 것 없이 그을린 얼굴에 검소한 인민복 차림으로 일하는 것처럼 대접도 있는 그대로 했으면 좋겠다. 동포 사이에 일부러 꾸밀 필요가 뭐 있겠는가. 너무나 잘 차려진 식탁을 보면 어렵다는 인민들 생각부터 떠오른다. 특히 프랑스 포도주를 내놓고 우리와 별로 어울리지도 않는 커다란 잔을 기울이는 모습을 보면 인민들은 굶고 있다는데 이게 무슨 꼴인가, 차라리 북녘의 명주라는 들쭉술을 자그마한 잔으로 드는 모습이었다면 얼마나 좋을까 하는 생각이 든다.

평소의 식단과 달리 오늘은 커다란 가물치 한마리가 통째로 올라왔다. 이미 벗겨놓은 껍질 아래 가지런히 놓인 하얀 회가 입에 딱 붙었다. 내일 마지막 수술을 하는 날이어서 그런지 식단이 유난했다. 녹색, 파란색, 노란색의 삶은 꿩알에다 돼지족발, 특이하게 요리한 명태볶음, 송이버섯과 이름 모를 나물들이며 떡과 과일, 내가 좋아하는 오리고기…… 모두 우리의 전통 음식이었다. 나를 배려해서 후식으로 서양과자도 푸짐하게 내왔으나 별로 입에 대지 않았다. 대신 사과를 집었는데, 비료 맛을 보지 못해서인지 조그마한 게 팍팍하기만 했다. 마치 북녘의 현실을 되씹는 것 같아 더 열심히 먹었다. 평양냉면은 언제나처럼 나왔다. 그 감칠맛을 어디다 견줄꼬?

두번째 수술은 예상보다 훨씬 오래 걸렸다. 수술에는 매번 다른 부과장과 의사들이 들어왔다. 북녘 정형외과계를 이끌고 갈 다음세대들을 고르게 동참시키려는 과장선생들의 배려이리

라. 우성훈, 정영호, 장별, 김건영, 박호남, 문영일······ 그 이름을 다 기억하지는 못하지만 진심으로 그들의 분발을 기대한다.

큰 수술을 마친 뒤라 다시 진료실에 둘러앉아 '대동강맥주'를 마시며 지난번에 못다 들은 동유럽 유학 이야기를 들었다. 언어의 장벽과 문화의 차이로 힘들었는데 지금 같은 말 같은 정서를 지닌 동포에게서 배우고 또 함께 격의없이 수술하는 것이 꿈만 같다고 했다. 대화가 무르익는 가운데, 갑자기 박송철 과장이 덥석 내 손을 잡더니 손가락을 걸고 꼭 다시 온다는 약속을 하자고 했다. 순간 이게 무슨 소린가 했더니, 모두들 그러라고 손뼉을 쳤다. 앞으로 또 와주셔야 한다는, 가슴 뭉클한 제안이었다. 박과장과 새끼손가락을 걸고 엄지를 마주치는데 카메라가 연방 찰칵거렸다. 눈시울마저 젖어오는 평양의대병원 외상진료실의 저녁이었다.

평양으로 오기 전, 주위사람들은 내가 수술할 환자들이 도대체 어떤 사람들일지 궁금해했다. 그들은 김대중 전 대통령의 인공고관절수술이 불발된 사연도 다 아는 터라, 북녘에서 수술할 환자도 분명 고위직일 것이라고 상상했다. 나도 궁금하긴 했다. 병원에 도착한 첫날 엑스레이 필름을 보며 수술을 결정한 환자들은 모두 남성이었다. 예전에 대사관 직원이 자문을 청해온 환자는 70대 여성이었는데, 평양에 와서 수술한 환자 중에 여성은 없었다.

이곳에서 수술한 환자들은 비교적 젊고 건장해 보이는 40,

50, 60대였다. 나이 들어 생기는 퇴행성관절염보다는 외상성관절염이 많았고, 대부분 재수술이었다. 걸을 수 없는 고통을 받고 있는 이들이 누구인지 궁금했으나, 나는 묻지 않았다. 그들도 환자들의 신분을 정확하게 말해주지는 않았지만, 그렇다고 숨기려 하지도 않았다. 여러 계층의 근로인민들이라고만 했다. 고통받는 환자를 치료하고 최신 수술기법을 전수하러 온 나에게는 그들이 누구인지 알 필요도 없었고 중요하지도 않았다. 그저 북녘의사들과 함께 어려운 수술을 하며 결과가 좋기만을 바랄 뿐이었다.

이별이 가까워졌음을 아는 우리는 서로 깊은 이야기를 나누느라 시간 가는 줄도 몰랐다. 밖으로 나오니 어느새 어두컴컴해져 있었다. 리동무가 이끄는 대로 리규섭 과장과 함께 차에 올랐더니, 대동강과 보통강이 만나는 곳이라는 양강호텔 근처 '소나무동산'에 내려주었다. 밤바람이 시원했다. 야트막한 소나무숲을 걸어가니 반듯한 콘크리트 터가 나왔다. 무엇을 하는 곳이냐고 물었더니 잠깐 기다리라고 했다. 그때 첫날 밤 환영만찬을 베풀어주었던 홍종휘 사업국장이 나타났다. 그제야 여기가 조개구이를 먹는 곳임을 알게 되었다.

일전에 박송철 과장이 다음에 오면 서해안가에 가서 물에 적신 가마니 위에 대합조개를 가득 엎어놓고 조개구이 잔치를 벌여주겠다고 했는데, 오늘 그 야외별식을 맛보게 해주려는 모양이었다. 오늘 밤이 아니면 조개구이 먹을 시간이 없다는 것을

콘크리트 터에서 먹은 조개구이

아는 리동무가 마련해준 자리였다.

터 가운데 한자 정도 높이의 콘크리트 대가 있는데, 접대원이 물에 젖은 포대를 깔더니 그 위에 대합조개를 빼곡히 엎어 놓았다. 우리 넷은 가운데에 조개구이를 두고 통나무의자에 둘러앉았다. 접대원이 조개들 위로 깡통에 든 휘발유를 뿌리고 불을 붙였다. 모닥불처럼 조개 위로 불꽃이 피어올랐다. 불이 사그라들라 치면 기술적으로 휘발유를 뿌리면서 조개를 구웠다. 생전처음 보는 조개구이였다. 잘 익은 조개에서는 휘발유 냄새가 전혀 나지 않았다. 야외에서 먹는 따끈한 조개구이에 어찌 소주가 빠질쏘냐?

홍국장은 이번 수술여행에 감사를 표하고 작별인사를 전하

러 왔다고 했다. 의사선생들이 너무나 좋아한다면서, 대접은 변
변치 못했으나 조국을 위해 많이 도와달라고 했다. 그 또한 나
에게 꼭 다시 찾아주어야 한다고 말했다. 진정한 대접은 물질
적으로 하는 것이 아니라, 이처럼 끈끈한 인간애로 하는 것이
다. 남북관계가 어려워진 때일수록 해외동포들의 조국 방문이
늘어나야 한다. 북녘은 지금 모든 분야에서 교류를 필요로 하
고 있다.

　과학기술만을 얘기하는 것이 아니다. 마음만 있다면 어떤 것
이든 도움을 줄 수 있다. 조금이라도 생각이 있는 분에게는 주
저 말고 나서라고 권하고 싶다. 같은 동포끼리 베푸는 나눔의
보람에 젖어보시라. 사람 사이의 깊은 정에 흠뻑 빠져보시라.
여기에 이념과 사상이 끼어들 틈은 없다. 그들이 우리고 우리
가 곧 그들이다. 초여름, 대동강에서 불어오는 시원한 바람을
맞으며 느낀 숨김없는 마음이다.

인민대학습당을 둘러보다

내일이면 미국으로 떠난다. 마지막 수술은 까다로운 재수술이 아니라 전형적인 퇴행성관절염 환자를 치료하는 평이한 수술이었다. 문상민 원장의 심려 깊은 배려이리라. 지난 며칠간 이곳 의사들과 진행했던 수술들을 총정리하는 기분으로 깔끔하고 기분좋게 마지막 수술을 마쳤다. 내일 떠나면 환자들의 재활치료는 이곳 선생들이 맡게 된다. 뒤치다꺼리를 맡기고 떠나는 것이 미안했지만, 한편 어려운 여건에서도 환자들을 치료하는 이곳 의사들의 실력을 보았으니 그들 방식대로 잘해내리라는 믿음에 마음이 편해지기도 했다. 내일 아침에 병원 회의실에서 송별의 자리가 있다는 얘기를 듣고 병원을 나섰다.

오늘 저녁에는 박철 참사가 와서 해외동포원호위원회 김관기 국장의 만찬에 동반하기로 되어 있단다. 리화일 동무는 그 자리에 가지 않는다고 했다. 김관기라면 그 이름이 낯설지 않다. 나와 인연이 깊은 한반도통일연구회에서 개최한 1996년 런던 조국통일국제토론회에 박동근 교수 등과 함께 참석한 젊은 학자다. 나는 미처 참석하지 못했지만, 북한학자들이 최초로 참여한 통일토론회 자리에서 그는 논리정연하면서도 철학적인 발제와 토론으로 인기가 (특히 여성들에게) 높았다고 들었다.

첫날 리동무가 평양에서 보고 싶은 것들을 물었을 때 답한 것은 김일성종합대학, 인민대학습당과 조선국립교향악단 공연 등이었다. 1990년대에 LA 필하모닉 이사로 재직하며 세계적인 지휘자 에사페카 쌀로넨(Esa-Pekka Salonen)과 일한 경험도 있는 나는 북녘 교향악단에 관심이 많았다. 특히 북미관계의 발전을 위해서도 뉴욕 필하모닉의 평양공연에 이어 조선교향악단의 미국공연이 이루어져야 한다고 생각했다.

언젠가 그들이 미국에서 공연을 하게 되면, 뉴욕이나 워싱턴 뿐만이 아니라 세계에서 가장 많은 해외동포가 살고 있는 나의 도시 로스앤젤레스에서도 공연을 주선하고 싶다. 세계 음악인들이 꿈꾸는 공연장 월트디즈니홀에서 조선국립교향악단이 미국인과 한인동포 앞에서 음악을 들려준다면 얼마나 좋을까. 하지만 아쉽게도 이번 방문기간에는 공연이 없다고 했다. 대신 리동무의 모교인 김일성대학을 보자고 했다.

커다란 석조정문 위에 '김일성종합대학'이라고 흘려쓴 금색 글씨가 뚜렷하게 새겨져 있었다. 정문 저 멀리 보이는 동산에 우뚝 선 건물이 본관이라고 했다. 대학 안을 보기 위해서는 미리 허가를 받아야 한다는데, 지금은 그럴 시간이 없었다. 마침 학생들이 정문 안으로 들어가고 있었다. 모두들 검은 바지, 흰 셔츠에 타이를 맨 교복 차림이었다. 모표가 달린 검은색 교모도 쓰고 있었다. 여학생들은 검은 치마에 흰 블라우스를 입고 있었다. 남한에서는 이미 오래전에 사라진 교복이다. 해맑아 보이는 한 학생에게 함께 사진을 찍자고 권했다. 이 학생도 장래 나라의 큰 일꾼이 되겠지 생각하며 리동무의 카메라 앞에 나란히 섰다. 다음에는 꼭 교정 안을 살펴보리라.

종합대학에서 차를 돌려 인민대학습당으로 가는데 차가 도로 중간에 멈춰섰다. 사고가 났나 하고 앞을 보았더니 사고가 아니라 차들이 밀려 정체된 것이었다. 평양에도 이젠 이만큼 교통량이 늘었는가보다. 인민대학습당 입구에 들어서니 김승기 대외사업실장과 정대인 안내원이 나와 있었다. 밖에서 본 건물의 웅장한 규모만큼이나 내부 또한 넓고 높았다. 안은 온통 그들이 자랑하는 북녘의 대리석으로 장식되어 있었다. 그들은 나를 안내해주며 인민대학습당은 '온 사회 인텔리화의 중심기지, 근로자들의 통신종합대학, 전인민 학습의 대전당'이라고 간결하게 정의해주었다.

미국이나 남한의 도서관 개념과는 다르기에 이름을 인민대학습당(Grand People's Study House)이라고 붙인 모양이다. 실제

김일성종합대학 앞에서 한 학생과 함께

로 이곳에서는 학습과 강의가 정기적으로 이루어졌고, 질문이
나 토론에 답해주기 위해 전문가가 항상 대기하고 있었다. 앉
은 사람의 눈높이에 맞게 경사면을 조절할 수 있는 도서열람실
의 책상도 자랑스럽게 보여주었다. 해외동포들과 외국인들이
기증한 도서는 귀중히 보관하고 있었고, 그 목록이 잘 정리되
어 있었다.

그러나 2003년에 내가 기증한 도서는 여기 없었다. 정형외과
연구활동을 접고 난 뒤 지난 30여년간 모아온 관련 학술도서 1
천권을 '우리민족서로돕기운동' 해외본부를 통해 장창호 평양
의학대학 연구실장에게 보내달라고 기증했는데, 평양의학대학
에도 인민대학습당에도 전달되지 않은 모양이었다. 북녘 땅에

도착하기는 한 것일까. 1992년 방문 때 기증한 인공고관절기와 교재 또한 인민대학습당에 진열한다고 들었는데 없는 것을 보니, 일상 속에서 수술지침서와 관절기 자체제작 모델로 쓰였던 모양이다.

열람실 외에도 강의실, 문답실, 음악감상실, 새 기술을 가르치는 통보실 등 수백개의 방이 있었다. 외국문서 번역과 인터넷─이곳에서는 정보망 봉사라고 부른다─, 노동현장에서의 현장강의까지, 진정 전인민의 학습 대전당이었다. 모든 정보는 전산화되어 있었고, 외국어학습실과 컴퓨터학습실을 갖추어 외부세계와 발 맞추려는 노력이 인상 깊었다. 각 방마다 열심히 공부하는 학생과 인민들의 열기가 뜨거웠다.

6층으로 올라가자 김승기 실장이 나를 밖으로 안내했다. 테라스에 나와보니 그 풍경이 장관이었다. 김일성광장이 푸른 대동강을 사이에 두고 드높이 솟은 주체사상탑과 마주 보고 있었다. 광장 왼쪽에는 조선중앙력사박물관이, 오른쪽에는 조선미술박물관이 자리잡고 있었다. 사진과 텔레비전에서 보았던 대규모 열병식이나 군중대회의 모습이 떠올랐다. 광장에서 올려다보면 크고 작은 청록색 전통기와지붕이 층층이 올라가는 모습을 잘 볼 수 있는 이 10층짜리 인민대학습당은 여러 건축예술가들의 예지를 모아 이루어낸 기념비적 산물이라고 했다.

전쟁으로 납작하게 파괴된 잿더미 위에 새로운 혁명의 도시 평양을 일으켜세울 때 거리와 살림집, 공공건물들이 하나 둘씩 들어섰지만, 옛 남산재언덕은 빈 채로 남겨두었다고 한다. 드디어 새 도시 평양이 거의 완성되어갈 때쯤, 마지막 남은 금싸라기 같은 이 언덕에 '위대한 지도자 김일성 수령'의 교시에 따라 세워진 건축물이 바로 이 인민대학습당이라고 안내원은 설명했다. 아닌게 아니라 1982년에 문을 연 학습당은 남북 통틀어 가장 큰 '조선식 전통건물'이라고 한다. 그렇게 보면 인민대학습당뿐만 아니라 평양이라는 도시 자체가 폐허 위에 건축예술가들의 꿈을 마음껏 펼쳐본 예술작품이 아니겠는가?

세계 여러 나라를 돌아보았을 때, 대개 커다란 중앙광장은 왕궁이나 정부중앙청사, 혹은 의사당 앞에 있었다. 그런데 이런 통념을 깨고 광장 위에 인민들의 배움터요, 문화의 전당인 학습당이 자리하고 있다는 것이 매우 특이하고 의미있는 기획이라고 생각했다. 이런 생각을 말했더니 김실장과 정안내원은 처음 듣는 이야기라고 했다.

어느 초대소에서 나눈 대화

떠나오기 전, 재미동포사회에서는 김정일 위원장의 건강이 악화되어 셋째아들을 3대 후계자로 내정해놓고 체제결속을 위해 핵실험과 인공위성 발사 등의 강수를 쓰고 있다는 기사가 판을 치고 있었다. 하지만 막상 평양에 와보니 후계자 이야기는 전혀 듣지 못했다. 외래의사 앞이라 아무도 이런 이야기를 꺼내지 않는 것일까. 나도 굳이 물어보지 않았다. 내가 보기에 평양은 미국이 주도하는 새로운 봉쇄·고립정책에 맞서 작심하고 자급자족·자력갱생 전투에 돌입한 상태였다. 정전 이래, 특히 동유럽 공산권의 붕괴 이후 단 하루의 영일(寧日)도 없이 홀로 오뚝 서서 외롭게 지속해온 전투였다.

반면 미국발 경제위기로 인해 남한을 비롯한 자본주의국가들이 마이너스 경제성장의 늪에 빠져 있는 이때, 자본주의체제에서 격리된 북한은 도리어 전보다 나은 경제성장지표를 보였다는 남녘신문들의 기사도 보고 온 참이었다. 남한과 비교할 수 없을 만큼 작은 경제규모지만, 그래도 플러스 성장을 보인다니 다행이 아닌가? 6·15선언 정신과 10·4선언 합의가 제대로 실행되고 있었다면 이명박정부의 경제지표도 좀더 나았을지 모른다.

　나날이 악화되어가는 남북관계를 지켜보며 나와 6·15공동위 미국위원회 위원들은 금년 1월 말, 새롭게 출범한 오바마정부가 북한과 외교정상화를 이루도록 나서기로 뜻을 모았다. 그래서 미국의 국익과 한반도의 평화를 위해 취해야 할 새로운 한반도정책을 건의하는 'New Korea Policy'를 작성해서, 지난 3월 초 워싱턴의 국무부와 상·하원 외교위원회를 방문하고 건의서를 전달했다. 북미대화가 시작되면 자연스럽게 남북간 대화도 뒤따르리라는 기대에서였다.

　남북간의 대화가 끊긴 상태에서 북미관계가 진전된다면 남녘의 수구보수층은 어떤 반응을 보일까? 미국을 따라 대북대결정책을 중지하고 대화를 추구할 것인가, 아니면 미국이 동맹국을 배신했다고 반미데모라도 벌일 것인가. 어느 쪽이든 북미관계의 개선은 조국의 장래를 위해 좋은 일이라는 생각이 들었다.

　학습당을 나와 호텔로 돌아오니, 키가 훤칠한 장년의 박철 참사가 기다리고 있었다. 방에 들어가 그동안 발표해온 글과 논문들을 들고 나왔고, 우리는 벤츠를 타고 어딘가로 이동했다. 지금까지 만나온 북녘사람들이 모두 그랬듯 박참사도 온화한 인상에 조용하고 겸손한 사람이었다. 그동안 이곳에서 위세를 떨거나 적대적인 인상을 가진 사람은 본 적이 없었다. 평양외국어대학에서 언어학을 공부했다기에, 미국의 촘스키(A. N. Chomsky)를 예로 들며 왜 언어학자들 중에는 세계 문명사를 논하는 사람이 많은지 물어보았다. 그러자 촘스키의 이론과 내가 알지 못하는 언어학자들의 학설까지 설명하는데, 그 지식이 너무 깊어 이해할 수가 없었다. 북한이라고 이처럼 세계학계와 정세에 해박한 인텔리들이 왜 없겠는가.

슬쩍 화제를 돌려 같은 대학 출신인 리정호 동무 이야기를 꺼냈지만 별 반응이 없었다. 이게 평양이다. 대신 해외동포원호위원회에서 자기가 모시고 있는 김관기 국장은 김일성종합대학 인문학부 출신임을 알려주었다.

어느덧 목적지에 도착한 듯 차가 건물 안으로 들어섰다. 승강기 앞에서 여성안내원들이 반갑게 인사했고, 한참을 올라가서 내리니 역시 여성접대원들이 따뜻한 미소로 반겨주었다. 박참사가 안내하는 방으로 들어서니 중키의 남자가 가까이 다가와 김관기라고 인사했다. 커다란 방에 단 세명이서 탁자를 앞에 놓고 멀리 마주 앉았다. 이것이 북한식 대담자리다.

의례적인 인사와 감사의 말을 주고받은 뒤, 나는 96년 런던 통일토론회에 참석한 미국인사들을 통해 김국장의 이야기를

들었다고 했다. 이어 1998년 두번째 방문에서 런던 토론회에
김국장과 함께 참석했던 박동근 조국통일연구원 실장과 하루
종일 함께 지낸 이야기며, 해외동포원호위원회의 전임자인 최
승철 부국장, 신병철 국장에게 통일정책건의서를 건넨 이야기,
2006년 6·15기념 민족통일축전에서 8년 만에 최승철 부국장과
재회한 이야기도 해주었다. 그러나 최근 남한에서 좋지 않은
소문이 무성한 최승철 부위원장의 근황을 먼저 묻지는 않았다.
최창식 보건상을 못 만나고 내일 떠나니 대신 안부를 전해달라
고 부탁했다. 김국장 또한 「6·15 Corea통신」과 여러 글들을 통
해 이미 나를 잘 알고 있었다고 했다.

만나자마자 쉽고 편안하게 이야기가 이어졌다. 이렇게 친근
한 분위기가 조성되는 것은 그동안 내가 써온 글들과 통일 관
련 토론회에 참석하며 맺어진 많은 사람들과의 인연 때문이라
고 생각한다. 대화를 이어나가는 나에 비해 매우 조용하고 침착
하게 경청하는 김국장의 모습은 그의 외유내강성을 짐작게 했
다. 그가 식사를 하며 대화를 이어가자고 해서 옆방에 준비된
식탁으로 옮겨 반가운 만남의 건배를 들었다. 아까 문 앞에서
반기던 접대원들이 식사를 거들어주었다. 모란꽃 모양으로 솜
씨 좋게 접힌 냅킨이 놓여 있는 상을 보니, 북한의 명주를 비롯
해 다양하면서도 정갈한 식단이 지나치지 않아 좋았다.

김국장은 원래 이 자리에 6·15공동위 북측위원회도 나오려
했으나, 현재 해외측위원회가 겪고 있는 분열문제 때문에 적절

치 못하다는 판단이 들어 나오지 않았다고 했다. 그럴수록 만나서 대화를 통해 문제를 해결해야 하지 않겠는가? 6·15공동위는 남측, 북측, 해외측으로 구성되어 있는데, 남과 북의 다리혹은 중재자가 되어야 할 해외측이 제 역할을 하지 못하고 있다. 더군다나 요즘처럼 남북관계가 경색된 상황에서는 해외측이 능동적으로 나서야 할 텐데 답답한 노릇이다.

나는 재미동포들이 미국 조야(朝野)에 영향력을 행사하며 한반도문제의 본질을 인식시키고, 특히 미국인들이 북한에 대한잘못된 고정관념에서 벗어나도록 노력하고 있다는 점을 강조했다. 미국이 스스로 만든 북한이라는 '악마'에 희생되고 있음을 깨달아야 관계정상화의 실마리가 풀릴 것이다. 그러한 노력의 일환으로 미국 대통령선거 막바지인 2008년 10월, 워싱턴6·15해외동포대회에 오바마 선거대책반의 한반도정책팀장 자누지(F. Jannuzi)를 초청해 토론하고, 뉴욕의 김용환 변호사와 함께 미국 유수의 동북아안보논단인 『노틸러스』에 새로운 한반도정책에 관한 논문을 기고한 이야기를 전했다. 박참사도 그논문을 읽었다고 했다.

6·15공동위 미국위원회의 이러한 활동은 전쟁과 분단을 몸으로 겪은 이민 1세대 'Korean American'들의 생각을 미국사회에 부각시키기 위함이었다. 6·15공동위가 조직되기 전인 클린턴정부 시절부터 Korea-2000 연구위원들은 미국무부에 새로운 정책을 건의하거나 신문에 글을 기고하는 등 각고의 노력

을 기울여왔다. 결과는 우리 기대에 전혀 미치지 못했다. 그러나 김국장은 "여러분들의 그러한 노력이 모이고 쌓여서 미국의 조선반도 정책에 반영되는 것이 아니겠느냐"며 격려해주었다.

북한에 대한 비판도 서슴지 않았다. 1994년 제네바 북미기본합의나 6자회담 9·19공동성명의 합의사항이 지켜지지 않았을 때, 미국을 비롯한 서방세계에서는 대개 북한이 먼저 합의를 위반한 것으로 보도했다. 미국의 몇몇 양심적인 한반도 전문가들이 논단에 글을 기고해서 사실관계를 정정하기도 했지만, 미국이나 남녘의 일부 언론은 북한을 절대악으로 몰아갔다. 이런 상황에서 북한은 매우 강경한 성명서로 반박했지만, 그런 메씨지는 오히려 북의 상투적인 선전공세로 매도되고 말았다. 그래서 나는 북녘 정부기관의 성명서도 중요하지만, 왜 북녘의 학자나 연구사들이 영문으로 설득력있는 글을 써서 『뉴욕타임즈』『LA타임즈』『노틸러스』같은 언론매체에 기고하지 않는지 이해되지 않는다고 말했다. 상대방을 이해시키려면 상대의 언어와 형식으로 자신의 입장을 당당하게 전하고 또 세계에 널리 알려야 한다.

또한 클린턴, 부시 정부의 전철을 되풀이하지 않고 직접적이고 적극적으로 대화하겠다던 오바마정부가 다시 기대에 어긋나는 정책을 펴게 된 이유가 무엇인지 북한은 진지하게 고찰해야 한다. 오바마정부에 대한 실망은 크지만, 그럼에도 북한은 오바마시대를 놓쳐서는 절대로 안된다는 내 생각도 함께 말했다. 일단 북한은 미국이나 남한이 거절할 수 없을 정도로 통 큰 제안들을 걸고 대화와 협상을 이끌어내야 한다. 이제는 상대가 먼저 말을 걸어오기를 기다릴 때가 아니다. 지난 북미관계의 역사를 되돌아볼 때, 북한이 옳은 판단과 내재된 역량으로 능히 미국이라는 강대국과 슬기롭게 윈윈(win-win)할 수 있으리라 믿는다. 중요한 것은 자존심을 내세우느라 소탐대실해서는 안된다는 것이다. 그렇게 남북관계도 풀어나가야 하지 않겠는가?

김국장과 박참사가 인내심있게 경청해주는 것에 고무되어 나는 하고 싶은 이야기를 계속 이어나갔다. 궁금한 것은 김대중, 노무현 정부 시절 남측의 도움에 화답하는 데 왜 그렇게 인색했는가였다. 정부 차원에서 지원한 것인만큼 마찬가지로 북녘정부에서도 그에 상응하는 감사의 표시가 나와야 마땅하다. 도움받는 사람에게 자존심이 뭐 그리 중요한가. 자신감이 있다면 고맙다는 말에 인색할 필요가 없다. 오가는 화답 속에 남북민중들의 마음이 점차 가까워질 것이니, 이런 평범한 것부터 실천해나가자고 당부했다.

우리는 다시 회의실로 옮겨 앉았다. 내 생각은 그간 수없이 발표해온 글들 속에 이미 들어 있으니 들고 온 글뭉치를 건네주며 꼭 읽어달라고 했다. 김국장과 박참사는 시종일관 말을 아꼈다. 거침없는 비판이 불편하기도 했을 것이다. 하지만 서로 이해할 수 있는 사이라면 비판은 오히려 큰 소득을 가져다주리라 믿는다. 때문에 나는 이곳에서 누구를 만나건 북한에 대한 의견을 허심탄회하게 전했다. 2008년 10월 유엔 주재 조선 상임대표부 신선호 대사를 만났을 때도 지금이야말로 자존심을 버리고 이제까지 해보지 못한 일들을 시도해야 할 때라고 강조했다.

어느덧 자정이 넘어 있었다. 이제까지 혼자만 떠든 느낌이 들어 좀 멀쑥해지고 부끄럽기까지 했다. 듣기만 하는 그들이 야속하다는 생각도 들었지만, 언제 또 이런 상대와 대화할 기회가 있겠는가. 두분이 진지하게 들어주었기에 마음 상할 것도 없었다. 마지막으로 시인이자 수필가인 6·15공동위 미주서 부위원회 임원 정찬열씨의 부탁을 전했다. 그는 지난 4월 한달간 남녘의 땅끝 해남에서 강원도 고성군 통일전망대까지 걷는 '조국통일 기원 국토종단'의 대장정을 마쳤다. 종단길에서 그는 수많은 사람들을 만났고 조국 역사의 편린들을 접했다. 그의 장정은 언론을 통해 널리 알려졌다. 그의 꿈은 이번 남녘 종단에 이어 '북녘강토 도보종단'을 하는 것이었다. 그의 바람을 전했더니, 김국장은 여건이 성숙되는 대로 고려하도록 힘쓰겠다고 답했다.

밤이 깊었으나 하고 싶은 말을 다 했다는 만족감이 충만했다. 이러니저러니 해도 어쨌거나 나는 의학도다. 일생을 바쳐 인공고관절을 연구해온 의사고, 이곳에 온 것도 의사로서 도움을 주기 위해서다. 하지만 조국을 잊고 살 수는 없었다. 외국에 살면서 일찍이 조국의 양쪽을 모두 보아왔기 때문일 것이다.

예전에 소설가 조정래씨가 『태백산맥』 한질을 보내주며 "조국의 슬프고 아픈 분단역사가 새롭게 인식되었으면 합니다"라고 쓴 것처럼, 이 어리석은 분단현실이 너무나도 안타까워 뒤늦게 속앓이를 하고 있나보다. 내일, 아니 오늘 오전에 출국하기 위해서는 일찍 순안공항에 나가야 한다. 우리 셋은 함께 사진을 찍고, 뜨거운 작별인사를 나누었다. 박참사가 새벽의 서늘한 공기를 헤치고 고려호텔까지 나를 데려다주었다.

다시 가야 할 그곳

다음날 아침, 병원 회의실에 여러 선생들이 모여 송별회를 열어주었다. 어떻게 벌써 일주일이 지났을까? 헤어지기 위해 우리가 여기 모여 있다는 것이 믿기지 않았다. 북녘의사들의 새로운 지식과 기술을 향한 갈망은 대단했다. 최신기술을 배워 환자들에게 베풀고 싶은 마음, 그것이 바로 의사들의 본능이 아니겠는가? 병원을 들고 날 때마다 밖까지 나와 예우를 갖추는 그들에게 내가 아는 모든 것을 전수해주고 싶었고, 그럴 수 있도록 최선을 다했다. 그들 모두 나에게 꼭 다시 와야 한다고 했다.

문득 '태평양 너머'라는 거리와 시간의 제약이 다가오면서 바로 아랫동네에 있는 남한의사들 생각이 밀려왔다. 남한은 한

나절이면 오갈 수 있는 지척이 아닌가? 그들이 북녘동포들에게 베풀 수 있는 일은 너무나도 많다. 그리고 그들도 극소수나마 하나씩 실행해가고 있다. 평양의학대학병원 안뜰에 반듯하게 지어진 새 건물은 남한의 서울대학병원이 기증한 소아과 병동이라고 한다. 문원장은 그 말을 하며 진정으로 고마워했다.

평양에서 돌아와 2주 뒤, UCLA 한국학연구소 자문위원인 나는 마침 총장 관저에서 열린 아시아태평양 연안국가 대학총장들의 환영만찬에 초대되었다. 그 자리에는 서울대 이장무 총장도 와 있었다. 평양의학대학병원에서 수술을 하고 왔다는 이야기에 블록(G. Block) UCLA 총장은 적이 놀랐고, 서울대학병원에서 평양의대에 소아과 병동을 지어주었다는 이장무 총장 이야기에 더욱 감탄했다. 이총장과 이야기를 나누면서 나는 서울대학병원의 모든 과가 평양의대병원과 자매결연을 맺고 정기적으로 교류·지원사업을 벌이는 모습을 보고 싶다고 말했다.

평양에 오기 얼마전에는 미상원 외교위원회 자누지 전문위원으로부터 미국 빌 게이츠(Bill Gates)재단이 북한 어린이들에게 예방접종을 해주겠다고 제안했다는 소식을 들었다. 고마운 일이지만, 나는 남녘 소아과학회가 어느 기업재단과 함께 그런 제안을 했다는 이야'기를 듣고 싶다. 경제적 여유가 생긴 남한에서는 수많은 사람들이 제3세계로 나가 무료봉사를 하고 있다. 재미동포사회에서도 남한의 불우아동을 돕는다고 바자회를 여는 등 열성이다. 모두 인류애 넘치는 좋은 일이다. 하지만 북녘의 동포들과 함께 어려움에 처한 인민들을 돕는 일보다 더 보람된 봉사가 있을까? 꼭 한번 해보라고 권하고 싶다. 이게 바로 끊으려야 끊을 수 없는 동족 사이의 끈끈한 정이다.

관절염으로 고통받고 있는 환자들에게 인공고관절수술을 해주기 위해서는 지금까지 자체개발해온 기술을 개선·발전시키는 노력을 계속해야 할 것이다. 문제는 국가 차원에서 지속적으로 지원해줘야 한다는 것이다. 러시아와 중국의 경우 남부럽지 않은 첨단과학기술을 갖추고 있지만, 국민들의 복지수준은 그에 훨씬 못 미친다는 것을 생각해보라. 그런 점에서 남과 북은 하루빨리 평화체제를 확립하고 군비 축소에 나서 주민들의 복지에 더욱 힘써야 할 때다.

그러나 아직까지는 현실적인 문제가 남아 있으니, 일단 주어진 여건에서 최선을 다할 수밖에 없다. 무엇보다 북의 민족과학기술협회가 적극적으로 나서야 할 것이다. 인공관절기 자체 제작과 발전을 고무하는 의미에서 옛날 내가 만든 관절기 고안 설계도를 문원장에게 선물했다. 문원장은 언제 준비했는지 뜻밖에도 나무로 만든 아름다운 조선기와집 모형을 나에게 선물했다. 사무실과 집에 귀하게 놓고 보면서 여러분들을 생각하겠다고 했더니, 모두들 다시 오겠다고 손가락 걸고 한 약속을 꼭 지켜야 한다고 또다시 입을 모았다.

병원 앞뜰에 나와 마지막으로 기념촬영을 했다. 그러고는 곧 헤어질 얼굴들을 한명씩 찬찬히 보면서 굳게 악수했다. 이별을

평의대병원 식구들과 마지막으로 기념촬영

아쉬워하며 손을 흔드는 그들을 뒤로하고 내가 올라탄 차는 병원을 빠져나갔다. '예, 꼭 다시 옵니다. 기다려주십시오.'

순안공항에 도착해서 리동무와 출국수속을 하려는데, 놀랍게도 오늘 새벽 작별인사를 하고 헤어졌던 김관기 국장이 나와 있었다. 공항 찻집에 마주 앉아 어젯밤 나눈 이야기들을 되새겨보았다. 의견이 모두 일치하는 것은 아니었지만, 그 다름 속에서도 서로를 이해하면서 결국 우리가 이루고자 하는 분단극복과 통일에 기여할 수 있도록 최선을 다하자고 약속했다. 김국장은 더 큰 문제들을 잘 헤쳐나갈 수 있도록 도와달라고 했다. 우리 서로 돕자고 약속하고 공항까지 나와준 데 감사를 표했다.

먼발치에서 우리를 바라보고 있던 리화일 동무에게 가까이 오라고 손짓했다. 첫날부터 떠나는 이 시간까지 거의 하루도 집에 들러보지 못하고 나를 돌봐준 안내원 동무다. 이지적이고 성실한 그녀의 도움으로 이번 방문에서 목표했던 것 이상을 이룰 수 있었다. 그녀는 짧고도 길었던 이번 여행길의 지칠 줄 모르는 동행이었다. 이루 말할 수 없이 고마웠다. 미국에서처럼 따뜻한 포옹으로 감사와 이별의 인사를 하고 싶었지만, 그저 악수하는 손에 힘을 실어준 것이 고작이었다.

우리는 다음날을 기약했다. 손을 흔드는 김국장과 리동무에게 마주 손을 흔들며 비행기로 향했다. 이번 방문에서는 참으로 많은 분들을 만났고, 기대 이상으로 가까워졌다. 그 어느 때보다 진솔한 대화를 나눌 수 있었다. 주저할 필요도, 걱정할 이유도 없었다. 그저 내가 보고 듣고 느낀 대로 솔직하게 의견을 말했고 또 들었다. 그렇게 의사 대 의사, 사람 대 사람으로 정을 쌓았다. 그리고 나는 지금 다시 돌아간다.

2009년 5월, 평양에서의 일주일은 짧고도 긴 시간이었다. 그동안 이루어진 인간관계는 계속될 것이다. 그리고, 나는 다시 평양에 갈 것이다. 그렇다, 다시 가야 한다. 우리는 오랜 역사 속에서 영욕을 함께해온 한 겨레, 앞으로도 계속 함께해야 할 형제가 아닌가. 나의 가슴은 조용히 뛰기 시작했다.

4장

다시 두고 온 수술가방

2010.06

평양 순안공항 ⓒyeowatzup

천안함, 또하나의 대형사건

2010년은 우리의 피맺힌 역사인 경술국치(庚戌國恥) 100주년, 6·25전쟁 60주년, 4·19혁명 50주년, 광주민주항쟁 30주년을 맞는 뜻깊은 해다. 뿐만 아니라 남북이 분단된 지 55년 만에 통일의 길을 연 6·15남북공동선언 10주년을 맞는 해이기도 해서, 우리는 다시금 6·15통일시대로 나아갈 것을 다짐하며 올 한해를 시작한 터였다. 2008년 이명박정부 집권 이래 날로 악화된 남북관계로 더욱 추웠던 정이월도 다 가고, 희망과 기대가 움트기 시작하던 3월이었다. 불운한 민족사에 기록될 또하나의 대형사건이 터졌다.

3월 26일, 한미합동 해상군사훈련이 진행되고 있던 백령도 해역에서 남측의 해군 초계함(哨戒艦) 천안함이 두 동강나며 46

명의 젊은 수병(水兵)들과 함께 침몰했다. 천안함 침몰원인은 외부공격에 의한 폭발이라는 국방부측의 추정에 대해 의문이 증폭되어가던 중, 5월 20일 민군합동조사단은 천안함이 북한 잠수정의 어뢰공격에 의해 침몰되었다는 조사결과를 발표했다. 이에 북한은 즉각 천안함사태는 미국과 이명박정부가 공모한 날조극이라는 반박성명을 냈고, 국방위원회의 검열단을 파견하겠다고 밝혔다. 남측의 진보언론과 시민단체, 야당 또한 조사결과를 반박하며 객관적인 재조사를 촉구했다.

그러나 이명박 대통령은 며칠 후 용산 전쟁기념관에서의 대국민담화를 통해 북이 무력침범하면 즉각 자위권을 발동할 것이라며 북한선박의 남측해역 운항 금지, 남북 교역 및 교류 중단 등의 강경조치를 발표했다. 나아가 천안함사태를 유엔 안보리에 회부해서 국제적으로 단호하게 조처해나가겠다고 선언했다. 북한은 이 발표가 국제사회를 통해 북에 대한 제재를 강화하려는 모략극이라며, 북남관계 전면폐쇄, 북남불가침합의 전면파기, 북남협력사업 전면철폐를 선포했다. 또한 대북 확성기 방송이 시작되면 즉각 조준사격으로 격파하겠다고 맞섰다. 서로 매섭게 날선 말들이 오가며 금방이라도 전쟁이 일어날 것 같은 긴장과 불안이 팽팽하게 부풀어오르고 있었다.

남한에서는 북한 입국을 금지할 만큼 남북관계가 최악으로 치닫던 2010년 6월 하순, 나는 평양의학대학병원에서 인공무릎관절수술법을 전수하고 있었다. 평양에 머물며 천안함사건에 대한 북녘의 반응을 가까이서 지켜볼 수 있었는데, 북한은 천안함 침몰과 무관하며 남측이 공격해올 경우 더욱 강경하게 대응한다는 것이 북의 공식입장이었다. 북녘사람들은 북한이 기자회견을 통해 평양 주재 각국 대사와 언론사들을 상대로 남측 주장의 허구성을 조목조목 반박한 것을 무척 자랑스러워했다. 기자회견이나 조국평화통일위원회(조평통) 군사논평원의 반박 내용은 남측의 시민단체에서 제기한 것과 크게 다르지 않았다.

그 와중에 재미학자 서재정(徐載晶) 교수와 이승헌(李承憲) 교수가 천안함폭침에 대한 과학적인 반증을 실험연구로 직접 보여주었다. 북에서 이렇다 할 반증을 내놓지 못하는 데 대해 서 교수와 나는 '범행을 저지른 자가 자신이 행했다고 증명하기는 쉽지만, 안한 자가 안했다고 반증하기란 어렵다'는 대화를 나눈 적이 있었다.

나는 2010년 6월 11일자 「6·15 Corea통신」에서 "가해자로 지목된 북은 현장을 검증하지 않고는 반증을 내놓기가 쉽지 않습니다. 때문에 유엔 주재 조선상임대표는 당사자의 확인도 없는 일방적 조사결과만이 논의되는 것은 부당하며 북의 검열단을 받아들이라는 편지를 유엔 안보리 의장에게 보냈습니다. (…) 동종의 북한어뢰를 수중에서 폭발시켜 뒷부분의 동체가 온전하게 남는지를 보여주기라도 할 것인지 궁금합니다"라고 썼다. 나아가 "북이 결백하다면 조평통이나 외무성의 공격적인 해명·반박 성명서 외에 학자나 전문가들의 과학적이면서도 세련되고 설득력있는 해명과 반증을 영문으로 발표해서 전세계 언론매체에 알리는 성숙한 모습을 보여주었으면 한다"는 말도 보탰다.

『로동신문』은 러시아 전문기술조사단의 분석을 인용하며 남측정부의 발표를 완전하게 신뢰할 수 없다고 주장했고, 특히 '천안함이 어뢰에 맞아 침몰되었는가?'라는 중국 군사전략 문제 전문가의 글을 실은 『환구시보(環球時報)』의 비판적인 기사내용을 자세히 소개하기도 했다. 이런 기사들은 북녘인민들에게 천안함사건에 대한 진실을 알리는 데 필요하겠지만, 나는 북한이 서방사회에서 언론활동을 펴지 않는 것을 보면서 답답함을 느꼈다. 지금 무엇보다 북한에 필요한 일은 서방세계가 갖고 있는 선입견과 고정관념을 바꾸는 것이다.

어쨌거나 평양의 거리는 작년 북핵실험 때처럼 평온하기만 했고, 『로동신문』은 연일 각 산업분야에서 총진군하고 있는 모습과 그 성과를 보여주려 애쓰고 있었다.

"우리 만남은 우연이 아니야"

2009년 5월 평양의대병원에서 인공고관절 치환수술 전수를 마치고 미국으로 돌아온 나는 인공무릎관절기와 수술기구 확보를 위해 여러 제작회사에 기증신청서를 제출했다. 다음번 평양행에서는 인공무릎관절수술을 전수해주기 위해서였다.

원래 무릎관절 치환수술은 고관절 치환수술보다 뒤늦게 발달되었다. 하지만 그간의 꾸준한 연구로 해부학적·생체공학적인 면에서 관절기 고안이 크게 발전했고, 특히 수술기구의 발달로 인해 수술결과 또한 고관절수술의 경우와 비슷하거나 그이상으로 발전할 기세에 와 있다. 그러나 무릎관절기는 그 자체가 고관절기보다 훨씬 복잡하다. 고관절기는 부품이 두개인데 무릎관절기는 세개고, 고관절기의 경우 좌우 구분이 없지만 무릎관절기는 좌우가 따로 있어야 하는데다 남녀용까지 구분되어 있어 부품 수가 훨씬 많다. 뿐만 아니라 경골(脛骨, 정강이뼈)부품은 크기와 두께가 2밀리미터씩 다른 폴리에틸렌이 대여섯개나 되는데, 이 모든 부품들이 갖춰져야 한다.

이처럼 다양한 부품들의 집합체인 무릎관절기의 확보는 쉽지 않았다. 관절기만 확보되면 지난가을이라도 평양에 다녀오려 했으나, 겨울이 가고 봄이 오는데도 좋은 소식은 없었다. 그런데 4월 초, 뉴욕의 재미동포 음악가 백태범 선생이 평양 가는 길에 전화를 해서는 언제쯤 평양에 다시 갈 것인지 물었다. 백선생은 지난 수년간 평양음악대학을 방문해 벨깐또(bel canto) 발성법을 가르치고 있었다. 지난번 방문 때 리화일 동무를 만났는데, 그녀가 평의대병원 선생들이 나를 무척 기다리고 있다는 것을 꼭 전해달라고 부탁했단다. 나 역시 다시 오겠다고 손가락까지 걸고 했던 약속을 지키지 못할까 속이 타던 때였다.

그런데 리화일 동무의 독촉이 행운을 불러왔는지, 얼마 후 엉뚱한 곳에서 좋은 소식이 들려왔다. 나에게 관절기를 공급하는 회사의 직원 스탠리(Stanley Frailey)가 바로 전 단계의 무릎관절기를 마련해줄 수 있을 것 같다고 연락해온 것이다. 너무나 기뻤다. 전 단계라면 좌우무릎 겸용이라 더 많은 환자들에게 혜택을 줄 수 있어 오히려 좋았다. 관절기들이 속속 도착하기 시작한 것은 4월 중순이었다. 약속대로 부품들이 모두 도착한다면 그 부피와 무게가 고관절기의 네배가량이 될 것이기 때문에, 어떻게 들고 가야 할지 걱정이 하나 더 늘었다.

그 무렵 이건 또 무슨 우연인지, 난데없이 유엔 주재 북한대사관에서 연락이 왔다. 김관기 국장이 중국 선양에서 나를 만나보고 싶어한다는 것이다. 남한에서라면 마치 간첩 접선이라도 되는 양 쉬쉬할 판이지만, 나에게는 그런 생각에 사로잡힐 이유가 없었다. 지난번 방문에서 돌아온 뒤 남녘의 문예지『통일과문학』에서 평의대병원 수술여행기를 게재하고 싶다는 연락이 왔다. 원고를 보내기 앞서 주위분들에게 먼저 보여주었는데, 북측에서 불편해할 만한 얘기들이 있는데 괜찮겠느냐고 물었다. 나를 위한 배려는 고마웠지만, 한편 아직도 이런 시대를 살고 있다는 사실에 가슴이 답답해졌다. 나는 해외교포의 입장에서 상대가 남이든 북이든 할말은 다 해야 한다는 생각으로 솔직하게 쓴 글이었다.

나는 곧장 김관기 국장에게 이메일로 원고를 보내 불편한 얘기가 있다면 즉시 알려달라고 했다. 그는 "평양 방문기를 통해 형제들 사이에서만 주고받을 수 있는 진심어린 사랑과 정을 품고 애를 많이 쓰고 계시는 선생의 뜨거운 마음을 읽게 되었습니다"라고 답신을 보내왔다. 그래서 여행기는『통일과문학』 2009년 가을호에 그대로 게재되었다. 지난 11월에는 김국장이 느닷없이 전해온 나의 칠순 생일축하 이메일에 가슴이 뜨뜻해졌던 일도 있었다. 새해에는 내 이름이 인쇄된 연하장을 보내주기도 한 그였다.

그에게 전화를 걸어 왜 만나자고 했느냐 물었더니, 그냥 만나고 싶다고만 했다. 볼일이 있어 오랜만에 션양에 나왔다는 것이다. 미리 연락도 없이 갑자기 만나자고 하는 게 뚱딴지같기도 하고, 병원 일정을 갑자기 바꾸는 게 쉽지도 않아서 션양이 뭐 로스앤젤레스 옆동네인 줄 아느냐고 농담조로 말하고는 전화를 끊었는데, 마음이 영 불편했다. 다음날 다시 전화를 걸어 언제까지 거기 있을 거냐고 물었더니, 천연덕스럽게 내가 올 때까지 있겠다고 했다. 물론 진짜 그럴 리야 없겠지만. 그때 번뜩 평의대병원에 보내야 할 무릎관절기 생각이 떠올랐다. 아, 이게 다 순리인가보다. 김국장을 만나면서 관절기 가방 두 개를 미리 평의대병원에 전달하면 될 게 아닌가. 곧바로 션양으로 가는 왕복 비행기편을 예약했다.

4월 25일, 김국장과 함께 출장 나왔다는 최순철 참사와 황철호 여행사 대표가 션양공항에서 나를 맞이했다. 김국장은 낮에는 무슨 일을 하는지 매우 바쁘게 돌아다니느라 만날 수 없었다. 덕분에 호텔방에서 그간 밀렸던 글도 쓰고 이메일을 정리할 수 있었다. 저녁때 나타난 그와 북녘에서 직접 운영하는 평양관에서 식사를 하며 반갑게 재회했다. 얘기하다보니, 그가 말한 대로 정말 보고 싶어서 만나자고 한 것이지 뭐 다른 중대한 용건이 있는 게 아님을 알게 되어 마음이 한결 가벼워졌고 정감을 느꼈다. 그는 평의대병원 선생들과 환자들이 나를 많이 기다린다고 했다.

늘 차분하고 진솔해 보이는 50대 중반의 김국장은 김일성종합대학에서 우리 민족의 역사, 철학, 문화에 대해 공부했고, 한때 백과사전을 만드는 출판사에서 일했다고 한다. 종합대학에 선발되기 전에는 사범대학을 나와 교원으로 학생들을 가르쳤다고 했다. 그런데 군대는 언제 어디서 복무했냐고 물었더니, 안 갔다 왔다는 게 아닌가. 공화국에서는 병역이 의무가 아니라는 말에 더 놀랐다. 내가 북한에 대해 제대로 알지 못한다는 것을 인정해야 했다. 인민군 숫자가 백만이 넘고, 민병조직인 로농적위대(勞農赤衛隊)는 그보다 더 많다고 해서 군복무는 당연히 남한처럼 의무인 줄 알았던 것이다. 그런데 남녘과 달리 북에서는 모두가 자진해서 군대에 간다고 했다. 여성들도, 군대를 다녀와야 사람이 된다며 배우자로 인민군 복무자를 선호한단다. 복무연한도 3~7년까지 개인의 선택과 국가시책에 따라 다르게 정해진다고 한다.

다음날, 가지고 온 짐을 모두 풀어서 그들에게 건네주었다. 김국장은 근처에 출장 간다고 낮시간에는 보이지 않았다. 나에게는 걸려올 전화도, 찾아올 사람도 없는 제3국에서 누리게 된 소중한 자유시간이었다. 그간 밀려 있던 원고를 쓰면서 유용하게 보냈다. 저녁때 돌아온 김국장, 최참사, 황대표와 함께 노래 기계가 있는 방에서 식사를 하고, 북녘 여성접대원들의 음색 높은 노래도 들었다. 최참사와 황대표도 한곡씩 불렀는데, 내가 전혀 모르는 북녘노래들이었다. 김국장은 음악에 대한 조예가 상당했고, 노래솜씨 또한 보통이 아니었다.

나더러 노래 한곡 하라기에 18번인 「안개 속에 가버린 사람」을 청했더니 그런 노래는 없다고 했다. 무슨 노래가 있냐고 물으니 계몽기가요가 있단다. 「눈물 젖은 두만강」「번지 없는 주막」「목포의 눈물」 같은 곡들이었다. 최참사가 "「만남」은 아시죠?"라며 선곡해주었다. 내가 선창하니 모두가 일어나 어깨동무를 하고 함께 불렀다.

"우리 만남은 우연이 아니야, 그것은 우리의 바람이었어."

사흘째 되던 날은 김국장도 최참사도 하루종일 안 보이더니, 출장지에서 늦어져 저녁식사를 함께하지 못하겠다는 연락이 왔다. 한국식당에서 내가 한탕 거하게 내겠다는 약속은 결국 허사가 되었다. 떠나는 날 아침, 김국장, 최참사와 호텔에서 아침식사를 함께했다. 최참사는 일 때문에 어디론가 나가고, 김국장과 나는 황대표가 운전하는 차를 타고 공항으로 향했다. 우리는 선양공항에서 함께 커피를 마시고 헤어졌다.

6월에 평의대병원에 간다는 얘기를 문상민 병원장에게 전해 달라고 부탁하고는 비행기에 올랐다. 김국장은 무슨 일 때문에 선양까지 나왔는지 말하지 않았지만, 표정이 썩 밝지 않은 것으로 보아 계획한 일들이 잘 이루어지지 않는 것 같았다. 북녘에서는 아직도 고난의 행군이 끝나지 않았는가? 어쨌거나 예기치 못한 만남이었지만, 제3국에서 부담없이 그를 만나 많은 대화를 나누며 지낸 것이 마음 뿌듯하게 남았다.

다시 찾아간 평양의학대학병원

로스앤젤레스로 돌아오니 나머지 관절기 부품들이 속속 도착하고 있었다. 이 짐들을 어떻게 가져가나 걱정했는데, 다행히 이산가족들과 평양에 가는 김현환 목사 편에 세개째의 가방을 보낼 수 있었다.

5월에 접어들면서 6·15공동위는 6·15남북공동선언 10주년 기념행사를 어디서 개최할지에 대한 문제로 고심하고 있었다. 원래는 남측에서 하기로 되어 있었으나, 이명박정부의 반대로 불가능해진 것이다. 일단 북한에서 하기로 합의했지만, 이번에는 남한정부가 6·15남측위원들의 북한 방문을 허가하지 않아 평양에서의 개최마저 불투명해지고 있었다. 그러다 천안함사건 조사결과 발표가 나왔고, 6·15공동위는 결국 기념행사를 각

지역에서 따로 개최하기로 결정했다.

한편 그 무렵 나는 고단위동력의 톱과 송곳 같은 배터리충전용 파워씨스템을 구하려 동분서주하고 있었다. 현재 미국에서는 배터리 동력기구만 쓰고 있지만, 전력공급이 원활하지 않았던 평의대병원에서는 충전용 기구가 필수였다. 작년에 수술 도중 전압이 떨어지는 문제로 얼마나 애를 썼던가. 원래 기증받기로 했던 동력기구가 있었으나, 우리 병원의 신제품 구매시기가 늦어지는 바람에 받을 수 없게 되었다. 이 문제로 5월에 방북하려 했던 계획이 어그러졌다. 농번기, 한여름의 수술문제 등을 고려해 방북시기를 결정해야 하는데, 특히 냉난방시설이 제대로 갖춰지지 않은 병원에서 수술을 받는 환자가 겪는 어려움 때문에 여름이 오기 전에 빨리 시기를 정해야 했다. 결국 6월 17일 밤에 로스앤젤레스를 떠나 6월 30일에 돌아오기로 했다.

마지막까지 애태웠던 배터리충전용 동력기구는 다행히 그 회사의 직원 애덤(Adam Collopy)이 빌려주겠다고 했다. 20킬로그램이나 되는 무게에 부피마저 큰 이 기구를 쓰고 난 뒤 다시 가져오는 일도 문제였지만, 그후 북녘의사들이 동력기구 없이 어떻게 수술을 진행할지 걱정이 앞섰다. 이런 나의 고충을 이해하는 애덤이, 평양으로 떠나기 전날 나에게 그 기구를 다시 갖고 오지 않아도 된다고 했다. 나를 위해 회사에 얘기해 조치를 취해준 것이었다. 너무나 고마운 배려였다.

이제 모든 것이 준비되었다. 여객기가 허용하는 가장 큰 싸

이즈의 가방—미국으로 이민을 오는 한인들이 주로 많이 써서 '이민가방'이라고 부른다—을 하나 더 사서 동력기구와 관절기 부품, 뼈시멘트까지 꽉꽉 채워넣었다. 원래 승객 한 사람당 두개의 가방만 허용되기 때문에 나는 추가요금을 내고 세개의 이민가방을 실어야 했다. 그 모습을 본 주변사람들은 마치 북한으로 이민 가는 사람 같다고 농담을 던졌다. 요새 천안함사건으로 정세가 심각한데 이러다 아주 공화국 품에 안겨서 못 돌아오는 게 아니냐고 놀리는 이도 있었다. 작년에도 그랬지만, 나는 꼭 한반도 정세가 극도로 긴장되어 있을 때만 골라서 방북하는 것 같았다. 외부상황이 어떻든 환자의 병세는 때를 가리지 않는다.

순안공항에서 나를 맞은 사람은 작년에 나와 늘 함께했던 리화일 동무였다. 리동무는 해외동포사업국과 원호위원회의 간부급들은 거의 모두 농촌지원사업에 나가 있다고 말했다. 민족과학기술협회 리규섭 과장은 이미 다녀왔는지 얼굴이 새까맣게 타 있었다. 일손이 필요한 농번기에 식량 증산문제를 해결하기 위해 모두가 애쓰는 모습이었다.

다음날 아침, 평의대병원에 도착하니 문상민 병원장을 비롯해 장창호 원로 연구실장, 손가락 걸고 재회를 약속했던 박송철 외상외과장, 누구보다 무릎관절기를 기다렸던 김희만 연구실장, 그사이 정형외과장으로 승진한 우성훈 선생과 정광훈 외사과장 선생들이 현관 앞에서 기다리고 있었다. 너무나 반갑게

평의대병원 본관과 서울대병원에서 지어준 소아병동(오른쪽)

맞아주는 그들 앞에서 나 역시 반가움을 감출 수 없었다. 서로
힘주어 악수하고 껴안기도 하면서 맘껏 재회의 기쁨을 나눴다.
의사들은 농촌지원사업에 나가지 않는다고 했다. 환자를 위해
물론 그래야지.

회의실로 올라가면서 문원장은 올봄에 평의대가 김일성종합
대학의 의학부로 편입되었다는 사실을 알려주었다. 학생들이
무척 자랑스럽게 종합대학 배지를 달고 다닌다고 했다. 농업대
학도 함께 편입되면서 김일성종합대학의 규모가 세계 유수의
대학들처럼 되어간다고 했다. 의학부는 여전히 병원 옆에 붙어
있었고, 문원장은 의학부의 임상부학장 직위까지 겸하고 있었
다. 1997년부터 병원장직을 맡아온 그가 지금도 매주 수술을 하

고 있으니, 그의 행정능력을 짐작할 만했다. 그는 또한 작년 가을 내가 미국 NGO를 통해 보내준 의료기들을 잘 받았다며 고마워했다. 1970년대 중반 인공관절기를 고안하던 시절부터 모아온 각종 관절기와 기구 등 내 기념비적 자산을 모두 평의대 정형외과에 기증한 것이다. 그것들은 김희만 실장이 인공관절기 자체제작 연구용으로 잘 분류해서 보관하고 있다고 했다.

회의실에 들어가니 모든 정형외과 의사들이 나를 기다리고 있었다. 이렇게 다시 만나게 되어 반갑다고 인사한 다음, 이번 체류기간 동안 열심히 토론하고 수술해서 서로 최대한 많은 것을 익혀보자고 했다. 가방에서 동력기구들을 꺼내 작동시켜보니 윙윙 소리를 내며 힘차게 돌았다. 그 모습에 모두들 환호했다. 그다음 인공무릎뼈로 모의수술을 해 보였는데, 미리 보내준 수술법 책자를 다 읽어봐서 그런지 모두들 바로 수술과정을 이해하는 것 같았다. 그래도 실전은 수술실에서 이루어진다.

문원장은 각 과장선생들과 함께 앞으로 수술할 환자들의 방사선사진을 보여주며 수술계획을 의논해보자고 했다. 허나 그보다 궁금한 것은 지난해 수술한 환자들의 회복경과였다. 무슨 문제가 있던 것은 아닌지 걱정되었다. 다행히 별다른 문제없이 잘 회복되고 있단다. 특히 수술 후 다리 길이가 짧아진 환자가 있어 걱정이 많았는데, 다리 길이는 여전히 짧지만 통증이 사라져서 환자는 만족해한다고 했다. 나는 앞으로 이 문제를 어떻게 해결할지 내 의견을 말해주며, 어떤 문제든 서로 의논해서 해결해야 한다고 강조했다.

무릎관절수술이 많으리라는 짐작과는 달리, 오히려 고관절
수술 환자, 그것도 재수술해야 할 환자들이 훨씬 많았다. 이유
를 듣고 보니 이해가 되었다. 인공무릎관절수술은 독일제 관절
기를 본떠 시범적으로 자체제작한 관절기로 몇번 수술해본 게
전부라서 아직 인민들 사이에서 알려지지 않았다는 것이다. 이
는 90년대 뻬이징협화(協和)의대 정형외과 주임 우즈캉(嗚之康)
교수가 처음 무릎관절수술을 시작했을 때 겪었던 사례와도 같
다. 때문에 이번 무릎관절수술이 성공적으로 끝나면 많은 환자
들이 몰려올 것이라고 했다. 아닌게 아니라, 올해 고관절수술
환자가 훨씬 더 많아진 것은 작년에 내가 인공고관절수술을 전
수해주었다는 소문이 알게 모르게 퍼졌기 때문이란다. "오선생
의 인기가 평양에서는 벌써 대단하다"고 했다.

내가 떠난 후 환자들은 몰려드는데 관절기가 모자라서 어려
움을 겪었다고 한다. 이곳에서의 가장 큰 문제는 관절기의 부
족이다. 작년에도 그랬지만, 이번에 내가 수술해야 할 환자들의
상태는 심각했다. 재수술을 받아야 하는 환자들의 경우, 문제가
생긴 후 너무 오랫동안 조치를 취하지 않아 상태가 악화되어
있었다. 첫 수술을 받는 환자들도 마찬가지였다. 너무 오래 수
술을 받지 못해 관절 유착이 몹시 심해져 있었다. 평의대병원
의사들은 이런 문제를 해결해본 경험이 거의 없었다. 내일부터
수술실에서 함께 고민하며 풀어나가자고 했다.

고구려의 흔적, 대성산성과 안학궁터

병원에서 나온 화일 동무는 앞으로 열흘간 수술일정이 빡빡하게 짜여 있어 시간이 없으니 틈틈이 보고 싶은 곳을 부지런히 봐야 한다며 재촉하고 나섰다. 내가 가보고 싶다고 얘기한 곳 중에서 성벽이 있고 고구려 안학궁(安鶴宮)터와도 관련있는 대성산(大城山)으로 가자고 했다. 대성산은 평양에서 가장 높은 산이기도 하다. 마침 일요일 오후라 거리에는 차가 거의 없었다. 원래 일요일에는 휘발유 절약을 위해 특별한 경우 외에는 차량 운행을 금하지만, 나는 외국에서 방문한 손님이고 또 차를 렌트해서 쓰기 때문에 제한이 없었다.

우리가 탄 차는 중앙식물원과 동물원을 지나 평양 동북쪽을 향해 달려갔다. 왠지 나는 대학생 때부터 성벽을 좋아했다. 서울 살 적에 갔던 북한산성과 남한산성 성벽에는 아련한 추억도 서려 있다. 대성산은 옛날 선비들이 즐겨 그렸던 소나무로 가득했다. 대성산에서 가장 높다는 장수봉, 바로 그 자리에 세워진 장수대(將帥臺)에 오르려 하니, 그곳을 지키는 사람이 나타났다. 지금은 바람이 시원하지만, 한겨울에는 매섭게 춥다고 말했다. 남한 어디서나 볼 수 있는 정자와 비슷한 전통양식의 장수대에 올라 아래를 내려다보니, 북쪽으로는 넓은 평야가 펼쳐져 있고 동쪽과 서쪽으로 산줄기가 이어져 있으며 남쪽으로 산세가 서서히 낮아지고 있었다.

장수대에서 내려와 걷다가 보호막으로 둘러싸인 나무 한 그루를 보았다. 구호(口號)나무라고 했다. 아, 구호나무! 전에 읽은 바에 의하면, 일제강점기에 독립운동가들이 자신의 소망을 나무기둥에 새겨놓았는데, 그런 나무를 구호나무라 부르며 보호한다고 했다. 구호나무는 특히 백두산 부근에 많다고 한다. 나무를 자세히 들여다보니, "광법성이 백두성아 부른다"라고 씌어진 희미한 글씨가 보였다. 한때 왜 이런 구호나무는 북녘에만 있는지 궁금했다. 더구나 구호나무에 새겨진 문구 중에는 김일성 장군을 존경한다는 내용이 많아, 남녘에서는 그것이 북한에서 나중에 써넣은 가짜라는 말이 돌기도 했다. 구호나무가 북녘에서만 발견된 것은 독립운동의 무대가 만주지역이었던 이유도 있을 것이다. 아무튼 생전처음 보는 구호나무였다.

소문봉으로 내려가니 성벽이 나타났다. 대성산성은 4세기

말에서 5세기 초에 평양지역을 방위할 목적으로 쌓은 고구려의 성이다. 여섯개의 봉우리가 연결되어 있는 성의 둘레는 무려 7천미터나 되는데, 지금 성벽은 현대에 보수된 것이라 한다. 그래서인지 1500여년의 풍설을 견뎌온 고풍스러운 성벽의 멋은 없었다. 소문봉은 고구려 장수 연개소문의 이름을 따서 지은 것이라고 한다. 남쪽은 가파른 절벽인데, 그 아래로 멀리 평평한 안학궁터가 보이고 그 너머로는 대동강이, 그리고 더 멀리 서남쪽으로는 평양시내가 내려다보였다. 어디서나 평양시내를 알려주는 것은 독특한 삼각형 모양의 류경호텔이다.

　안학궁은 고구려 장수왕이 대성산 아래로 천도한 427년에 건립된 궁성으로, 586년 지금의 평양 내성으로 다시 천도할 때까지 160여년간 고구려의 수도였다. 그러나 지금 궁터에 남아 있는 것은 아무것도 없다. 화일 동무는 국가에서 곧 궁터를 복원하려는 계획을 갖고 있다고 말해주었다. 고구려 유적을 접하기 힘든 남녘 출신에게 고구려 역사의 흔적은 언제나 흥미를 불러일으킨다. 허허한 안학궁터에 옛 궁궐의 모습이 되살아나는 날이 기다려진다.

대성산을 휘돌아 국사봉 아래에 있는 광법사(廣法寺)로 내려갔다. 광법사는 392년 고구려시기에 창건된 절로, 산간이 아니라 평지에 세워졌다는 점이 특이하다. 작년 룡악산 법운암에서 우리를 안내해주던 승려처럼 회색과 붉은색의 법복을 입은 스님이 나와 절에 관해 설명해주었다. 원래 수많은 건물이 있었는데, 6·25전쟁중에 미군의 공중폭격으로 완전히 전소된 것을 1990년 김일성 주석 생존시에 복원했다고 한다. 지금은 거대한 대웅전과 천왕문, 해탈문, 동승방, 서승방, 당간지주가 복원되어 있었다. 경내 뜰에 8각5층석탑이 서 있는데, 이 또한 복원된 것이라 세월의 흔적 없이 밋밋해 보였다. 보살로 보이는 분이 북녘의 여러 불교사찰과 광법사 사진이 나온 책자를 권하기에 시주를 겸해서 5달러를 주고 샀다.

평양시내로 돌아오는 길에는 논밭에 매여 있는 소들을 보았다. 아직도 일부에서는 옛날처럼 소를 끌며 농사를 짓는 모양이었다. 북녘은 일찍이 뜨락또르를 개발해 농사를 기계화한 것으로 알고 있는데, 휘발유 부족이 다시 전통으로 되돌린 것인가? 농사에 대해 아는 게 없었지만, 북녘에서는 이모작, 삼모작 농사에 전력을 기울이고 있다고 화일 동무가 일러주었다. 보리, 밀, 옥수수, 감자 등 한 종류의 곡물을 심어서 거둔 다음 곧바로 다음 작물을 심는 방식이었다. 『로동신문』에서도 앞그루 뒷그루, 두세번 김매기를 독촉하며 알곡 생산에 총진군하고 있었다. 한알의 곡식도 아껴가며 주체농법을 개발해나가고 있다고 했다. 그래, 어서 식량문제부터 해결해야 하지 않겠는가.

1년 만에 확 달라진 병동

6월 21일 월요일 아침, 정형외과 병동에 도착하니 장선생님과 과장선생들이 밖에 나와 기다리고 있었다. 그런 예우가 부담스러워 작년에도 그러지 마시라고 거듭 만류했는데도 여전하다. 그들 나름대로 감사의 마음을 보여주려는 것이리라. 2층으로 올라가는데 계단에서 낯익은 간호원들이 웃음을 띠고 나를 맞이했다. "잘 있었어요? 다시 왔습니다." 나도 반갑게 인사했다. 모두들 반가워하면서도 앞으로 나서지는 않았다. 직업전선에서는 남녀구별 없이 씩씩해 보이지만, 아직 얌전한 유교적 전통을 간직하고 있는 북녘여성들이다.

복도를 걷는데 어쩐지 모든 게 환하고 깨끗해 보였다. 새로 페인트칠을 했다고 박과장이 말했다. 그리고 창문을 가리키며 이중창으로 바꿨다고 했다. 이중창이야말로 냉난방시설이 제대로 갖춰져 있지 않은 이곳에 반드시 필요한 게 아닌가. 창문틀에는 아직 페인트가 칠해져 있지 않은 것을 보니 아직도 공사가 진행중인가보다.

그밖에도 반가운 변화는 많았다. 우선 병실이 훨씬 깨끗해져 있었다. 병동의 위생실(화장실)은 여전히 재래식 변기를 쓰고 있었지만 말이다. 좌식변기는 공공건물과 식당 같은 곳에만 있는 것 같았다. 우리가 식사하는 장소인 수술실 옆 진료실도 깨끗해졌고 책장도 새로 바꾼 듯 보였다. 준비해 온 녹색 수술복도 산뜻했다. 수술실은 특별히 달라진 게 없었지만, 작년과 달리 전압이 비교적 고르게 유지되어 수술 도중 곤란을 겪는 일이 없어졌다. 전압이 떨어진다 한들 내가 가져온 동력기구가 있으니 문제없었다. 덕분에 더욱 밝아진 분위기 속에서 수술을 진행할 수 있었다.

뭐니뭐니해도 가장 반가운 진전은 수술기구 소독을 하루 두 번씩 할 수 있게 된 것이었다. 여기서는 수술기구가 하나뿐이기 때문에 수술 횟수가 제한될 수밖에 없다. 때문에 하루에 한 번만 소독하던 작년에 비하면, 이것이야말로 진정 반가운 변화였다. 모두 전력공급 사정이 좋아진 덕분이다.

『로동신문』에는 완공되면 30만킬로와트의 전기를 생산하게 된다는 희천수력발전소의 건설경과가 자주 보도되고 있었다. 1998년 방문 때 심각한 전력난을 극복하기 위해 군과 면 단위로 중소형 발전소를 건설하고 있다는 기사를 읽었다. 그들 말대로 산이건 들이건 물이 흐르는 곳이면 어디서나 전기를 생산할 수 있다는 각오로 일해온 결과가 이제 조금씩 열매를 거두고 있는 모양이다. 전체적으로 전력공급이 얼마나 좋아졌는지는 모르겠지만, 그간 문을 닫았던 많은 공장들이 재가동되고 있다고 화일 동무가 말해주었다. 또한 전력이 원활하게 공급됨으로써 석탄과 무연탄 등의 원료광물 채취가 늘어 화력발전량이 증가하고, 여타 유색금속의 채광도 가능해지는 선순환이 이루어지고 있다고 한다.

『로동신문』에서는 무연탄 가스화 공정에서 암모니아 비료를 생산하게 되어 남흥 비료련합기업소에서 '비료폭포'가 쏟아진다는 기사도 보도하고 있었다. 남측에서 매년 몇십만톤씩 지원하는 비료에 의존하던 북이 이제는 자체적으로 비료를 생산할 수 있게 되었다고 자랑스러워했다. 비료뿐만 아니라, 예전에는 제철산업에 필요한 코크스를 외국에서 비싼 값으로 사들여야 했는데, 이제는 자체기술의 개발로 '주체철'—북한에서 자체 생산되는 무연탄으로 녹여 만든 철강을 말한다—이 용광로에서 넘쳐 흐른다고 보도했다.

'주체섬유'라 부르며 오래전부터 자랑해온 비날론 이야기도 잠잠해졌나 싶었더니, 다시 대대적으로 보도하고 있었다. 비날론은 북한이 자체개발한 합성섬유의 일종으로, 1961년에 준공된 2·8비날론련합기업소는 연간 5만톤의 비날론을 생산해왔으나, 94년부터 시설의 노후화와 원료 부족으로 가동을 멈췄다. 그러다가 2008년부터 현대화 공사를 시작해 올해 다시 재가동에 들어간 것이다. 신문에는 화학솜이며 섬유가 쏟아지는 사진이 함께 실려 있었다.

이 모든 것이 "강성대국을 열어제끼기 위한 대고조의 총진군"이라고 선전하고 있었다. 석탄이건 무연탄이건 비료건 합성섬유건, 여러 분야에서 생산이 늘고 있다는 사실은 어디까지 진실인지 모르겠으나, 아직도 많이 모자라다는 이야기도 진솔하게 들려왔다. 그러나 북한이 발전하고 있다는 사실만은 틀림없어 보였다.

그래도 가장 중요한 것은 역시 먹는 문제다. 하루빨리 식량난이 해결되어야 하리라. 미국과 남한에 북한의 소식을 인터넷으로 전달하는 대북인권단체 '좋은벗들'은 어떻게 그렇게 북녘 산간동네의 소식까지 다 알아내는지 궁금하지만, 늘 북한의 식량난과 열악한 인권상황을 전해주며 인도적 지원을 계속해야 한다고 촉구한다. 자력갱생의 노력으로라도 식량난을 완전히 해결할 때 북한인권의 신장이 가능할 것이다.

이번에는 관절기뿐만 아니라 수술실에서 필요한 일회용 의료품들도 가지고 왔다. 이것들을 정애란, 권영심 등의 간호원들에게 보여주며 이곳 실정에 맞게 여러번 쓸 수 있도록 고안해보라고 독려했다. 한편 이번에는 허석환 마취과장도 수술에 참여했는데, 북녘 마취의사들의 실력은 단단해 보였다. 마취된 환자의 심전도, 혈압, 심장박동, 체온 등을 수동으로 체크하는 모습이 마음을 아프게 했지만, 손재주가 좋은 우리 민족이라 그런지 초음파기구 없이도 마취를 잘했다. 없으면 없는 대로, 모자라면 모자라는 대로, 여건에 맞게 방법을 개발하기 마련이다.

월드컵 축구와 호텔에서
마주친 정대세 선수

　평양으로 떠나기 전 이미 시작된 2010 남아공 월드컵에서 남과 북은 처음으로 함께 본선에 진출했다. 남측팀이 그리스와 맞붙던 날, 로스앤젤레스에서는 재미동포들이 2만명이 들어가는 스테이플스 실내체육관을 빌려 새벽 4시부터 합동 관전과 응원을 했다. 남측이 월드컵 4강에 올랐던 2002년, 당시 로스앤젤레스 하기환 한인회장이 처음으로 시작했던 집단 관전과 응원이었다. 만장한 한인들의 뜨거운 열기 속에 남측은 2대 0으로 그리스를 이겼다. 한편 북측팀은 세계 최강 브라질과의 경기에서 2대 1로 졌지만, 좋은 경기를 펼쳐 전세계를 놀라게 했다. 1966년 런던 월드컵 8강 진출의 부활을 보는 게 아닌가 하는 기대마저 갖게 되었다. 로스앤젤레스를 떠나던 17일 새벽,

남측이 아르헨띠나전에서 패하는 것까지 보고 평양으로 들어
갔다.

브라질전에서의 선전으로 북한도 이번 월드컵에 많은 기대
를 걸고 있는 듯했다.『로동신문』은 "브라질과의 경기는 조선
팀의 정신적 승리"라고 칭찬하며, "1966년 천리마 축구신화 이
래의 성과"라고 평가했다. 또한 "다른 나라 선수들은 넘어지면
엄살을 부리며 빨간 딱지를 따내려고 하는 데 비해 조선선수들
은 고상한 경기 도덕성을 지켰다"고 치하했다.

우리 의사들도 수술 후 점심식사 자리에서는 남북의 축구경
기 이야기를 빠뜨릴 수 없었다. 그런데 놀랍게도 김희만 연구
실장이 북녘팀의 김정훈 감독과 한때 함께 뛰었던 축구선수라
는 것이 아닌가. 김실장은 김감독이 어떤 상황에서도 흥분하지
않고 매우 차분하게 경기를 이끌어나가던 선수였다고 했다. 마
침 그날 밤에는 런던 월드컵에서 북녘팀에게 뼈아픈 패배를 안
겨준 뽀르뚜갈과의 경기가 예정되어 있었다. 다들 이번에는 기
필코 뽀르뚜갈을 꺾어야 한다는 결의와 기대로 신나게 이야기
꽃을 피웠다.

그래서 나는 이럴 게 아니라 오늘 밤 여기에 텔레비전을 갖
다놓고 다 함께 먹고 마시며 축구경기를 보는 게 어떻겠느냐고
제안했다. 그런데 아무 반응이 없는 것 아닌가. 북녘의사들과
한마음으로 경기를 응원하는 추억의 밤을 보내게 될 줄 알았는
데, 도무지 호응하는 사람이 없었다. 눈치 빠른 화일 동무가 의

사선생님들은 저녁에 병원에서 할 일도 있는 모양이고 피곤할 테니, 우린 호텔에 가서 따로 보자고 해서 멋쩍게 리동무를 따라 나섰다. 나만 그렇게 생각했던 모양이다. 텔레비전이 있는 고려호텔 3층 음료점에 올라가니, 조용했다. 모두들 텔레비전 앞에 몰려 있을 줄 알았는데, 화일 동무와 나, 그리고 다른 일행 세 사람이 전부였다.

드디어 경기가 시작되었다. 북녘 대표팀은 처음부터 과감하게 공격적으로 나왔다. 그러나 브라질전에서 보여주었던 철통 수비가 무너지면서 힘없이 골을 허용하기 시작하더니, 결국 7 대 0으로 대패하고 말았다. 그런데 경기 도중 아무도 탄식을 내지르거나 소리 내어 응원하지 않았다. 축구경기에 반응을 보이는 사람은 골을 먹을 때마다 문지기가 너무 앞으로 나온다고 투덜거리는 화일 동무뿐이었다.

더 신기한 것은 경기를 중계하는 아나운서와 해설자의 태도였다. 그들은 착 가라앉은 목소리로 일말의 흔들림없이 차분하게 경기상황을 알려주기만 했다. 마치 윔블던 테니스경기를 중계하는 BBC 아나운서 같았다. 미국이나 남한처럼 경기에 몰입해 함께 흥분하는 중계에 익숙해져 있는 나에게는 너무나도 이상하고 낯선 풍경이었다.

또한 어느 한 선수를 부각시키는 일도 없었다. 남녘 팬들 사이에서 '인민 루니'라 불리며 많은 관심을 받고 있는 북한팀 공격수 재일동포 정대세 선수에 대해서도 마찬가지였다. 개개인의 활약이나 실수보다는 팀 전체 플레이를 집중적으로 보는 그런 중계였다. 그래서인지 이곳 사람들도 축구 이야기를 할 때 팀 전체에 대한 평가를 내릴 뿐, 선수 한 사람을 꼭 집어 말하는 것을 거의 보지 못했다.

응원도 탄식도 없는 조용한 분위기 속에서 월드컵 중계를 보고 있자니, 북녘사람들은 마치 감정이 없는 것 같아 보였다. 이게 무슨 재미인가 하는 생각도 들었다. 때마다 김일성광장에서 벌어지는 군중집회 사진을 보며 생각했던 것과는 정반대였다. 집단체제라고 하지만, 함께 응원하고 즐기는 문화는 없는 모양이다.

나는 북녘팀이 이렇게 곤혹스럽게 패배했는데, 북에서 이후 남녘팀의 경기를 보여줄 것인지 무척 궁금했다. "원쑤 미제를 짓부시자"는 기사가 『로동신문』을 온통 장식한 6월 25일 밤, 북녘 텔레비전은 16강 진출이 달려 있는 남한팀의 경기를 보여주었다. 북녘팀의 경기를 중계할 때와 똑같이 차분한 목소리로. 문득 18년 전, 이곳 고려호텔 회전전망식당에서 남녘 작곡가의 「우리의 소원은 통일」이 흘러나오는 것을 듣고 소스라치게 놀랐던 일이 떠올랐다. 다음날 수술 후 진료실에서 어제 남녘팀의 경기를 보여주는 것을 보고 놀랐다고 했더니, 의사선생들은 "남선(한국)이라도 이겨야지요, 다 같은 우리 민족인데요"라고 했다. 이처럼 여기서는 미국에 대한 전투적인 구호가 난무하지만, 남측을 비방하는 태도는 보기 힘들다. 이명박정부에 대해서

고려호텔 로비에서 마주친 정대세 선수

는 예외지만.

6월 29일 밤에도 16강에 오른 남녘팀의 우루과이전을 보여준다는 예보를 들었다. 그날 초대소 만찬에 가려고 호텔 로비로 나갔더니, 마침 해단식 참여차 호텔로 들어오는 정대세 선수와 마주쳤다. 침울해 보이는 그에게 먼저 다가가 미국에서 온 재미동포 의사라고 소개하며 악수를 청했다. 힘없이 내미는 손을 꽉 잡으며 자랑스럽다고 말해주었다. 앞으로 더 좋은 기회가 많이 있을 거라 격려했더니, 그의 굳은 표정이 조금 풀리는 것 같았다. 이어서 남녘과 해외의 많은 동포들이 경기 전에 흘린 정선수의 눈물에 감동했고, 뜨거운 박수를 보내고 있다고 말해주었다.

남한 국적의 아버지와 북한 국적의 어머니를 둔 정선수가 어릴 때부터 조총련계 민족학교에 다닌 영향으로 북한 대표팀에서 뛰게 된 사실은 분단의 한 단면을 보여주는 것이다. 앞으로 대성하여 축구를 통해 남북 사이에 다리를 놓아주기를 기대해 본다. 나중에 화일 동무가 찍어준 사진을 보니, 두번째 사진에는 그의 얼굴에 보일 듯 말 듯 희미한 미소가 번지고 있었다.

평양에서 맞은 6·25 기념일

6·25 전날인 24일에는 오후 수술을 마친 뒤 전쟁과 관련된 사적지 두곳을 보았다. 하나는 평양시내 대동강 강둑에 세워진 '미제침략선 셔먼호 격침기념비'였다. 1866년 여름, 중무장한 미국상선 제너럴셔먼호가 허락도 없이 대동강 상류까지 올라와 통상을 강요하기 시작했다. 당시 대원군의 쇄국정책에 따라 관헌들은 이를 거절하고 출국을 요구했으나, 오히려 그들은 조선인을 인질로 납치해 공갈협박까지 벌였다. 이에 평양군민들의 적대감이 폭발해 무력충돌이 일어난 것이다. 평양감사 박규수는 대원군의 명을 받아 화공으로 셔먼호를 격침시켰다. 배에 타고 있던 선원 24명이 몰살당했고, 배는 불태워졌다.

92년 첫 방문 때 만경대고향집에서 들은 대로, 횃불을 들고

서면호 격침기념비 ©Ray Cunningham

셔먼호에 돌진해 배를 불사른 사람들의 선두에는 김일성 주석의 증조할아버지 김용우도 있었다는 사실을 기념비는 기록하고 있었다. 화일 동무는 셔먼호의 대포는 중앙박물관에 전시되어 있다고 말해주었다.

그리고 놀랍게도 셔먼호 격침기념비 바로 뒤 강변에 미국 해군정찰함 푸에블로호가 정박되어 있었다. 셔먼호사건이 일어난 지 102년 뒤인 1968년, 다시 조선영해를 침범해 정탐을 하던 푸에블로호는 북한해군에 나포되었다. 북한이 '원쑤'로 여기는 미국과 1세기 세월의 간격을 두고 일어난 역사의 얄궂은 악연이 아닌가? 이 배는 원래 동해안 원산항에 있었는데, 언제 어떤 식으로 대동강변으로 옮겨졌는지 모르겠다. 일설에 의하면 푸에블로호를 화물선으로 가장해서 남해를 거쳐 서해로 올라와 대동강에 정박시켰다고 한다. 북미관계가 정상화되는 날, 화해와 평화의 상징으로 푸에블로호를 보내준다는 얘기가 심심찮게 나오고 있다.

두번째 사적지는 평양시내 북편 건지리에 있는, 6·25전쟁 당시의 북측 최고사령부였다. 당시 남측의 최고사령관은 매카서 장군이었고 북측은 김일성 수상이었다. 이곳은 그동안 한번도 들어보지 못했다. 포장되지 않은 시골길을 따라 한참 들어가니, 조용한 골짜기 입구에서 인민군 장령(將領)과 여전사가 우리를 맞았다. 여기서부터는 잘 포장된 도로였다. 도로를 걷다보니 지붕에 풀이 무성한 반원형의 커다란 지상벙커가 나타났다.

약간은 섬뜩했다. 미공군의 끊임없는 융단폭격으로 평양은 구석기시대로 돌아갔다는 미국방성 보고서의 표현이 떠올랐다. 아마 당시 상황은 표현 그대로였을 것이다. 그런 상황에서도 그들은 계속 전쟁을 치러야 했고, 사령부는 항일무장투쟁 때의 모습으로 돌아갈 수밖에 없었을 것이다. 그 모습을 증명하는 역사의 현장이었다. 방문객은 나 혼자였다.

안으로 들어가니 조선기와집 두세채가 붙어 있었다. 김일성 최고사령관의 집무실, 작전회의실, 식당과 이발실, 부엌, 침실 등이 좁다랗게 들어차 있었다. 뒤채에는 어린 아들 김정일의 방도 있었다. 뒤로 더 들어가면 나무기둥으로 지어진 지하벙커가 있고, 그 속에는 전화기며 영사실, 작전회의실 등이 있다. 어려웠던 그 시절의 모습 위로 금수산기념궁전의 모습이 겹쳐왔다.

벙커 밖으로 나오니 경사진 들에 김일성 최고사령관 가족이 키웠다는 남새밭과 앵무나무며 밤나무 같은 과수들이 있었다. 풀밭에 놓인 의자와 탁자는 김일성 사령관이 직접 전공장병을 불러 격려한 곳이라고 여전사가 게시판에 붙어 있는 흑백사진을 가리키며 설명해주었다. 그리고 꽁꽁 숨겨진 이곳에도 미공군의 폭격이 가해져 목숨이 위태로웠던 순간이 있었다며, 땅에 박힌 불발포탄을 보여주었다. 김일성 최고사령관은 이곳에서 2년여를 머물며 인민군의 작전을 지휘했다고 한다. 문득 같은 시기 남녘의 최고사령부는 어디였으며 사령관은 누구였던가 궁금해졌다. 작전지휘권을 매카서 장군에게 넘겼을 때는 사

인민군 최고사령부의 지하벙커

령부가 토오꾜오에 있었고, 그의 파면 후에는 미8군사령관이 부산이나 서울에서 최고사령관으로서 국군의 작전을 지휘했을 거라는 생각만 가물거렸다.

이곳을 둘러보고 있자니, 어릴 적 내가 직접 보았던 6·25전쟁의 영상이 생생하게 떠올랐다. 피난길에서 느꼈던 공포와 폭격으로 사람들이 쓰러져가던 참혹한 광경이 어린 눈에도 아련했다. 그런 전쟁은 다시 있어서는 안된다. 그곳을 떠나오며 그들과 사진 한장을 찍었다. 내 또래로 보이는 인민군 장령과 옛날이야기를 하던 중 서로 파안대소하는 모습이 화일 동무의 카메라에 잡혀 있었다. 그래, 인민군도 국군도 똑같이 웃고 운다. 우리는 다 같은 사람들, 같은 동포가 아닌가. 그들과 작별하고 다시 평양시내로 돌아왔다.

6월 25일은 금요일이었는데, 병원에서는 보수점검이 있는 날이라 오후에만 수술이 잡혀 있었다. 평양에 온 이후 매일 수술을 하느라 피로가 쌓여서인지 오한이 느껴지며 감기기운이 있는데다 배탈까지 나서 오전에는 고려호텔 지하에 있는 한증막에서 푸욱 땀을 냈다. 그러고 나니 몸이 한결 가벼워졌다. 화일 동무가 가져다준 약을 먹고 나니 배탈기운도 가셨다.

오후에 김희만 실장과 함께 퇴행성관절염─북에서는 변형성관절염이라고 부른다─환자를 상대로 인공무릎관절 치환수술을 했다. 지난해 수술까지 합쳐 유일한 여성환자였다. 이번 방문에서는 총 열네건의 수술을 했는데, 이 여성과 80대 의사 선생을 제외하고는 모두 40, 50, 60대의 남성들이었다.

6·25는 남에서는 북한 공산군이 남침한 전쟁 개시의 날이지만, 북에서는 '조국해방전쟁 승리의 날'로 기념하고 있다. 참전했던 미국은 승패 없이 정전으로 끝난 이 전쟁을 'Korean War'라 부른다. 『로동신문』은 이날 "미제와 남조선 괴뢰들의 북침 도발책동을 짓부시고 나라의 자주적 평화통일을 이룩하자"는 긴 사설을 실었다. 이어 "미제는 조선전쟁의 도발자이자 침략자"라는 조선중앙통신사의 비망록을 소개하며, 1945년에서 2005년 사이에 미국이 공화국 북반부에 끼친 피해액만 해도 약 65조달러라는 기사를 실었다. 그것은 "대학살 죄행과 무차별적 파괴와 강탈행위로 인한 것"이라고 했다. 북이 이 피해액수를

어떻게 이용하려는지는 모르겠으나, 처음 듣는 것이었다.

북은 이날을 '6·25 미제반대투쟁의 날'로 정하고, 김일성광장에서 수십만 인민이 운집한 가운데 '평양시 반미군민대회'를 열었다. 병원에서도 여럿 참여했다는데, 병원 안은 여전히 평온했다. 함께 수술한 의사선생들도 전쟁 이야기는 꺼내지 않았다. 다음날 신문은 이 대회를 크게 보도하면서 전쟁 도발 전야에 유엔의 이름을 도용하기 위한 미국의 책동을 비난하는 기사를 실었다. 6·25전쟁은 미국이 사전계획하에 도발한 것이라며 여러 역사적 사례를 들어 주장하고 있었는데, 더 읽어보지는 않았다.

6·25전쟁이 나라의 분단을 이 지경까지 몰고 왔으니, 언젠가는 반드시 규명되어야 할 사실이다. 그러나 이것도 통일 후에나 밝혀질 것이니, 지금은 6·15남북공동선언의 정신을 따라 통일의 길로 나아가는 데 힘써야 할 것이다. 현재 남북통일과 관련해 남북뿐만 아니라 해외측과도 연결된 기구는 6·15공동위밖에 없다. 그만큼 중요한 기구지만, 공동기념행사 개최를 방해한 것에서도 보았듯 이명박정부가 들어선 후에는 6·15선언을 부정하고 10·4합의를 실천할 의지가 없어 남북관계가 파탄나고 말았다.

『로동신문』은 남측당국을 미제의 하수인이라 비판하며, 미군 참전장병들을 끌어들여 위로연이니 참관이니 벌이는 남녘의 6·25전쟁 기념행사를 조롱조로 신랄하게 비난했다. 미국 동포사회에서도 이명박정부 출범 이후 6·25참전 미국노병들에게 감사를 표하기 위해 호텔에 모셔놓고 식사를 대접하는 행사가 더 많아지고 있다.

6·25 관련기사 외에 『로동신문』에 크게 실린 기사는 조선로동당 중앙위원회 정치국의 결정으로 오는 9월 상순에 당대표자회의를 소집한다는 것이었다. 이 대회는 1966년 이후 처음 열리는 것으로, 당 조직의 정비와 당내 주요직위에 대한 인사가 이뤄지는 중요한 회의라고 했다. 혹시 이것이 밖에서 떠드는 후계자 구도와도 관련있는 것이냐고 물었더니, 그에 대해서는 당 대표들이 정할 일이라고만 답했다. 여하튼 북한의 앞날을 이끌고 갈 지도부의 개편 등 중요한 일들이 곧 일어날 모양이다. 지켜보아야 할 일이다.

개선청년공원에서 들은 웃음소리

두번째 인공무릎관절 수술환자도 첫번째 환자와 상태가 비슷했다. 오래전에 대퇴골 하부골절을 금속판과 나사못으로 고정해서 골절은 유합되었으나, 무릎은 조금도 구부릴 수가 없었다. 미국에서는 매우 보기 힘든 환자였다. 인공무릎관절수술 후 이 환자가 무릎을 구부리고 펼 수 있도록 해주는 것이 큰 문제였다. 오랫동안 꾸준히 운동하면 어느정도 관절의 움직임을 회복할 수 있을 것이다.

김희만 선생과 수술을 마치고 나오니, 농촌지원차 한달간 나가 있던 아태위원회 박철 참사가 나를 기다리고 있었다. 미국의 ABC, CNN 등 대외언론과의 교류사업 등을 담당해온 젊은 인재다. 인민복 상의를 입은 그의 팔과 얼굴은 완전 새까맣게 타 있었다. 김관기 국장은 아직도 농촌에 있는데, 먼저 올라가 밀린 사무실 일을 정리하라 해서 자기만 올라왔다고 했다. 지난해 5월에 만나고 처음 본 것이니, 1년 만이다. 우리는 함께 병원에서 나왔다.

언제나 재빠르고 바지런한 화일 동무는 더 늦기 전에 내가 보고 싶다고 한 모란봉 최승대(最勝臺)에 오르자고 재촉했다. 높은 곳에서 평양시내를 내려다보면, 대동강이 서편에서 흘러들어와 금수산기념궁전 쪽을 향해 북으로 올라가다가 커다란 릉라도를 만나며 남쪽으로 휘돌아내려오면서 양각도를 만나서는 다시 서쪽으로 흐르는 물줄기가 한눈에 보인다. 이 대동강 물줄기를 중심으로 동쪽은 주체사상탑이 있는 동평양이고, 서쪽은 모란봉을 북쪽에 두고 평양시내를 이루고 있다. 대동강 물줄기 하나로는 만족하지 못해서일까, 평양시내 서북쪽에서 시작되는 보통강이 조국해방전쟁승리기념탑과 류경정주영체육관─남한 현대그룹 회장인 정주영(鄭周永)의 뜻을 기려 만들어진 것이다─이 있는, 심장 모양의 보통강구역을 감싸돌아 남쪽으로 흘러내리며 대동강과 합류해서 서해로 흘러들게 된다.

평양의 젖줄인 대동강과 보통강은 평양시내의 경관을 한층 윤택하게 만든다. 18년 전 첫 방문 때 모란봉 을밀대 성벽에 걸터앉아 저 아래 버드나무가 늘어선 대동강의 푸른 물과 릉라도에 낙하산이 내려앉은 듯한 5·1경기장을 바라보는 경치가 너무나 아름다웠는데, 이보다도 높은 곳에 위치한 최승대에서 보는 풍치는 그에 비할 수 없을 정도라고 한다. 사방이 나무로 둘러싸인 넓지 않은 길을 따라 올라가는데, 드문드문 손을 꼭 잡고 걷고 있는 젊은 연인들이 보였다. 박참사는 예전에 경험이 있어 그런지, 여기가 연인들이 가장 즐기는 평양의 산책길이라고 했다.

드디어 차가 정상에 다다르니, 최승대 정자가 보였다. 안내판에는 6세기 중엽 고구려가 평양 북성의 장대(군사지휘처)로 세운 누정인데, 이곳에서 바라보는 경치가 제일 아름다워 '최승대'라는 이름을 붙였다고 씌어져 있었다. 또한 최승대는 강가나 못 가운데 혹은 절벽 위의 정자와는 달리, 산봉우리에 세워진 정자의 특성을 잘 보여주는 건축유산이라고 했다.

그런데 최승대에 올라서서 평양시내를 한눈에 쓸어내리듯 바라보리라던 나의 기대는 완전히 무너졌다. 최승대 주위에 선 나무들이 너무 울창하게 자라서 나뭇잎들 외에는 아무것도 볼 수 없었다. 아마 조선시대에는 정말로 기가 막힌 경관을 볼 수 있었으리라. 환경보호 때문에 수목을 다치지 않게 하려는 의도는 충분히 이해하지만, 잘 계획해서 적절히 가지치기를 하면 주변의 자연환경도 보호하고 최승대의 본래 멋을 잘 살릴 수 있지 않을까 하는 아쉬움이 들었다.

최승대에서 실망한 나를 위로라도 하려는 듯 화일 동무는 우리를 이끌고 개선문 쪽으로 내려갔다. 서서히 어두워져가는 개선문광장에 다다랐다. 그녀가 가리키는 쪽으로 눈길을 돌리니,

개선청년공원에서 줄지어 기다리는 사람들 ©Ray Cunningham

네온싸인과 총천연색의 오색등불이 휘황찬란하게 명멸하는 불야성이 보였다. 얼마전에 재단장해서 개장했다는 개선청년공원이었다. 아니, 전력이 모자란다더니 이건 또 웬일인가?

공원 앞 광장에는 청춘남녀들이 구름처럼 모여 입장할 차례를 기다리고 있었다. 입장권을 파는 사무실에 갔다 돌아온 화일 동무가 우리도 공원 안으로 들어가자고 했다. 외래 방문객에게 공원 구경만 시키겠다는 허락을 받아가지고 온 것이다. 안으로 들어서니 온갖 놀이기구들이 정신없이 돌아가고 있고,

여기저기 먹거리 파는 곳도 보였다. 공원 안을 돌아다니다 여러번 아이스크림을 입에 물고 신나게 뛰어다니는 아이들과 부딪힐 뻔했다.

공원 한가운데 우뚝 솟은 50미터 높이의 급강하탑에서는 기구가 하늘로 솟았다가 뚝 떨어질 때마다 연방 탄성이 터져나왔다. 롤러코스터를 타려고 뛰어다니는 젊은이들, 놀이기구마다 길게 늘어서 있는 줄…… 모두가 생기발랄하고 즐거워 보였다. 휴가를 나왔는지 앳돼 보이는 인민군 병사들도 놀이기구를 타기에 바빴다. 진정 여기가 북한인가? 바깥에서 조금만 더 조이면 금방 붕괴된다고 하는, 북한이 맞는가? 아니면 내가 다른 나라에 와 있는 것인가? 잠시 혼란스러웠다. 옆에 있는 박참사에게 이것이 과연 바깥세계에서 말하는, 붕괴 위기에 처해 있는 나라의 모습이냐고 물었더니, 그저 빙그레 웃기만 했다.

북한이 내일모레 망한다고 떠들어대는 지도자나 내외 언론인들은 내가 못 보는 무슨 다른 것을 보고 그런 얘기들을 하는 것일까? 그들은 북한에 몇번이나 와봤을까? 아니, 와본 적은 있을까? 김일성 주석 생전에 그가 죽으면 북한체제는 끝난다고 말했던 사람들이 지금 와서는 또 '김정일만 죽으면 통일이 된다'고 말한다. 이들은 무엇을 보고 그렇게 얘기하는 걸까? 반면 오랜 세월에 걸쳐 북한을 연구하고 방문한 사람들이 북한은 곧 망할 거라고 말하는 것은 한번도 들어본 적 없다.

남녘에 가만 앉아 손쉽게 그런 얘기를 하는 사람들은 대부분단 한번도 북한이라는 사회 속에 들어와보지 못한 사람들이 아닐까? 북한의 체제와 특성, 북녘인민들의 민족성과 자부심을 전혀 이해하지 못하는 사람들이 그런 허망한 얘기를 하는 것이다. 북한은 90년대 '고난의 행군' 시기를 이겨낸 나라다. 망하기는커녕 앞으로 더 발전해갈 조짐을 보이고 있다. 물질적으로, 정신적으로는 더 강하게.

북한식 야외 바비큐파티

둘째날 수술을 마치고 난 자리에서 의사선생들이 이번주 목요일 아침 수술을 끝낸 후 모두 함께 향산에서 야외점심을 한다고 했다. 향산이라면 묘향산이 아닌가? 첫 방문 때 묘향산에 가서 보았던 아름다운 계곡과 향산천의 초록색 물빛이 떠올랐다. 다시 가보고 싶은 생각도 있었지만, 그렇게 먼 데로 떠나는 건 부담스러웠다.

지난해에 이어 올해도 평양까지 와서 쉼없이 수술을 해주는 데 대한 고마움과 미안함에서 마련한 소풍이라고 했다. 그들의 마음은 정말로 고마웠지만, 그래도 묘향산까지 가는 것은 반대했다. 두시간 반이나 자동차를 타고 가서 점심을 먹느니, 차라리 평양 근교 야외에서 마음껏 얘기하다 오는 것이 더 좋겠다고 했다. 귀한 휘발유를 써가며 그 먼 데까지 갈 필요는 없다는 것이 내 속마음이었다. 하지만 화일 동무는 과장선생들이 나를 위해 모처럼 조직한 일정인데, 그렇게 한마디로 내칠 수 있느냐며 볼멘소리를 했다.

그러자 문원장이 사실 묘향산보다 더 좋은 곳은 함경도에 있는 마전(麻田)인데, 오선생 뜻이 정 그렇다면 이번에는 가까운 곳에 다녀오고 나중에 다 함께 마전에 가자고 했다. 한때 '장군님'이 지나가다 들렀는데 경치가 너무 좋아서 결국 하루를 쉬어갔다는 곳이란다. 차 두대를 나눠타고 우리는 평양 근교에 있는 룡악산으로 향했다. 시내를 벗어나자 대동강의 지류가 도로변을 따라 흐르고 있었다. 그 주위 모내기를 끝낸 논에는 시원하게 물이 차 있었고, 싱싱하게 푸른 곡식들이 자라고 있었다.

함께 차창을 내다보는 문원장에게 올해 작황이 좋아서 생산량이 늘었으면 좋겠다고 말했더니, 앞으로는 더 좋아질 것이라며 이제 비료도 어느정도 충당되었으니 올해 날씨만 평온해지면 견딜 만할 것이라 했다. 북녘에서 바라보는 농촌 풍경은 그저 한가롭지만은 않다. 부디 저 곡식들이 잘 자라 굶는 사람이 없기를 바라는 그런 간절한 심정이다. 소년단 야영소를 지나 어느덧 정상에 다다랐다.

문원장, 장선생과 함께 산정을 향해 천천히 걸었다. 룡악산 밑 평퍼짐한 평야 건너 저 멀리 동북편으로 평양시내가 눈에 들어왔다. 높다란 굴뚝 두개에서 회색 연기를 뿜고 있는 것이 보였다. 평양화력발전소와 동평양화력발전소라고 했다. 저 두 개의 발전소가 평양시에 전기를 공급하고 있단다. 자동차 매연이 별로 없어 깨끗한 평양의 공기 속으로 석탄을 태우는 검은 연기가 섞여 올라가고 있었다. 환경오염이라 해야 하지만, 저 굴뚝연기마저 없다면 평양의 밤은 암흑일 것이다. 원자력발전소의 원료인 우라늄 매장량이 세계 제일이라는 북녘에는 한 기의 핵발전소도 없다. 남녘에는 20기의 핵발전소가 있다. 요사이 남녘의 원자력 발전기술이 중동까지 뻗쳐나가는 마당에 북녘에도 그 기술이 전해져야 할 것이 아닌가? 통일로 가는 과정에서 반드시 그래야 한다.

산정에 이르니 과장선생들이 먼저 올라와 자리를 잡고 있었다. 평양 서남쪽으로 널따란 평야가 보였다. 여기에 10만 세대의 살림집 공사가 시작될 것이라고 했다. 곧 터질 것만 같은 천만 인구의 도시 서울에 비해, 평양인구는 330만 정도라고 한다. 도시가 무턱대고 커지는 것은 바라지 않지만, 통일의 그날 평양이 서울의 절반만큼 인구가 늘어난 아름다운 경관도시가 되기를 바랐다.

나무로 둘러싸인 아담한 곳에 콘크리트 식탁과 의자가 둥그렇게 배치되어 있었다. 바비큐 음식을 마련해온 간호장과 간호원이 화일 동무와 과장선생들의 도움을 받아 식탁을 차렸다. 캠핑용 가스레인지 위에서는 벌써 각종 고기들이 익어가고 있었다. 북녘사람들이 술을 즐긴다는 것을 알고 있는 나는 션양공항 면세점에서 사온 꼬냑 한병을 박송철 과장에게 건넸다. 술과 음식에 대해서는 일가견이 있는 그였다.

모두가 자리에 앉자 문원장이 "오선생이 조국에 오셔서 헌신적으로 우리 병원과 정형외과학계의 발전을 돕고, 또 환자들에게 커다란 행복을 주고 계시니 너무나 감사하다"며 건배사를 했다. 나도 답례로 "너무나 정성어린 형제 의사선생들의 환대에 감사하며, 나 자신 역시 커다란 기쁨과 보람을 느끼고 있다"고 말하며 잔을 들었다. 이어 과장선생들과도 술잔을 주고받으며 환담을 나눴다.

헌데 북녘에서는 삼겹살구이를 먹지 않는 모양이었다. 나는 삼겹살 소금구이 타령을 늘어놓으며, 여러분들을 미국에 모시고 삼겹살잔치를 벌일 날을 기대하겠다고 말했다. 식사 끝에는 따끈한 단고기국밥이 나와서 깜짝 놀랐다. 단고기를 먹냐고 묻기에 좋아하는데 미국에서는 전혀 먹을 기회가 없다고 했더니, 문원장이 단고기 칭찬을 늘어놓았다. 원래 우리 민족은 개고기를 '개장국'이라 불렀는데, 수령께서 이렇게 맛있는 음식을 왜 개장국이라는 속된 이름으로 부르냐며 '단고기'라 부르도록 했다는 것이다.

문원장은 이어서 우리 조상들은 예로부터 개고기가 유난히 몸에 좋다는 것을 알았기 때문에 "오뉴월 복골에는 단고기 국물이 발등에만 떨어져도 약이 된다"고 했다는 얘기를 들려주었다. 이에 질세라 박과장은 "우리 남정네들에게 제일 좋은 거야

물론 개신요리죠"라고 했다. 그게 무슨 소리냐고 물었더니, 오
선생은 그것도 모르냐며 언제 한번 단고기 요릿집에 모시고 가
야겠단다. 그제야 나는 그것이 개의 생식기를 말하는 줄 눈치
챘다. 다음에 오면 반드시 그 맛을 보여달라고 했더니, 모두들
한바탕 웃었다.

신뢰, 통일로 가는 원동력

　잠시나마 공적인 자리에서 벗어나면 서로 보다 쉽게 마음을 터놓게 되고 더욱 가까워지게 마련이다. 룡악산 나들이가 그런 자리였다. 또한 수술이 끝나면 모두 진료실에 모여 맥주나 소주를 마시며 대화를 나누는 자리가 우리를 끈끈하게 연결시켜 주었다.

　더구나 이번에는 마취과장 허석환 선생도 수술에 직접 참여했고 진료실 토론에 합류해서 즐거움을 더해주었다. 그는 독일에 유학한 경험이 있고, 중국식 마취법에 대해서도 공부한 분으로 성격이 매우 유쾌했다. 병원의 기술담당 부원장 류환수 선생도 곧잘 우리 자리에 참석해 좌중에 폭소와 재미를 안겨주었다. 원래 흉부외과 의사로, 몇년 전 로스앤젤레스의 동부 로

마린다(Loma Linda) 의과대학병원에도 다녀간 적이 있는 분이라 나와는 말이 잘 통했다. 직책상 외국여행이 잦은 편인데다 성격이 활달해 화제거리가 많은 분이었다.

외과의사들이 수술 중간에 술을 마신다고 하면 이상하게 생각할지도 모른다. 미국에서는 절대 볼 수 없는 일이다. 허나 평양에서는 다르다. 그렇다고 술을 지나치게 많이 마시는 것도 아니고, 오후에 수술할 의사는 전혀 마시지 않았다. 사실 많이 마시게 되는 사람이야 자꾸 술잔을 받게 되는 나일 텐데, 나 역시 분수를 아는지라 분위기를 띄우는 정도로만 조심스럽게 마셨다.

유럽으로 시범수술을 다니던 80년대, 사회민주주의국가의 의료제도는 미국과 다르다는 것을 알게 되었다. 예컨대 노르웨이 베르겐(Bergen)의 옛 요양병원에서는 수술이 끝나면 병원에 면해 있는 기막히게 아름다운 호숫가에 앉아 점심식사를 했는데, 그때마다 꼭 포도주가 곁들여져 나왔다. 우리는 여유롭게 포도주 한잔씩 마시며 느즈막하게 다음 수술을 준비했다. 그때는 이런 여유로운 삶에 질투심을 느꼈다. 미국 같으면 어림도 없는 일이었다. 미국에서는 새벽에 일어나 수술을 몇건 하고, 때때로 앉아서 식사할 틈도 없이 샌드위치를 씹으며 진료실로 달려가 외래환자를 보는 등 숨막히는 일정에 쫓긴다. 그래서 사회주의 의료제도를 채택한 유럽의 의사들은 미국의사들이 돈은 많이 벌지만 삶의 멋과 여유를 모른다고 동정하는 것이다.

올해 진료실의 식단은 작년보다 훨씬 더 풍성했다. 그 유명한 가물치회뿐만 아니라 강에서 잡았다는 잉어회도 올라왔고, 평양냉면 외에 따끈한 단고기국이 나오기도 했다. 나는 시원한 대동강맥주를 특히 좋아했고, 저녁에는 평양소주가 입맛을 돋우었다. 안주로 나온 메추리알, 오리알 등 각종 음식들이 내 입맛에 잘 맞아서 더 그랬는지 모른다. 북에는 평양소주 말고도 약재나 무슨무슨 과일향이 깃든 소주 종류가 무척 많았다. 게다가 북녘의사들의 주량은 알아줘야 한다. 북녘남성들 모두 대단한 술꾼이었다.

술뿐이랴. 누가 의사는 담배를 피우지 않는다고 했던가? 평의대 정형외과에서 비흡연자는 나 혼자였다. 미국에서는 마취의사가 제일 먼저 담배를 끊는다는데, 여기서는 그것도 통하지 않는가보다. 마취과 허과장은 되려 담배를 피우던 사람이 뒤늦게 끊으면 암에 걸릴 확률이 더 높다는 통계까지 끌어댔다. 나 역시 보스턴 시절에는 파이프로 줄담배를 피웠는데, 강연여행이 많아지면서 비행기에서 파이프를 못 피우게 되자 담배로 바꿨다가 그마저도 허용되지 않자 90년대 중반에 아예 끊어버렸다. 의학기술의 발달이, 아니 의학지식의 위협이 우리가 그렇게 좋아하는 술과 담배를 전혀 즐기지 못하도록 만들었다. 그러고 보면 북녘은 아직도 남자들의 천국인지 모른다.

이런 분위기 속에서 우리는 나날이 더욱 가까워졌다. 결국 문제를 해결하기 위해서는 자꾸 만나고 대화하는 수밖에 없다.

그래야 상대방을 알게 되고 신뢰가 쌓이면서 솔직한 대화를 통해 생산적인 일이 이루어지는 것이다. 작년만 해도 의사선생들은 나에게 하고 싶은 얘기가 있어도 쉽사리 꺼내지 못했다. 어려워서가 아니라, 자신들의 형편을 드러내 보이기 싫어서였을 것이다. 뿐만 아니라, 내가 묻는 것에 대해서도 선뜻 대답을 해주지 않았다. 자신의 언동이 본의 아니게 왜곡되어 외부에 알려지는 것에 대한 부담 때문이라고 생각한다.

미국을 포함한 다른 나라에서는 인공무릎관절 치환수술이 고관절수술보다 서너배나 많은 것이 추세인데, 북녘에서는 전혀 시행하지 않는 것 같았다. 그런데도 그런 얘기들을 좀처럼 해주지 않았다. 지난해 고관절수술 전수를 마치고 떠나기 전에 다음에 올 때는 무릎관절기를 가지고 와서 수술할 생각이라고 하니, 그때서야 겨우 무릎관절수술은 경험이 별로 없다는 정도의 애매모호한 답변만 주었다. 18년 전, 좀처럼 반응을 보이지 않는 의사들을 향해 강연 도중 버럭 화를 냈던 기억이 남아 있어 나 역시 구태여 먼저 묻지 않았다.

그런데 이번 수술여행에서는 태도가 완전히 달라지기 시작했다. 이제는 먼저 나서서 무릎관절기뿐만 아니라 어깨와 팔꿈치 관절기에 대해서도 물어왔고, 고안연구를 도와달라고 청하기까지 했다. 누구나 자신의 약점을 드러내기란 쉽지 않은 일이다. 먼저 물어보지 않는 것은 의사의 자존심이기도 하지만, 그 때문에 환자와 의사 모두 쓸데없는 손해를 보게 되는 것이다. 2년여에 걸쳐 함께 어깨를 비벼대며 수술을 하다보니, 부담감이 점점 없어져가기 시작한 모양이다. 그게 무슨 뜻일까? 자신들을 진솔하게 이해해주는 상대에 대한 신뢰가 아니겠는가? 이제 우리는 신뢰를 넘어 진정으로 형제애를 느끼고 있었기에 서로 숨길 것이 없어져가는 것 같았다. 나 역시 그들에게 도움이 될 만한 것은 무엇이든 찾아 도와주었다.

그래, 세상 모든 일은 사람과 사람 간의 관계에서 이루어진다. 역지사지의 자세로 서로를 이해한다면 이루지 못할 일이 무엇이겠는가? 평의대 의사선생들과의 인연에서 얻은 가장 중요한 결실은 바로 이 신뢰였다. 이 신뢰야말로 통일로 가는 원동력이라는 것을 잊지 말아야 한다.

평양거리를 걷는 인민들의 모습

서울에 사는 형제자매와 이번에 관절기 기증을 도와준 미국 사람들에게 줄 선물을 사기로 한 날이다. 화일 동무가 병원 가까이에 민속예술품점이 있다고 해서 걸어가기로 했다. 병원 앞 골목길을 함께 걷는데, 얼마 안 있어 갈색타일을 입힌 높은 건물이 나타났다. 윤이상기념음악당이 있는 평양국제문화회관이었다. 윤이상(尹伊桑) 선생은 세계 음악계에 널리 알려진 작곡가다. 경남 통영에서 태어나 유럽으로 유학을 갔다가 1960년대 동백림사건에 연루되어 투옥되었고, 세계 음악계의 구명운동으로 풀려난 후에는 독일에 귀화했다. 우리 민족의 음악을 현대음악과 접목시킨 작품으로 세계의 주목을 받았다. 생전 남녘의 고향땅으로 돌아오지 못했고, 북녘이 그의 음악을 지원하며

평양국제문화회관

연구소까지 차려주었다. 그의 생애는 분단이 낳은 비극의 한 단면이다.

국제문화회관 안에 있는 민속예술품점으로 들어갔다. 작년에 사가지고 간 자잘한 골뱅이 세공품을 받은 사람들은 모두가 경이로운 수공예품이라며 좋아했다. 고려호텔 기념품점에도 여러 상품들이 있었지만, 여기가 종류도 더 다양한 것 같았다. 대신에 이곳은 저번에 갔던 월향보다 더 비싸다고 화일 동무가 귀띔해주었다. 평양에서도 상점마다 값이 다르다니 조금 의외였다.

선물을 고르다보니, 꿩 깃털로 만들었다는 형형색색 아름다운 부채가 눈에 들어왔다. 점심식단에도 꿩고기냉면에 알이 올라왔는데, 북녘에는 꿩들이 꽤 많은가보다. 에어컨을 쓰는 시대에 부채를 쓸 일이 많지 않겠지만, 크고 작은 깃털이 조화를 이룬 모양이 보기 좋고 장식용으로도 맞춤할 것 같아 이걸로 결정했다. 색감에 예민한 화일 동무에게 부채 스무개를 골라달라고 했다. 부채를 받아보고 좋아할 사람들의 얼굴이 떠올랐다.

상점을 나와 평양역 쪽으로 걸었다. 여름이 가까워져서인지 사람들은 팔랑팔랑 가벼운 옷차림이었고 색깔도 밝았다. 그리고 평양에도 하이힐 신은 여성들이 그렇게 많은 줄 처음 알았다. 걷는 모습들이 모두들 밝고 명랑했다. 어두운 표정이나 지친 걸음걸이는 찾아볼 수 없었다. 작년 화일 동무의 그 칙칙한 감색 옷도 산뜻한 옷차림으로 바뀌어 있었다. 그들의 생동감

넘치고 자유분방한 모습은 누가 연출하고 시켜서 만들어지는 것이 아니다.

거리의 남성들 차림도 대개 밝았고, 간편한 티셔츠 차림의 젊은이들이 많았다. 한편 병원 과장선생들은 나처럼 평상복을 입었지만, 문원장, 정외사과장, 리과장은 김정일 위원장이 즐겨 입는 인민복 차림이었다. 민족과학기술협회의 홍종휘 국장, 아태위원회의 박철 참사와 김관기 국장도 양복이 아니라 인민복 차림이었는데, 아마 국가의 관리로서 권위의식이나 형식에 매이지 않고 일하기 편한 복장을 권장하기 때문이리라.

쉬엄쉬엄 걷는데 예닐곱살로 보이는 여자아이가 서로 말하는 데 바쁜 듯한 엄마와 할머니 앞에서 팔딱팔딱 춤을 추듯 재롱을 떨며 걸어가는 모습이 보였다. 너무나 귀여웠다. 우리가 유심히 바라보는데도 아랑곳하지 않고 무슨 학예회 공연연습에 취해 있는지 천진한 몸짓을 계속했다. 여러번 보아서 관심이 없는 듯한 엄마와 할머니 앞에서 자기 나름대로 열중하는 어린이의 모습이 일품짜리 사진감이라는 생각에 카메라를 들었더니, 화일 동무가 찍지 말자고 말렸다. 평양사람들은 아직도 사진 찍히는 것을 좋아하지 않는다고 했다. 90년대 초, 많은 해외동포들이 북녘 땅을 방문했을 때 북한사람들이 보이고 싶지 않은 모습까지 사진으로 찍어가서 불쾌하게 생각했단다.

6·25전쟁이 끝난 후 남녘에 주둔해 있던 수많은 미군들이 우리들의 헐벗고 찌든 모습을 카메라에 담아갔던 것을 생각해본

340

다면 이해 못할 일이 아니다. 해외동포들의 거들먹대는 모습도 좋게 비치지는 않았으리라. 부자나라 사람들이 가난한 나라에 와서 하는 행동이 대저 그러기 쉽기도 하고 또 북녘사람들의 피해의식도 작용하고 있다고 생각한다. 역지사지의 자세로 같은 동포끼리 좀더 겸허해져야겠다고 다시 다짐했다. 그들의 모습을 사진에 담지는 못했지만, 지금도 머릿속에는 이렇게 생생하게 남아 있다.

평양역 앞 거리에서 오른쪽으로 꺾어 고려호텔 쪽으로 걷기 시작했다. 거리 상점에는 사이다가 가득한 냉장고도 있었고, 아이스크림과 신덕샘물 같은 물도 팔고 있었다. 내가 이런 모습을 작년에도 보았나 기억나지 않았다. 매번 차만 타고 다녔으니, 이렇게 사람 사는 모습을 직접 볼 기회가 없었을 것이다. 호텔이 가까워지면서 손전화기를 쓰는 사람들이 눈에 많이 띄었다. 화일 동무뿐만 아니라 자동차를 운전해주던 운전사 동무, 병원장은 물론이고 의사선생들도 모두 손전화기를 가지고 있었다. 누군가는 북에서 전화통화까지 단속한다고 했다. 사람들끼리 소통을 시작하면 폭동이 일어나고 혁명을 일으킨다고 했던가? 손전화기는 가져도 될 사람만 소유하는지 모르겠으나, 이런 식으로 퍼져나가면 통제하기 힘들어지지 않을까? 아니면 북한도 그만큼 체제에 자신이 생겼단 말인가? 어느 것이 사실인지 모르지만 북에서 손전화기 사용은 크게 늘고 있었다.

걷다보니 이 골목 저 골목에서 옛날 건물들을 보수하는 공사가 진행중이어서 먼지가 많았다. 병원에서도 여기저기 바닥을 뜯어내고 벽을 새로 칠하는 등 공사가 한창이었다. 그런데 대부분의 작업을 손으로 하고 있었다. 의학대학 건물을 새로 짓는데 작년에 비해 별 진전이 없어 보였다. 반면 류경호텔 외벽은 유리창으로 덮여 산뜻해졌다. 내부공사까지 완료되면 평양 어디서나 볼 수 있는 또하나의 명물이 될 것이다.

나를 정말 놀라게 한 것은 만수대거리에 들어선 고급스러운 살림집들이었다. 20~30층짜리의 고층 대형단지가 아니라, 6~7층짜리 아담한 집이었는데 각집마다 베란다가 참 아름다웠다. 미국으로 치면 콘도미니엄 같은 집이었다. 이미 입주가 끝났다는데 저런 집에는 어떤 사람들이 사는지 궁금했다. 그동안 살림집 근처에도 못 가보았으니 그들이 어찌 사는지 알 길이 없었다. 때가 되면 볼 수 있으리라.

병원의 전기사정이 좋아진 것처럼 밤이 되면 살림집마다 불이 켜졌다. 덕분에 평양의 야경이 한층 아름다워졌다. 그러고 보니 션양에서 타고 온 비행기도 전보다 더 크고 산뜻한 새 비행기였다. 북녘 여객기가 추락했다는 얘기는 들어본 적 없지만, 그동안 자그마하고 오래된 비행기를 타면서 마음속으로는 좀 불안하기도 했다. 이번에는 남녘 비행기와 비슷한 비행기가 운행되고 있어 안심이 되었다. 이것저것 달라지고 있었지만, 1955년에 지었다는 순안공항만은 여전히 한산한 모습 그대로였다. 미국과 남측의 소위 '고립압살정책'이 어느정도 성공적이란 말인가?

사실 공항으로 말하자면 인천공항보다 좋은 곳을 찾을 수 있겠는가? 세계 제일의 공항이 우리나라에 있다는 사실이 얼마나 다행한 일인가? 하루빨리 통일이 되어 이런 최신식 시설들을 북녘에도 조화롭게 확대시켜야 한다. 그날을 위해 나는 지금 이렇게 한산한 순안공항을 들락거리고 있지 않은가?

다시 두고 온 수술가방

6월 28일, 이번 여행의 마지막 수술은 우성훈 과장의 환자였다. 재수술이었는데, 골반 쪽에 넣었던 비구관절기가 완전히 헐거워진 상태였다. 대퇴골 쪽 역시 많이 헐거워져 있었다. 관절기의 폴리에틸렌이 급속히 마모되어 생긴 가루가 뼈를 잠식하면서 헐거워진 것이었다. 모두 부적절한 외국제품을 써서 생긴 문제다. 관절기 전체를 들어내고 다시 새것을 넣어주었다.

진료실에서 점심식사를 한 후 문원장과 장선생, 각 과장선생들과 함께 회의실에 모여앉았다. 이번 수술여행을 마감하면서 마지막 점검을 하고, 앞으로 해야 할 일에 대해 토론하기 위해서였다. 이번 수술에서 시범적으로 보여준 것들을 잘 활용해서 실행하는 것은 이제 전적으로 그들의 몫이다.

특히 좀더 좋은 관절기를 자체제작하는 문제를 집중적으로 토론했다. 앞선 것을 따라하면서 시행착오를 줄일 수 있다는 것은 후발주자의 잇점이기도 하다. 앞으로 최신관절기의 모형을 따라 북한의 실정에 맞는 관절기를 만들어가는 데 최선을 다해야 한다고 강조했다. 이를 위해서는 김책공업대학과 연계해서 보다 체계적으로 생체공학과 생체자료공학 연구활동을 시작해야 할 것이다. 때문에 문원장에게는 의대생을 뽑을 때 생물이나 화학, 생리학 전공 위주로만 뽑지 말고 폭넓게 여러 분야의 학생들을 선발하고, 특히 정형외과의 경우에는 공대 출신도 과감하게 선발해야 한다고 당부했다.

예전 같으면 이런 토론자리에서도 나 혼자 주로 얘기하고 말았는데, 이번에는 달랐다. 의사선생들은 북녘에서 쉽게 접하지 못하는 여러 관절기와 수술법에 대해 몹시 궁금해하며 적극적으로 물어왔다. 게다가 나는 여기서 필요한 품목의 목록까지 넘겨받음으로써 이번에 숙제거리를 안고 떠나게 되었다.

작년에도 떠날 때 귀한 선물을 받았는데, 이번에는 더 다양한 선물들을 펼쳐놓았다. 각 과장선생들이 마련한 모양이었다. 문원장은 하얀 명주천에 그려진 조선미인도 네점을 선물해주었다. 춘하추동 사계절을 배경으로 한 조선여인의 전신그림이었는데, 이곳에서 무척 유명한 화가의 이름과 낙관이 찍혀 있었다. 다음은 간호장이 마련했는지 '봄의 향기'라는 이름의 화장품 상자를 건네주었다. 개성에서 만든 고려인삼차 두 상자도 함께 받았다. 모두의 정성이 듬뿍 담긴 선물들이었다. 나는 6백여장에 달하는 인공관절 특수질환 치료와 재수술법에 관한 슬라이드첩을 선물로 드렸다. 앞으로 두고두고 교재로 쓸 수 있을 것이다.

이제 다시 헤어져야 할 시간이다. 우리는 모두 평의대병원 앞마당에 나와서 송별기념으로 사진을 찍었다. 문원장, 장실장, 박과장, 김실장, 우과장, 정과장, 그리고 간호장과 간호원들까지 모두 함께했다. 모두들 하나같이 앞으로는 1년에 한번이 아니라, 적어도 두번은 와야 한다고 입을 모았다. 그래, 평의대병원 정형외과 인공관절부가 단단하게 자리잡을 때까지 내가 도울 수 있는 것은 모두 해줘야겠다는 다짐을 했다. 한분 한분, 작별의 악수를 하다보니 다시 눈시울이 뜨거워졌다. 그래요, 다들 잘 있어요. 언제가 될진 모르지만 여기에 다시 수술가방을 놓고 갑니다.

고려호텔로 돌아오니 오늘 환송만찬은 이번 여행에서 한번도 보지 못했던 홍종휘 민족과학기술협회 국장이 대접한다고 리규섭 과장이 말했다. 작년에는 평양에 도착한 날 환영만찬을 베풀어준 그였는데, 이번에는 환송만찬 자리가 되었다. 저녁때 온통 까맣게 탄 홍국장이 고려호텔로 찾아왔다. 우리는 이미 어둑해진 거리를 걸어 '우표식당'이라는 유별난 이름의 식당으로 들어갔다.

그는 이번에 특히 수술을 많이 하셨다는 보고를 받았다며,

기증받은 물품들로 인해 북녘 의학계가 점진적으로 발전해나가는 데 큰 도움이 된다고 고마움을 표했다. 지난해 내가 다녀간 후에도 계속 악화된 남북관계로 인해 남녘과의 교류는 거의 없었고, 외국과의 교류도 제한적이었다고 한다. 다만 의학분야에서 재미동포 의사들과의 교류가 한번 있었다고 했다.

홍국장은 특히 이번에 내가 기증한 물품들의 방대한 규모에 무척 놀랐다고 했다. 더구나 단체의 지원을 받은 게 아니라 개인이 마련했다는 데 할말을 잃었단다. 하기야 인공무릎관절기가 50벌, 그에 따른 시험체 부품은 수백개에 달하니 놀랄 만도 했다. 앞서도 얘기했지만, 인공관절수술은 한건 수술하는 데도 이렇게 산더미 같은 부품과 기구들이 필요하다. 나는 홍국장에게 앞으로 민족과학기술협회가 국가 차원에서 인공관절기를 자체제작하는 데 많은 지원을 해줘야 한다고 신신당부했다.

차분하고 조용한 홍국장은 젊었을 때 인민군에서 3년간 복무하고, 나라의 부름에 따라 김일성종합대학 화학부를 졸업한 후 과학기술원에 배치되어 지금까지 일해왔다고 한다. 그에게서 흥미로운 얘기를 들었는데, 1984년 남녘에 큰 수해가 나서 국민들이 어려움에 처해 있을 때 김일성 주석이 남녘정부에 식량과 구호물품을 보내주겠다고 제언했고 전두환 대통령이 이를 수락했다고 한다. 그래서 약속한 양의 구호물품들을 준비하는데, 당시 북은 도량형 기준이 완전히 정리되지 않은 때라 섬, 석, 가마니, 포대 등 전통적인 계량방식이 지방마다 달라 혼선

이 벌어졌다. 이때 그가 급히 전국의 전통도량형 단위를 수집하고 집대성하는 작업을 맡게 되었다고 한다. 북녘 도량형의 표준을 정립하는 데 공헌한 것이다. 그런 기여를 한 사람이기에 오늘날 민족과학기술협회에서 중요한 역할을 하고 있는 것이라는 생각이 들었다.

우리의 대화를 가만히 듣고 있던 화일 동무는 감사의 표시로 해외동포사업국에서 호텔 숙박비라도 부담해드려야 하는데, 전과 달리 공화국이 아직 어려운 처지라 모두 미안해하고 있다며 옆에서 거들었다. 사실 내가 북녘으로 수술하러 간다고 하면 주변사람들은 으레 북한이 숙박비와 식비를 대주는 것으로 알고 있다. 그럴 때마다 나는 도움을 주러 가면서 여행경비를 부담하라고 하는 게 가당키나 하냐고 되묻곤 했다. 화일 동무에게 그런 것은 걱정 마시고 내 도움이 필요없는 날이 올 때까지 함께 열심히 일하자고 했다. 어디서 무엇을 하고 돌아왔는지는 모르지만, 홍국장의 얼굴에는 피곤한 기색이 역력했다. 그는 헤어지면서 곧 다시 뵙기를 바란다고 인사했다.

호텔로 돌아오니 해외동포사업국의 최길호 처장이 기다리고 있었다. 화일 동무와 함께 일하는 그는 내가 평양에 도착한 다음날 인사차 들른 적이 있었다. 오늘 낮에도 병원에 왔는데, 수술중이라 못 만나고 돌아갔다고 한다. 병원에서 나를 기다리는 동안 내 수필을 감명 깊게 읽었다고 얘기했다. 이번 여행길에 내 수필이 포함된 한국의사수필가협회의 첫 수필집 『너 의사

맞아?』(에세이문학출판부 2009)를 갖고 왔는데, 그 책을 반이나 읽었다는 것이다. 그는 김일성종합대학 조선문학부 출신이었는데, 아무래도 문학 전공이라 수필집을 재미있게 읽은 모양이었다. 최처장은 작별인사도 드리고 내일 안경호 6·15북측위원장을 만나기로 되어 있는 일정을 알려주러 왔다고 했다. 그 자리에는 이틀 전 농촌에서 올라온 김관기 국장도 함께한단다.

모레 6월 30일 오전에 평양을 떠난다. 작년에도 떠나기 전날 밤 김관기 국장과의 만남이 있었듯이, 안위원장과의 만남을 내일로 잡아둔 모양이다. 나 역시 6·15미국위원회의 공동위원장을 맡고 있으니 서로 나눌 수 있는 대화가 많을 것이다. "나라의 통일문제를 그 주인인 우리 민족끼리 서로 힘을 합쳐 자주적으로 해결해나가기로 합의"한 6·15공동위의 구성원으로서, 조국의 통일문제에 대해 진솔하고 허심탄회하게 얘기할 수 있지 않겠는가?

안경호 6·15북측위원장과 나눈 대화

북한의 해외동포원호위원회는 전세계에 흩어져 살고 있는 재외동포들과 관련된 일을 돕는 기구다. 98년 방문 때 만난 최승철 부국장도 여기서 일하고 있었다. 작년에 이어 올해 두번째로 만나는 김관기 국장과는 이제 인간적으로 가까워져옴을 느꼈다. 그와는 여러통의 메일과 「6·15 Corea통신」을 통해 진솔한 대화를 나눠왔다.

안경호 위원장과의 만남도 김국장이 주선한 모양이었다. 박철 참사가 타고 온 차로 평양시내 조용한 숲속에 있는 양옥집에 다다랐다. 현관 앞에서 나를 맞이한 김국장의 얼굴과 팔은 다른 관리들과 마찬가지로 새까맣게 그을려 있었다. 반가움에 악수를 하는데, 차 한대가 조용히 미끌어져 들어왔다. 차에서 내린 분이 안경호 위원장이었다. 김국장의 소개로 인사를 나누고 우리 넷은 안으로 들어가 자리를 잡았다. 아늑한 면담실 탁자에 마주 앉고 보니, 안위원장은 하얀 얼굴에 귀공자처럼 온화한 인상이었다. 안위원장에게는 만남에, 김국장에게는 초대에 대한 감사를 표했다.

사실 안위원장은 2006년 광주에서 열린 6·15민족통일대축전 만찬장에서 백낙청 전 남측위원장의 소개로 인사를 한 적이 있다. 그때 인사했던 일을 먼저 꺼내며, 1981년 비엔나에서 최초로 열린 북과 재미기독학자들의 모임과 그 다음해 헬싱키 모임, 그리고 1989년 4월 문익환 목사와 김일성 주석의 만남에서 핵심적인 역할을 하셨던 것에 대해 인상 깊게 기억하고 있다고 했다. 더불어 비엔나 모임에서 함께 문안을 작성했던 미국 김동수 교수의 근황을 전했더니, 그는 참 오래전의 일이라며 어느새 여든이 되었다고 했다. 80대가 되어도 현직에서 왕성하게 활동할 수 있는 곳이 바로 이곳 북한이다.

먼저 지난해 3월, 6·15미국위원회가 오바마정부 출범에 맞춰 작성한 미국의 새 한반도정책 건의서(New Korea Policy for the United States)를 국무부와 상·하원 외교위원회를 방문해 전달한 것을 알렸다. 이어 워싱턴에서 열린 6·15기념행사 때는 유력한 상·하의원 사무실을 방문해 북미관계 정상화를 촉구했다는 사실도 말했다. 안위원장은 이미 알고 있었다며 6·15미국위원회의 노력을 높이 평가한다고 했다.

그뒤에도 오바마정부의 부진한 대북정책에 실망한 미국위원회는 오바마 대통령과의 면담을 요청하는 편지를 몇번 보냈고, 지난해 연말에는 면담 약속은 없었으나 오바마 대통령으로부터 '의견을 보내준 데 감사를 표하고 우리의 논평과 질문을 존중한다'는 내용의 답신을 받기도 했다. 이런 이야기에 안위원장은 놀라워했다. 대화는 식사자리로 이어졌다. 안위원장이 우리의 만남을 축하하는 건배를 제의했다.

　이어서 안위원장에게 지난해 9월 이행우 6·15미국위원회 대표위원장이 존 케리(John Kerry) 미상원 외교위원장 주최로 '한반도평화포럼'을 마련했고, 백낙청 전 6·15남측위원장을 비롯한 남측 시민사회 대표들이 국회의사당에서 대미 민간외교활동을 펼친 데 대해서도 얘기했다. 그러고는 올해 정전기념일인 7월 27일 미국 국회의사당에서 열리는 '한반도평화포럼'에 김상근 6·15남측위원장을 기조연설자로 초청했는데, 북측 대표자로 안경호 위원장을 초청하고 싶다고 말했다. 이미 존 케리 의원을 통해 요청해놓은 터였다.

　안위원장은 좋은 계획이나 미국이 입국을 허락하겠느냐고 되물었다. 우리 역시 낙관하지만은 않지만, 요청했다가 거절당한 것과 요청도 안해본 것에는 큰 차이가 있다는 생각이었다. 만약 안위원장의 입국이 허가되지 않으면, 귀국 후 뉴욕에 있는 신선호 유엔대사를 연설자로 대신 초청해볼 것이라고 했다. 안위원장은 천안함사건이 유엔 안보리에 상정된 지금 상황에서는 어려울 것이라고 했다. (결국 미국무부는 안위원장의 입국을 허가하지 않았고, 7월 27일 포럼에서는 김상근 남측위원장만 기조연설을 했다.)

천안함 이야기가 나온 김에 나는 북이 이 사건과 무관하다면 공개적인 어뢰 수중폭발실험을 통해 무고함을 밝힐 수 있지 않겠느냐고 말했다. 그는 자신은 과학자가 아니라서 뭐라 말할 수 없다면서도 남한과 미국이 조작한 사건의 진실은 꼭 밝혀질 거라 했다. 이번 사건으로 남북관계가 극도로 긴장되어 있는데 북은 어떤 입장이냐고 물었더니, 간단히 "이명박정부와는 더이상 할일이 없다"고만 답했다. 하기야 남측 진보시민사회에서도 지난 10년간의 화해협력정책으로 이뤄놓은 성과를 백지화하고 6·15선언과 10·4합의를 인정하지 않는 이명박정부의 대북정책에 화가 난 나머지, 임기 끝날 때까지 기다리자는 이야기가 나올 정도니 이해가 되기도 한다. 하지만 내가 만난 통일운동 핵심인사들은 그렇다고 남북의 민중들을 계속 고생시킬 수는 없지 않느냐는 입장이었다. 안위원장은 지난해에도 북한이 할 수 있는 일은 다 해보았다며, 이번에는 국제적으로 천안함 날조극을 벌인 남녘이 엉킨 매듭을 풀어야 한다고 했다.

북이 지난해 한 일이라면 현정은(玄貞恩) 현대아산 회장을 통해 합의한 5개 사항, 그리고 김대중 전 대통령의 서거 당시 조의방문단을 파견해 이명박 대통령을 면담한 일을 말하는 것이었다. 해외동포가 봐도 그런 통일지향적이고 적극적인 유화정책은 잘한 것이라고 얘기했더니, "남녘에선 우리가 무릎 꿇고 나왔다고 생각하는 모양이던데……"라고 말했다.

"남측이 그렇게 생각했다 한들 무슨 문제입니까? 북녘이 말하는 '우리민족끼리' 정신으로라면 무슨 일인들 못하겠습니까? 더군다나 '나중에 웃는 자가 더 행복하다'고 하지 않았습니까? 자신이 있다면 상대방이 뭐라 하든 할 일은 해야지요. 북한은 통일문제에 관해서도 당의 결정에 따라 한목소리를 내는 사회지만, 남한은 아시다시피 북한과 너무나 다릅니다. 백이면 백, 생각이 다른 곳이라 통일에 대해서도 다양한 의견이 분분한 곳입니다. 때문에 국민적 공감대가 형성된 통일정책을 내기가 힘듭니다. 그러니 때에 따라서는 북측에서 상대가 거절하기 어려울 만큼 통 크고 담대한 제안을 함으로써 남북, 북미관계를 호전시켜야 합니다."

나는 이제까지 그래왔듯 내 생각을 있는 그대로 얘기했다. 이런 충고가 건방지게 들릴 수도 있겠지만, 안위원장은 인내심 있게 들어주었다. 김국장과 박참사는 우리 대화에 끼어들지 않고 잠자코 듣기만 했다. 그들과는 이미 충분한 대화를 나눈 터였다.

안위원장에게 남녘의 보수층이 '잃어버린 10년'이라 표현하는 6·15선언 이후의 7년 동안 남녘동포들이 '고난의 행군'을 하고 있는 북녘에 여러 지원을 했는데, 그때마다 북녘당국이 그에 상응하는 감사표시를 했더라면 '퍼주기'가 몇배는 더 늘었을 것이라고 아쉬움을 표했다. 그랬다면 남북은 보다 깊은 화해와 교류협력의 단계로 진입할 수 있었을 것이다. 물론 남녁정부도 북녁에 '퍼준 것'과 북녁에서 '퍼온 것'에 대한 실상을 설득력있게 홍보했어야 한다. 북측이 군사요충지인 장전항을 내주어 철도와 도로가 연결되며 금강산관광이 생겼고, 남진 통로인 개성을 내주어 공단을 만들 수 있던 것이 아닌가. 이 모두 통일로 가기 위한 커다란 발걸음이었다.

또한 북녁의 언론활동에 대해서도 덧붙였다. 미국에 살면서 느끼지만, 거의 모든 미국사람들이 북한을 호전적이고 믿을 수 없고 거짓말만 하는 나라라고 인식하고 있다. 때문에 북의 진면목을 알리기 위해서라도 앞으로는 영문으로 설득력있는 글을 발표하는 것이 반드시 필요하다고 얘기했다. 특히 전세계의 한반도 전문가들이 가장 많이 활용하는 매체인 『노틸러스』를 효과적으로 이용하는 것이 좋을 것이다. 북한의 학자나 연구사들이 여기에 글을 기고함으로써 토론을 유도하고, 나아가 북에 대한 선입견을 서서히 바꿔가는 모습을 보고 싶다고 했다.

션양에서 김국장을 만났을 때도 이런 이야기를 꺼냈는데, 자신들이 기고해도 그쪽에서 받아주지 않을 것이라고 생각하는 것 같았다. 그래서 바로 『노틸러스』 편집진에게 메일을 보내 북측의 기고도 차별없이 받는다고 씌어진 답신을 김국장에게 보여주었다. 북측에서 적극적으로 나선다면 미국의 유력 일간지에도 기고하지 못할 이유가 있겠는가?

밖에서 보면 남과 북처럼 한심한 나라도 없다. 게다가 미국이 중간에 끼여 있으니, 이 문제를 우리 민족끼리가 아니면 누가 어떻게 풀겠는가? 북은 말로만 단결, 단합을 외칠 것이 아니라, 앞서 말한 것처럼 남녘사람들의 마음을 얻고 신뢰를 굳게 해야 한다고 당부했다. 마찬가지로 남측 역시 우리끼리의 정신을 살려 북녘사람들의 마음을 사야 할 것이다. 허나 복잡다단한 남녘사회가 선도적으로 할 수 없는 일을 북이 먼저 시작해주었으면 좋겠다고 했다.

말을 많이 하다보니 입이 탔다. 마른 입술을 적셔줄 술잔이 있어 다행이었다. 한잔 마시고 나니 차분하게 가라앉는 것을 느꼈다. 6·15해외측위원회 문제도 얘기했다. 지난해 10월 토오꾜오에서 6·15해외동포대회가 열렸을 때 나는 「6·15 Corea통신」을 통해 일본위원회가 새로 집권하게 된 민주당정권에 북일관계 정상화를 촉구해야 한다고 썼다. 우리는 조국에 깊이 관련된 6자회담국인 일본, 중국, 러시아의 6·15지역위원회가 주거국 정부와 사회여론에 기여하는 활동을 해야 한다는 데 공감했다. 그외에도 생각나는 대로 많은 대화를 나눴고, 서로 성실하고 진지하게 묻고 답했다. 밤이 꽤나 깊었다. 80대 노신사를 더이상 피로하게 해서는 안되겠다는 생각에 그날의 대화에 다시 감사를 표했다.

안위원장을 밖까지 배웅해드렸다. 다시 식탁으로 돌아와 김국장, 박참사와 함께 그 밤의 긴 대화를 서로 반추해보았다. 작년에 김국장이 그러했듯, 안위원장도 먼저 나에게 물어보는 일은 거의 없었다. 우리 쪽 이야기는 다 알고 있다는 식이거나, 말하기보다는 나의 새로운 이야기를 들으려 한다. 한편 나는 그들에 대해 모르는 것이 너무나 많아서 계속 묻고 싶고, 또 하고 싶은 이야기도 많다. 그러다보니 자연히 내가 대화를 선도하고 주도하게 된다. 남북관계의 제3자인 재미동포라는 처지가 나로 하여금 무슨 말이든 솔직하게 하도록 만든다. 이런 단계를 지나면 상호대화로 진전되는 느낌을 받는다. 이 또한 소통과 신뢰의 과정이리라.

남북관계가 어려워지면 재미동포들은 모국의 분단극복과 통일을 위해 미국 정부와 의회를 설득하러 백방으로 뛰어다니게 되는데, 그럴 때마다 참 씁쓸한 기분을 감출 수 없다. 왜 우리 문제를 우리끼리 해결하지 못하고 남에게 도움을 청하면서 초라해져야 하는가? 그럼에도 우리끼리는 풀지 못하니 이를 어찌하면 좋을까?

해외에서 보면 남녘이 충분한 재원과 능력을 갖췄음에도 불구하고 통일문제에 있어 그 역량을 제대로 발휘하지 못하는 것처럼 보이는 이유는 무엇일까? 오히려 부족한 것 같은 북녘이 더 큰 포용력을 보여주는 것은 어째서인가? 이제까지 우리는 서로 무력통일 기도도 해보았고, 흡수통일이나 적화통일이라는 망상도 가져보았다. 그래서 얻은 결론이 화해와 교류협력을 통해 점진적 평화통일을 이루어야만 후회없는 민족사를 엮어

나갈 수 있다는 것이 아니던가? 그래서 그 밤 우리도 이런 대화를 나누지 않았는가? 그래도 혹시 나의 이상적이고 감성적이면서도 직설적인 말들이 너무 심한 것은 아니었는지 염려되었다. 김국장은 나처럼 직설적으로 말하는 동포는 본 적이 없다고 하면서도, 서로 나눠야 할 이야기들이니 다 이해한다고 했다. 나는 우리의 이 대화를 귀하게 간직하고 돌아갈 것이다.

우리 셋은 초대소 앞뜰에 나왔다. 보름이 지난 지 며칠째던가? 가장자리가 조금 이지러졌지만, 아직도 둥그런 달이 환하게 떠 있었다. 한낮의 열기가 가시고 바람마저 시원해진 평양의 밤공기를 폐부 깊숙이 들이마셨다. 김국장에게 내일 아침에 공항까지 나오지 말라고 당부했다. 박참사가 호텔까지 나를 데려다주었다.

내일 서울에 도착하면 부모님 묘소에도 들르고, 누님과 여동생, 나 대신 장남 노릇하는 남동생과 가족들을 만나볼 것이다. 그리고 지난해와 올해 봄에 로스앤젤레스에서 함께했던 백낙청, 임동원, 문정인, 정세현 선생과 아직 만나본 적 없는 김상근 남측위원장에게 안경호 위원장의 안부를 전하련다.

언제 또 이곳에 오게 될까. 그게 언제든 나는 기꺼이 평양으로 가는 수술가방을 쌀 것이다. 무엇이든 열정적으로 하면 된다는 낙관주의와 한번 시작하면 끝을 보고 마는 집념이 지금까지 의업과 통일의 두 길로 가게끔 하고 있다. 일생을 인공관절

수술에 전념해오면서 북녘 의사와 환자들에게 뒤늦게 눈을 돌렸다는 일종의 자책감이 나를 더욱더 두 길로 내몰고 있는지도 모른다.

우리에게는 누구나 분단의 멍에를 져야 한다는 당위성과 책임감이 있다. 이 멍에를 내려놓지 않고는 그 누구도 자유로워질 수 없다. 부정하려 해도 달아날 길 없는 우리의 숙제다. 남과 북, 모두 병든 다리를 갖고 있다. 한발로 서자니 불안정하고 자신이 없다. 남과 북이 한발씩 굳게 딛고 균형을 이루어 서면 모국의 앞날이 창창하리라 믿는다. 그날을 위해 나는 내 몫의 길을 계속 갈 것이다.

평양에 두고 온 수술가방
의사 오인동의 북한 방문기

초판 1쇄 발행/2010년 9월 10일
초판 3쇄 발행/2014년 10월 13일

지은이/오인동
펴낸이/강일우
책임편집/고경화
펴낸곳/(주)창비
등록/1986년 8월 5일 제85호
주소/413-120 경기도 파주시 회동길 184
전화/031-955-3333
팩시밀리/영업 031-955-3399 편집 031-955-3400
홈페이지/www.changbi.com
전자우편/nonfic@changbi.com

ⓒ 오인동 2010
ISBN 978-89-364-7194-1 03810